孔子詩學研究

文幸福著

雨盦檢署

臺灣學生書局印行

自序

孔子曰：「吾自衛返魯，然後樂正，雅頌各得其所。」又曰：「誦詩三百，授之以政，不達；使諸四方，不能專對，雖多亦奚以爲？」司馬遷遂據以謂古詩三千餘篇，夫子取其可施於禮義者三百五篇，孔子皆弦歌之，以求合於韶武雅頌之音。則孔子「雖多亦奚以爲」之「多」字，正指三百五篇以外更多之詩篇也；劉大白亦主是說。故今存之詩經，爲夫子選錄以教授其弟子者，應屬可信。孔子，人稱至聖先師，今所謂教育家也；教育之道，性情爲先；而詩尚性情，所以導達性靈，歌詠情志者也。則夫子之特重詩教，蓋有以也。易、書、詩，孔子前之舊聞也；孔子於易惟曰：「加我數年，五十以學易，可以無大過矣。」於書亦但引：「書云：孝乎，惟孝友於兄弟。」如此而已。然其於詩則異，論語載孔子引詩三，論詩九，言詩、訂詩各一，與弟子論詩二，合計一十六條，時或切磋之，或雅言之，群經傳記載其言詩引詩者，且凡百數，則詩之爲教獨大，而夫子之獨重於詩，豈無故哉？故孔門弟子之論詩，漢儒之言詩，實皆孔子之詩學也。

夫子論詩，最重事父事君之大義也。蓋人倫之道，詩無不備，故資於詩以事父，可以廣孝思；資於詩以事君，可以廣忠藎。由其依違諷諫，不指切情事，故言之者無罪，聞之者足以戒。故詩之教，極於君父，又可知也。興、觀、群、怨，性情備矣；歸之事父、事君，則詩之本義可知。故讀詩者透徹興、觀、群、怨之旨，乃能得忠孝之大。夫子之論詩，雖重其修身教化功能，然語其大義，終歸於事父事君；此與春秋之寓褒貶，明善惡，懼亂臣，駭賊子，其義相仿。孟子之時，世道衰微，孔子之道不著，而邪説誣民，充塞仁義，於是主張法先王，言必堯舜，以仁義治國，藉仁義尚志，故其援詩以明「王道」與「仁義」者，與孔子仁德君父之意，正相契合。孟子而後，言詩之風益盛，荀子更以詩爲經爲典，其引詩亦每與禮樂並稱，尤特重於「誦詩」與「爲禮」之事。以爲「詩言」，乃聖人中正意志之所託。羅根澤稱其不惟「文以載道」，直是「詩以載道」。孔子論詩以明事父事君之大義，孟子援詩以明王道，行仁義，而荀子稱詩以隆禮，固有其相承繼統之脈絡也。漢興而後，今文家又最重教育，而詩尚性情，具溫柔敦厚之教，興觀群怨之旨，故文帝置一經博士，而餘經未立；則詩之見重於當時，蓋以其爲孔子之詩學也。

夫子一則曰：「興於詩。」再則曰：「詩可以興。」是「興」之見重於聖門也。毛公承子夏、荀卿爲詁訓傳，亦獨標興體，以其有深意存焉，而唯恐後學之不察也。詩之本質在情性，故一切有情莫不愛詩；興者，爲其情潛藏隱伏，未經反省，不自覺其存在，祇偶緣於外物之觸發而湧現，遂先言該物以引起所詠之辭；然其物之所以能觸情者，必其物象與主題有所共通，故興體無不兼意，祇是彼此關係非由理智導引，純取主觀，故下文直須道破，而意在言內。比者則其情業經反省，顯然知其存在，故尋索外物以寄，即所謂以彼物比此事，由其經理智刻意安排，而彼此關係亦有其客觀之存在，尋繹可得，故其意常在言外。比賦易明，而興體難知；比興皆兼意，惟比之理顯，而興之情隱，故毛公獨標之。凡毛傳所標「興也」，爲未有不兼意者，與後學視之爲寫作方法，而刻意安排之藝術表現者不同，未可混也。而近人每引後代詩作，及其興法之藝術表現者，擬論詩經之興體，以爲隨口用以起勢耳，亦爲不兼意者，實乃本末倒置。則孔子所言之「興」，漢儒釋之爲「引譬連類以爲興」，若證之毛公所標，其爲必兼意者，無疑也。

詩序雖未必孔子之舊，然夫子選詩已定，平日弟子問答之間，豈遂無一語及之乎？則序言未必全無孔子之意，可以斷言。故程頤以爲「學詩而不求序，猶入室而不由户也。」陳奐亦謂「讀詩不讀序，無本之教也。」然則，詩義之賴序而明者，實不可勝言；乾嘉以還，學者尤多闡述，古學精微，終焉復盛，蓋有以也。是則詩序爲讀詩之津梁，又可想見。今存之古序，意賅言簡，詞潔義深，頗類經之文，且鄭玄又明言爲毛公前之舊聞，其爲釋經之門户，固可知也。此一二語，原爲師承授受所本，所以闡揚師説，最爲精審。蓋即古言古，古序最早；頌美譏過，春秋餘義；文字簡明，體例純正；編詩大義，獨識其詳；釋旨精微，證據經傳；經義所在，示人周行；美刺時君，合乎史實；譏評政教，切於時義；皆足以明古序之可遵可寶也。古人創作，索物以比，興會無端，則非通於作詩者，實難與語。詩經無題，無從更索，而古序精審，又有毛傳以輔，固較可從。成伯瑜、程大昌、蘇轍皆裁之以言，允爲特識。

孔子曰：「汝爲周南召南乎？人而不爲周南召南，其猶正牆面而立也與！」又曰：「關雎樂而不淫，哀而不傷。」「關雎之亂，洋洋乎盈耳。」此夫子以二南爲最得性情之正，人倫之厚之故也。先儒亦以詩之首周召，猶易之首乾坤，書之首典謨，推崇尤爲備至。聖人編詩論詩，特以二南爲大，以其陳正家之道，以諷天下人倫之端，王化之本也。故二南之風行，則人倫正，朝廷治。是知聖人編詩行教，恆寓大義於其間，此固學者所深信也。蓋二南者，修齊之本，而修齊又平治之本，夫子舉其要以教人，本末先後，固自有序。其義與大學，實相表裏，蓋大學言修齊治平之理，二南言聖人修齊治平之事；大學是聖人立法以教人，二南是聖人躬行心得於上，而化行俗美於下者，故學二南者，未可徒誦其文，而不考聖人行事之實！是以周南召南二十五篇，皆合乎修齊治平之道，三綱八目之旨。然三綱八目，修齊治平，此聖人理想之極至，寔其架構而已；若推論其致此之途，則捨「尚賢」無由也。故二十五篇所示，毋論其爲人臣、婦媳、子女，莫不以「賢」者爲尚；蓋修齊治平，三綱八目，必待「尚賢」，而後始克竟厥功。賢臣治國，賢女齊家，賢子則祈於繼往開來，固有其深意焉。第以五倫肇端夫婦，而八目始於齊家，故夫婦和，室家樂，乃能孝親忠君，敦里睦鄰；所謂家齊而後國治，國治而後天下平，此先王慮天下之遠，而先教之以此，故言之特詳也。

夫子嘗言：「詩三百，一言以蔽之，曰：思無邪。」是三百之篇，皆出於誠正而無邪也。然又謂：「鄭聲淫」、「放鄭聲」，故學者惑之。實則，「聲」與「詩」不同，「鄭聲」非「鄭詩」也。「淫」與「婬」亦異，「鄭聲淫」非「鄭詩婬」也。音律爲聲，篇章爲詩，聲者樂也，音調之謂，非詩詞也。聲生於響，詩成於志。詩之與聲，迥不相合。魏文侯以鄭衛之音爲新樂，孔子亦「惡鄭聲之亂雅樂。」則所謂鄭聲，實當時泛濫過度，失其中和之新樂耳，非國風之鄭詩也。朱子不達斯旨，妄議聖學，而詩義靡矣。詩集傳之所以爲世人群加指謫者，自無過淫詩一節，朱子雖亦莊士醇儒，歸宗道學，嚴守禮教，然其斥戀歌爲淫泆，反失宗經徵聖之意，而違詩人本旨，固非通儒之學也。朱子以「鄭聲淫」爲「鄭詩淫」，又以「淫」爲「婬」之意，是望文生義也。且又不信孔子「思無邪」之說，謂孔子之稱「思無邪」者，正以其爲「有邪」也。而變風中之淫亂詩篇，其不止於禮義者正多，以爲作詩者非皆思之無邪也。按夫子既稱詩三百爲思之無邪者，焉得強辨以爲「有邪」哉？詩人既能修辭立誠，則讀者亦當心存敦厚，乃可得其溫柔之教，而閔惜創懲之意，乃可隱然自見於言外。朱子曲爲訓說，巧爲辨數，其無益於聖教也明矣。變風之詩，其述列國之事，固多淫亂；詩人鋪陳其事，以爲鑒戒，即所謂「變風發乎情，止於禮義」者也。「發乎情」，即所謂思也；而「止於禮義」，則所謂無邪也。與聖人之言，吻合無間。而朱子一以爲鄭衛桑濮，爲里巷狹邪之所歌，淫詩爲淫人所自道，則詩歌之作，乃幾於勸淫，安得「垂鑒戒於後世」？設身處地，借口代言，詩歌常例也。不然何以女贈男者甚多，男贈女者殊小，豈鄭之能詩者皆淫女乎？詩經時代，教育未普及，一般百姓，知識水平低下，里巷草莽，焉可人人能詩，而能詩者又皆爲淫女？如朱子所言，非特不足以鑒戒，乃幾於勸淫矣，其何益於世道，而於聖人「溫柔敦厚」之旨，得無相悖乎？則朱子淫詩之說，其不愜人意，又可知也。

斯篇之作，即就孔子之言論，建構其詩學體系，故顏之曰《孔子詩學研究》。除第一章，緒論詩歌之起源，以明情性所興，統緒所繼，爲略與孔子不相干外，餘皆以孔子之言論爲發端，詳其內容，論其指歸，以明詩經之原本，實孔子所自來。若「孔子選詩及其詩教」、「孔子論詩之大義及三百之成《經》」、「欲觀於詩必先知比興」、「重建詩古序爲釋經之門」、「詩經周南召南之尚賢思想」等，皆曾先後於國內外國際學術研討會中宣讀發表，其中亦有發前人之未眩，補先儒之疏漏，辨衆家之訛舛者，雖深淺之未能盡合人意，亦不無表示個人治學之一端，故不揣檮昧，撰爲斯篇，豈敢評騭古人，妄作解頤，惟意存於曲直，非有心於愛憎也。海內方家，博雅君子，幸垂教焉。

中華民國八十五年元旦　**文幸福**　謹序於國立臺灣師範大學

孔子詩學研究目錄

第一章　詩之起源

第一節　前言

詩者，所以導達性靈，歌詠情志者也。詩大序云：「在心爲志，發言爲詩。」虞書亦云：「詩言志，歌永言，聲依永，律和聲。」詩歌之興，其昉於斯乎？民稟七情，感物斯動，情動於中而聲形於外，或嗟嘆之，或詠歌之，或手之舞之，或足之蹈之，感時應物，率由自然也。子游曰：

人喜則斯陶，陶斯詠，詠斯猶，猶斯舞。（檀弓）

樂記亦云：

凡音之起，由人心生也；人心之動，物使之然也。感於物而動，故形於聲；聲相應，故生變，變成方謂之音，比音而樂之，及干戚羽旄謂之樂。

單出初發之謂聲，合衆聲之謂音，雜以金石干羽之謂樂，其來有漸也。

第二節 歌詠之興生民即有

山川煥綺，日月疊璧，春風春鳥，秋月秋蟬，固足以動人心魂，發人情性者，則詩歌之興，宜自生民，其理甚明。而鄭康成反謂：

詩之興也，諒不於上皇之世。大庭軒轅，逮於高辛，其時有無載籍，亦蔑云焉。（詩譜序）

孔穎達復申之曰：

上皇之時，舉代淳朴，其心既無所感，其志有何可言，故知爾時未有歌詠。（毛詩正義）

心志所感，豈關淳朴，既有語言，即有歌詠，稟氣懷靈，理無二致；況文章博大，與天地並生，易曰：「參伍以變，錯綜其數；通其變，遂成天地之文。」（繫辭傳）文心雕龍亦云：「文之爲德也大矣，與天地並生者何哉？夫玄黃色雜，方圓體分；日月疊璧，以垂麗天之象；山川煥綺，以鋪理地之形；此蓋道之文也。仰觀吐曜，俯察含章，高卑定位，故兩儀生矣。爲人參之，性靈所鍾，是謂三才。爲五行之秀，實天地之心，心生而言立，言立而文明，自然之道也。傍其萬品，動植皆文；龍鳳以藻繪呈瑞，虎豹以炳蔚凝姿；雲霞雕色，有踰畫工之妙；草木賁華，無待錦匠之奇；夫豈外飾，蓋自然耳。至於林籟結響，調如竽瑟；泉石激韻，和若球鍠；故形立則章成矣，聲發則文生矣。夫以無識之物，鬱然有采；有心之器，其無文歟？」（原道）是則未形之文，肇自大極。黃櫄亦曰：

> 有天地，有萬物，而詩之理已具；雷之動，風之偃，萬物鼓舞，皆有詩之理而未著也。嬰孩之嘻笑，童子之謳吟，皆有詩之情而未動也。桴以蕢，鼓以土，籥以葦，皆有詩之用而未文也。康衢順則之謠，元首股肱之歌，詩之義已備矣。（李黃毛詩集解原詩）

是知有天地萬物，而詩之理已具；至若謳吟謠歌之發，則詩之義亦已備矣。文心雕龍物色篇亦云：

春秋代序，陰陽慘舒，物色之動，心亦搖焉。是以獻歲發春，悅豫之情暢；滔滔孟夏，鬱陶之心凝。天高氣清，陰沉之志遠；霰雪無垠，矜肅之慮深。歲有其物，物有其容；情以物遷，辭以情發。一葉且或迎意，蟲聲有足引心。況清風與明月同夜，白日與春林共朝哉？

鍾嶸詩品序亦謂：

春風春鳥，秋月秋蟬，夏雲暑雨，冬月祁寒，斯四時之感諸詩者也。嘉會寄詩以親，離群託詩以怨。

是則四時之代序，萬物之容色，嘉會之悅豫，離群之鬱怨，亦足以興感情懷，抒發胸臆者也。是以沈約云：

民稟天地之靈，含五倫之德，剛柔迭用，喜慍分情。夫志動於中，則歌詠外發；六義所因，四時攸繫；升降謳謠，紛披風什。雖虞夏以前，遺文不睹，稟氣懷靈，理無或異；然則歌詠所興，宜至生民始。（宋書謝靈運傳論）

吟詠性情，抒發胸臆，乃生而知之者，故沈氏以爲宜自生民始，誠爲識見。且康衢順則之謠，其載於列子仲尼篇謂：

堯乃微服游於康衢，聞兒童謠曰：「立我烝民，莫匪我極；不識不知，順帝之則。」堯喜問曰：「誰教爾爲此言？」童兒曰：「我聞之大夫。」問大夫。大夫曰：「古詩也。」

堯時而稱古，則其詩作久遠矣。故鄭孔之言，未爲的論也。然皇世堙遠，文獻短缺，事不經見，荒邈難稽；如謂「上古之時，徒有謳歌吟呼，必無文字雅頌之聲。」（孔氏正義）斯則近之，總歸無文字實錄，非無歌詠也。

第三節　詩之起源

詩歌之興，實緣於感情之激蕩，情緒之發洩也。聞一多以爲原始歌謠之特性，即在於多含感嘆字，如「啊」、「哦」、「唉」、「猗」、「兮」等之聲音，俱爲未化之語言，萌芽之音樂(詩與歌)。實則其聲原皆由「啊」之轉變，而「啊」即「呵」字，與「訶」、「歌」等字根相同，皆應時感興，自然之吟呼。是故歌、謠、謳、詠、語、諺之廣爲流傳也。明賀貽孫詩觸云：

凡民間之言，其類有六：一曰歌：擊壤之歌所云：「日出而作，日落而息。」成人之歌所謂：「蠶則績而蟹有筐，范則冠而蟬有緌」之類是也。一曰謠：春秋時童謠所云：「楚王渡江得萍實，大如斗，赤如日，剖而食之，甜如蜜」之類是也。一曰謳：宋城者謳所云：「睅其目，皤其腹，棄甲而復，于思于思，棄甲復來」之類是也。一曰誦：魯人之誦曰：「鞞之麛裘，投之無郵，章甫袞衣，惠我無私。」鄭人之誦曰：「孰殺子產，吾其與之。」「子產而死，誰其嗣之。」晉人之誦曰：「原田每每，捨其舊而新是謀」之類是也。一曰語：韓非所引里語曰：「奔車之上無仲尼，覆車之下無伯夷。」左傳所引里語：「畏首畏尾，身其餘幾」之類是也。一曰諺：蘇秦所引里諺曰：「寧爲雞口，毋爲牛後。」孟子所引夏諺曰：「吾王不遊，吾何以休。吾王不豫，吾何以助。一遊一豫，爲諸侯度」之類是也。

歌者長引其聲以誦之也；謠者，徒歌也；謳者，齊聲而歌也；誦者，抑揚高下其聲也；語者，相應答和也；諺者，俗所傳言也；皆心靈之感於物而發其性情者也。樂記云：「其本在人心之感於物也，是故其哀心感者，其聲噍以殺。其樂心感者，其聲嘽以緩。其喜心感者，其聲發以散。其怒心感者，其聲粗以厲。其敬心感者，其聲直以廉。其愛心感者，其聲和以柔。」是故詩歌之興，當緣事而發，所謂其歌也有思，其哭也有懷也。茲綜輯前人之論，定詩歌起源之由有六：或緣於對神祇之敬祀；或緣於對勞作之助興；或緣於對戰爭之踴躍；或緣於對群體之娛樂；或緣於對異性之好逑；或緣於對事物之記載。總之，「一切有情莫不愛歌」（白川靜引古今集序語）。是皆爲詩歌發源之途也。

一　緣於對神祇之敬祀

萬物本乎天，人本乎祖先；是故原始之民，以天爲至高無上，至善無惡，隨時監臨下土，賞善罰惡；而宗祖亦具布福降禍之力量，故子孫須早晚恭敬，虔誠祭祀。其對於自然界不可知之變化，如星墜木鳴，電擊雷震，日月有蝕，風雨不時，極感敬畏；於是祈禱膜拜，奏唱禱詞，祈求神靈降福免災。爲求感動神靈，故所奏唱之禱詞頌語，率多韻語，具詩歌之芻形。故日人白川靜即以爲歌謠乃萌芽於神咒；謂「口」古作「𠙵」，爲放置祈禱文詞之器；「歌」即「呵」之聲，鬼神目不得見，爲憾動鬼神所必具之激情表現。「謳」爲後世祝頌歌吟之語；「⿱夕言」爲取肉供神之禱語，「謠」爲發自人者，而「繇」則神之告諭。「諺」爲咒術之語言。遂推論原始歌謠即爲咒歌。（詳詩經研究歌謠之起源）今出土之甲文，其對自然神及先祖神之卜辭，已具歌詩模式；而古今樂錄所載堯郊天地，祭神靈，座上有響誨堯曰：「水方至爲害，命子救之。堯乃作神人暢之歌。歌曰：『清廟穆兮承予宗，百寮肅兮于寢堂；醊禱進福求年豐。有譎在坐，敕予爲害在玄中；欽哉昊天德不隆，承命任禹寫中宮。』」禮記郊特牲稱伊耆氏始爲蜡，文心雕龍祝盟篇亦載舜之祠田辭。又墨子兼愛篇載天下大旱，湯以身爲牲，禱於上帝；並謂：「湯貴爲天子，富有天下，然且不憚以身爲犧牲，以詞說于鬼神上帝。」荀子大略、呂氏春秋、說苑、尚書大傳、太平御覽等，皆載其事。而周之祭天地、雩雨、田祝尤多；其詞說禱語，亦當爲咒歌。天子尚且如此，則百姓當更甚焉。今詩經之三頌即多爲禱辭，而二雅國風中祓禊告廟者亦衆。且古民族之文化，其於文字尚未創造之先，而欲流傳後世子孫，必有賴於祀神儀式，乃能傳承，而永保不滅；爲求其易記易誦，其爲韻語歌訣，自不待言。是歌謠之起源，祀神爲其一途也。

二　緣於對勞作之助興

人於集體勞作中，爲使其工作協同，步調一致，亦往往借助詩歌之節奏，以提高工作效率，消滅疲累，凝聚心智，强化力量，壯大士氣，調和情緒。此類詩歌，簡朴自然，率多複沓暨反覆迴增法，即以一基本旋律及不斷變化之旋律，強化詩歌之音樂性，由慢而快，藉以刺激其工作情緒，倍收其工作效率。如後世之采茶者歌、插秧者歌、采菱者歌是也。詩經中有「采采芣苢，薄言采之。采采芣苢，薄言有之。」（周南芣苢）此詩即其先導也。方玉潤云：「涵泳此詩，恍聽田家婦女，三三五五，於平原繡野，風和日麗中，群歌互答，餘音裊裊，若遠若近，忽斷忽續，不知其情之何以移，而神之何以曠。」又謂：「今世南方婦女登山採茶，結伴謳歌，猶有此遺風云。」（詩經原始）又如近世川鄂一帶，亦有「抬滑桿」之韻語，謂二人抬轎，後者不見前路，前者乃以口語、歌訣警之，前呼後應，如前者呼：「天上亮光光」，後者即應道：「地上水汪汪」，以明地上有水。前者呼：「天上有星星」，後者應：「地上有坑坑」，以明道路不平也。又近人謂「興」之字形，甲古文作（乙五〇七五）（寧滬一、六〇三），爲四手合托一物之象形，四手表群體，從「口」表托物時之呼喊聲，實爲群體合力勞作時所發出「邪許」之聲，今蘭嶼原住民，其於新船下水之時，亦群體托船，呼喊高歌，其亦此之類也。蓋群體舉物勞作時，恆以歌聲、歌訣、或口號，壯其士氣，創造其時之氣氛，凝聚力量，整齊步調，使群體專心致志，而始收其功效也。故此類勞作韻語，實爲詩歌起源之一途也。

三　緣於對群體之娛樂

吾國以農立國，農事有其節令性，如「春生、夏長、秋收、冬藏」，故初民之生活，亦必隨之而有季節之分；自仲春二月至暮秋九月，此農忙之季節也。自孟冬十月至越年孟春一月，此農閒之季節也。農忙之野外生活，固足以興發群體之勞作歌謠；而農閒之家居生活，衣食溫飽，閒暇無事，亦必有其豐富之娛樂安排也。故衆多歡樂活動，風俗行爲，皆於此時舉行，其後遂成爲固定之節日典禮，或有由也。群體尋歡，歌舞娛情，亦必有豐富歌謠之產生。而上文所舉甲骨文之「興」字，雖爲初民合群勞作舉物之象形，然具有神采飛逸與歡娛之情緒，故陳世驤謂「興」之歡情呼喊，是產生於初民之群舞，由合群之勞作，漸化而爲聯繫之游樂，於是想像原始民間歌舞，具有强感染力，促使在場者俱爲蹈足成舞，而隨之歌詩呼喊，尤以古老節慶中，群衆肢體結合所產生之愉悅，其變化之節奏，最爲豐富，實初民合群樂舞之基礎也。(詳所著原興篇)呂氏春秋亦載葛天氏之樂，三人持牛尾，投足以歌八闋：載民一，元鳥二，遂草木三，奮五穀四，敬天常五，達帝功六，依帝德七，總萬物之極八。其詞雖逸而不傳，然爲群體之歌舞，殆無可疑也。今臺灣民間迎七爺八爺之時，亦有數人抬神轎舞於前，且口中念念有詞；而山地原住民之豐年祭，其群舞歌唱，尤其典型者。是則群體之娛樂，亦爲詩歌起源之一途也。

四　緣於對戰爭之踴躍

初民生活簡樸，知覺蒙昧，徐徐其臥，于于其覺，（見莊子應帝王）民居不知其所爲，行不知其所之，含哺而熙，鼓腹而遊。（見莊子馬蹄）茹毛飲食，衣皮覆葦，其時則唯有禽獸偪人，所防衛者亦此而已。莊子盜跖篇曰：「古者禽獸多而人民少，於是民皆築巢居以避之。」淮南子氾論訓謂：「古者民澤處復穴，不勝暑蟄蝨蝱。」說文它部云：「上古艸居患它，故相問：無它乎？」顏師古匡謬正俗引風俗通云：「上古之時，草居露宿。恙，噬人蟲也，善食人心，人每苦患之，凡相問曰：無恙乎？」吳越春秋載有彈歌一首：「斷竹，續竹；飛土，逐肉。」相傳爲黃帝時孝子之歌，然亦可見先民與大自然搏鬥之生活過程，氣氛緊張，心情喜悅，有類乎後世之獵歌。此詩二言四句，每句一拍，韻調天然，語言樸素，通篇排比，句句協韻，頗具原始歌謠之特色。其後部族日增，衝突日繁，又不免於爭存之戰；爲激厲昂揚之鬥志，及團結御侮之精神，戰歌具有强力之鼓舞作用，而反復歌唱，即能激發其同仇敵愾，踴躍用兵，忘死輕身，保家衛國之崇高精神。故氣剛而大，詞壯而直之戰歌興焉。如黃帝戰蚩尤於涿鹿絕轡之野，以棡鼓爲警衛，其曲有十（詳歸藏），其辭今無考。又武王伐紂，厭于物野，亦有武宿夜之曲（詳禮記、荀子），其辭亦逸。然觀其所標震雷驚，猛虎駭，鷙鶚爭，波蕩壑之題辭，蓋戰歌而無疑也。三百篇中如邶風擊鼓、秦風小戎等戰歌，爲數亦夥。是戰爭踴躍，亦爲詩歌起源之一途也。

五　緣於對異性之好逑

初民生活簡單，其所需求者，牝牡衣食而已；故每至陽春之日，天地交感，萬物孳生，少男少女，每感其物化，而有懷春之念，故聖人順天地萬物之情，令媒氏以仲春會男女，此雖後世設官任職之事；然食色性也，則男女傾慕之情，具於皇世，而其用以訴說鍾情者，亦必歌聲而已。拾遺記載少昊母皇娥，經歷窮桑滄茫之浦，時有神童降乎水際，與皇娥讌戲，皇娥倚瑟清歌曰：「天清地曠浩茫茫，萬象迴薄化無方，浛天蕩蕩望滄滄，乘桴輕漾著日傍，當其何所至窮桑，心知和樂悅未央。」呂氏春秋亦載：「禹行功，見塗山之女，禹未之遇，而巡省南土，塗山之女乃令其妾候禹於塗山之陽，女乃作歌，歌曰：『候人兮猗』，實始作爲南音。」今詩經中所載情歌特多，而後世男女傳情之作，亦甚豐富，此固人之常情也。如貴州苗歌搖馬郎：

郎十七來姐十八，好像清油對白蠟；清油白蠟已交上，情願與姐做一家。（男唱）

一塊大田四角方，一把打去亮堂堂；撿塊石頭來試水，唱首情歌試情郎。（女唱）

此類情歌尤以原始地區最多，則男女傾慕鍾情之謠謳，亦爲詩歌起源之一途也。

六　緣於對人事之記載

詩歌先於文字（已如上述），其於未有文字之前，日常人事之記載，除結繩而外，專憑口耳相傳而已。爲便於記憶，不使遺忘，故歌訣韻語，由是而興，亦猶今之所謂「順口溜」也。前人每訓「詩之爲言志也」，荀子解蔽篇：「志也者，臧也。」詩序疏：「蘊藏在心謂之志。」聞一多謂藏於心即記憶，無文字之前，專憑記憶，有文字之後，則以記載代記憶，故記憶之記，又孳乳爲記載之記；記憶謂之志，記載亦謂之志；記載既謂之志，而韻文又先於散文，則最初之志（記載）必爲詩（韻語）而無疑矣。左傳昭公十六年宣子謂：「賦不出鄭志」，鄭志即鄭詩也。左傳文公二年：「周志有之：『勇則害上，不登於明堂。』」呂氏春秋貴當篇：「志曰：『驕惑之事，不亡奚俟？』」皆爲韻語，是初期之記爲韻語也。（詳歌與詩）此類韻語保存於先秦典籍中爲數衆多，如左傳引古人言：「心則不競，何憚於病。」國語引諺：「獸惡其網，民惡其上。」禮記引諺：「人莫知其子之惡，莫知其苗之碩。」孔子家語引里語：「相馬以輿，相士以車。」皆此之類也。初民記事，即以之爲法，其後漸演漸變，由簡而繁而精美，漸而爲歌訣、歌謠矣。是則記事之韻語，亦爲詩歌起源之一途也。

第四節　結　語

凡上所列，並爲詩歌起源之途，至若詩品序所謂：「楚臣去境，漢女辭宮；或橫骨朔野，或魂逐飛蓬；或負戈外戍，或殺氣雄邊；塞客衣單，孀閨淚盡。又士有解佩出朝，一去忘返；女有揚娥入寵，再盼傾國；凡此種種，感蕩心靈，非陳詩何以展其義？非長歌何以騁其情？」是又愈演而愈繁也。近世辭章家並細分其類別，謂詩有言志、詠懷、玄思、遊仙、詠史、田園、山水、詠物、宮體、邊塞等十項，林林總總，雖細目清楚，辭情富盛；要之，不出上述之六途也。

第二章　孔子選詩及其詩教

第一節　前　言

歌詠之興，生民即有，蓋情以物遷，辭以情發，應時感物，持情寫志，率由自然也。是以雲門之樂，南風之歌，九序之詩，五子之諷，非虛妄也。第以上古淳朴，文獻乏徵，事不經見，無從考辨，總歸於無文字實錄也。逮乎後祀，庶類蓁繁，傍及萬品，參伍以變，錯綜其數，而天地之文，於焉始肇。塗山歌夏，玄鳥降商，信史著錄，可得徵證。文王之化，周公之作，分官設職，禮樂斯備，文章之美，猗猗稱盛。孔子曰：「周監於二代，郁郁乎文哉！吾從周。」（論語八佾）而遒人徇路，采詩獻詩，天子巡狩，觀風問政，詩歌篇什，尤稱大備。故太師所錄，史稱三千，豈無所見而云哉？孔子選詩以教，但取三百，以其得詩得聲，合乎禮義者也。此先儒之言，而漢唐學者篤信之。後世或信或否，則恆有疑慮，輓近以還，尤多掊擊，一以爲出於淺人妄語，皆不思之過也。

第二節　采詩簡述

左傳曰：

自王以下，各有父兄子弟以補察其政，史爲書，瞽爲詩，工誦箴諫，大夫規誨，士傳言，庶人謗，商旅於市，百工獻藝；故夏書曰：「道人以木鐸徇於路。官師相規，工執藝事以諫。」正月孟春，於是乎有之，諫失常也。（襄公十四年師曠對晉侯語）

漢書食貨志遂申之曰：「男女有不得其所者，因相與詠歌，各言其傷。……孟春之月，群居者將散，行人振木鐸徇于路以采詩，獻之太師，比其音律，以聞於天子。故曰：『王者不窺牖户而知天下。』」何休即據以爲說，曰：「男女有所怨恨，相從而歌。飢者歌其食，勞者歌其事。男年六十，女年五十無子者，官衣食之，使之民間求詩。鄉移於邑，邑移於國，國以聞於天子。故王者不出牖户，盡知天下所苦，不下堂而知四方。」（公羊傳宣公十五年什一行而頌聲作矣解詁）是知聖王所以不出牖户而盡知天下所苦，不下堂而知四方者，蓋閭巷之歌，漁樵之唱，婦人女子之作，小夫賤隸之辭，得以上達於明堂也。故漢書謂：「古有采詩之官。」（藝文志）非虛言也。太師得之，比其音律，而後反命於王，以周知天下之故，則所謂觀風俗，知得失，自考正也。禮記載：「天子五年一巡守，覲諸侯，問百年者就見之；命太師陳詩，以觀民風。」（王制）孔穎達亦以爲：「巡守陳詩者，觀其國之風俗，故采取詩，以爲黜陟之漸。」（毛詩正義）則下情上達，明天子以爲勸懲黜陟之漸，采詩其一途也。

古籍文史所載，其於采詩陳詩而外，亦有所謂獻詩者，國語載邵公諫厲王止監謗，曰：

> 是故爲川者，決之使導；爲民者，宣之使言。故天子聽政，使公卿至於列士獻詩，……而後王斟酌焉，是以行事而不悖。（周語）

又載范文子曰：

> 吾聞古之言：王者政德既成，又聽於民，於是乎使之誦諫於朝，在列者獻詩。（晉語）

尚書大傳亦謂：

> （天子）五載一巡守，群后德讓，貢正聲，而九族具成。（通鑑前編帝舜條引）

毛詩訓詁傳則云：

明王使公卿獻詩以陳其志，遂爲工師之歌焉。（大雅卷阿傳）

則國語所言獻詩者，爲朝中公卿至於列士所爲，尚書大傳所載，則爲諸侯於天子巡守時所獻，其旨亦在補察時政。然亦有備燕享之工歌者，故毛傳云：「遂爲工詩之歌。」則太師比音，九奏具成，其亦斯之謂乎？然揆其初度，固以聽政爲本，其後或嫌於沈悶乏味，遂使太師比音，而爲工詩之歌，其爲樂教之所由興乎？幽厲以降，采詩徒有聽政之名，而實止於燕享耳。則詩之頌美譏過，補察時政，其道已失，故采詩之制，遂漸而式微。孟子曰：

王者之𨑒熄而詩亡，詩亡而春秋作。晉之乘，楚之檮杌，魯之春秋，一也。其事則齊桓晉文，其文則史。孔子曰：「其義則丘竊取之矣。」（離婁下）

許慎說文解字遂以爲：「𨑒，古之遒人以木鐸記詩言。」其言得之。顧鎮虞東學詩云：「蓋王者之政，莫大於巡守述職，巡守則天子采風，述職則諸侯貢俗；太師陳之，以考其得失，而慶讓行焉，所謂迒也。洎乎東遷，而天子不省方，諸侯不入覲，慶讓不行，而陳詩之典廢，所謂迒熄而詩亡也。」（詩說）詩亡而春秋作，是謂詩既亡其聽政補察之道，聖人患之，故春秋繼作，此孔子特識，而孟氏知之也。

職是言之，詩歌之蒐集，其途有二，曰采詩、獻詩也。前者乃蒐求各地之民俗風謠，爲美刺兼收，貞淫並錄；故多國風之辭。後者所獻，其中有公卿列士所自爲者，多爲美詩，今之南雅頌是也。亦有諸侯獻其所采及其國卿士所自爲之詩者，不一而足；皆詩歌蒐集之由來也。則采詩之制，王朝有之，列國亦有之，史料昭著，文獻具載，何庸置疑哉？故漢唐鴻儒，宋明碩學，皆篤信之，而咸無疑議；唯清人崔述於其所著讀風偶識中，獨持異說，然細析其所論，亦不過旱天之雷，無滋於百穫；而誇誕之辭，失衡乎公理。予嘗紬繹其論，詳爲辨析，乃知其爲臆度而無疑也。（詳拙著《疑古家非采詩說辨》）

第三節　孔子選詩不刪詩述微

詩經三百五篇，孔子所選以教其弟子者，故曰孔子選詩。其未被選錄而亡者，非所謂刪詩也，亦非孔子所能預見，尤非孔子之責任，此不可不察也。史記漢書但言孔子取詩，皆不言刪，是孔子選詩而已。司馬遷云：

> 古者，詩三千餘篇，及至孔子，去其重，取可施於禮義，上采契后稷，中述殷周之盛，至於幽厲之缺，始於衽席。三百五篇，孔子皆弦歌之，以求合韶武雅頌之音。（史記孔子世家）

班固因之曰：

> 孔子純取周詩，上采殷，下取魯，凡三百五篇。（漢書藝文志）

孔穎達亦謂：

> 上皇道質，故諷諭之情寡，中古政繁，亦謳歌之理切。唐虞之見其初，義軒莫測其始。於後時經五代，篇有三千，成康歿而頌聲寢，陳靈興而變風息。先君宣父，釐定遺文，緝其精華，褫其煩重，上從周始，下既魯僖，四百年間，六詩備矣。（毛詩正義序）

細繹史遷之言，其重點有三：（一）古詩三千餘篇。（二）孔子選詩正樂。（三）三百五篇之年代。

三百篇之年代，班固孔穎達皆以爲純取周詩，上采殷，從周始，則文王之詩爲最早，下取魯僖陳靈，則是詩之最晚期也；其間約四五百年，歷來學者，多無異議，可略而不論。至所謂古詩三千餘篇，洎乎詩譜序正義謂：「馬遷言古詩三千餘篇，未可信也。」後人遂不之信。其實詩之成編，乃經采詩之官蒐集，王朝列國皆有其制，則遒人使者所采之詩，每年平均不過八首，積四五百年所得，衡乎常理，其數應有三千餘篇，則史記所載，豈虛託哉？惟年湮世滅，漸就散軼，則孔聖之時，其數恐有不逮，而其殘缺倒置者，或亦不鮮，則又不可知也。

孔子選詩正樂，其步驟有三：曰去其重，曰取可施於禮義者三百五篇，曰弦歌之以求合韶武雅頌之音。王充論衡曰：「詩經舊時亦數千篇，孔子刪去重複，正而存三百篇。」（正說篇）此「刪」詩一詞之最早見者，❶然亦祇謂孔子刪去重複之詩耳，非後世之所謂刪詩也。蓋東遷而後，霸權競奪，迭遭兵災；及孔子之時，經歷浸久，漸就湮沒。故殘章斷句，散逸重複者，比比皆是。惟其散逸，故孔子所見，其數或不及三千；惟其重複，故孔子去之。劉

❶ 僞古文尚書序：「先君孔子，生於周末，睹史籍之煩文，懼覽者之不一；遂定禮樂，明舊章，刪詩爲三百篇。」此實東晉梅賾所爲，非孔安國之原序也。

向孫卿書錄云：「臣向言，所校讎中孫卿書，凡三百二十二篇以相校，定著三十二篇。」則古書之重複有如是者，而詩之蒐集，歷經四五百年，遒人不一，太師屢易，則其所采之歌謠，所比之音律，自多重複，況詩尚性情，一經流行，傳唱廣遠，展轉各地，無復知其爲何國之詩，若其文字稍異，亦必爲行人所采，而太師比音，亦必並而存之，所謂存列國之風也。及孔子選詩教授，乃釐訂正文，去其重複，此孔子詩經整理之第一步，非後世所謂刪詩也。

「取可施於禮義者三百五篇」，此史遷謂孔子選詩也；爲詩經整理之第二步。而其選詩之準則，即在選取其可施於禮義教化者，得三百五篇。孔子去其重之後，究剩餘詩篇多少，雖無從考知，然就群書所引逸詩，如墨子引詩十一則，除重複一則外，餘十則中逸詩四則，三則與今本次序不同，二則字句不同，實祇天志中引大雅皇矣一則全同耳。此外，諸子所引詩，亦往往逸出三百，莊子獨引逸詩一條，管子引詩三條，逸詩一條佔三分之一，韓非子引詩五條，逸詩一條佔五分之一，呂覽引詩二十條，而逸詩四亦佔五分之一，戰國策引詩七條，逸詩三條則多達二分之一弱，是諸家未以孔子所選爲滿足也。❷趙翼陔餘叢考但就儒家經傳計

---

❷ 莊生稱孔子誦詩三百，歌詩三百，弦詩三百。墨子亦謂儒者誦詩三百，歌詩三百。則三百爲儒學專門，概可知矣。戰國中葉，私學盛行，異家者，亦多非議孔門，漢視儒學，擯斥三百，故其引詩往往逸出三百之外，所引逸詩比例亦較儒學經傳爲多，此其不欲專守孔子選後之本也；亦私門對立之可見者也。

之，固未爲圓通，然就其所列，逸詩亦夥，則其數當不祇三百，概可知也。王崧説緯云：「三百五篇外，逸詩甚多，趙氏備列群書所引逸詩，謂不及刪存詩二三十分之一，此就現存書計之也。古書之著錄於漢書藝文志，而不傳於今者，其中豈遂無之，則二三十分之一，未足盡逸詩之數，況所列逸詩，正多罣漏。」其言雖中肯可取，然尚未透徹其理。按孔子之時，詩篇之散逸亡亂者固多，然其傳誦於人人口耳之完整詩篇，豈遂無之；而孔子從其師學，亦必多當時膾炙人口之作，惟其不盡以此爲足，故於去重之後，另選教本，亦必於舊學之外，多所增補，故今經傳所引詩多見於三百篇，此其一也。春秋繼詩亡後作，是孔子精諳於列國史乘，則列國於會盟、聘問、宴享之間，誦詩賦詩之事，必了然於心，故其所選教之詩，必當時具歷史意義或代表性者，則彼此契合，固有其必然，此其二也。且古無私家著述，而孔子選詩，固在左傳國語成書之前，其選詩垂教，後學又折中之，受其影響必深，則經傳所引詩多與三百篇合，豈非合理之現象乎？此其三也。

至於孔子選詩之標準，其於論語嘗云：「詩三百，一言以蔽之，曰：思無邪。」（爲政）此孔聖教人讀詩之法，謂讀詩之人，當存無邪之念，此即司馬遷之所謂「禮義」，亦即程子之所謂「誠」也。（朱子四書集註引）李迂仲以此言爲學詩者之樞要，蓋三百之篇，雖箴規美刺之不同，而皆合於喜怒哀樂之中節，以其思之正故也。若關雎篇，孔子謂樂而不淫，哀而不傷。樂之與哀，出於思矣；不淫不傷，思之無邪也。樂而淫，哀而傷，則入於邪矣。❸其言得之。後世不達斯旨，而謂鄭衛淫聲，不當錄於聖門之經，皆未詳考孔子所謂「鄭聲淫」之意也。（詳拙著《孔子放鄭聲及朱熹淫詩說》）

孔子選詩，第取其三百五篇以教授，由其選錄精審，頗爲得意，觀乎論語所載，一則曰詩三百，再則曰誦詩三百，蓋可想見也。而其所謂：「誦詩三百，授之以政，不達；使諸四方，不能專對，雖多亦奚以爲？」（子路）此一「多」字，似不應形容已誦之三百，則其爲三百以外更多之詩篇而無疑也。近人劉大白亦持此論，謂「誦詩三百」，即孔子自言其選詩之底本。「雖多亦奚以爲」之「多」字，正指三百以外之詩而言。（詳其所著中國文學史）其言特爲有見。曾國藩嘗選錄古聖哲三十餘人，並爲記以告其子弟，曰：

> 後嗣有志讀書，取足於此，不必廣心博騖。若又有陋於此，而求益於外，譬若掘井九

---

❸ 李迂仲曰：「此一言，蓋學者之樞要也；夫喜怒哀樂未發謂之中，發而皆中節謂之和。方喜怒哀樂之未發，則無思也，及喜怒哀樂之既發，然後有思焉；其思也正，則喜怒哀樂發而中節而和矣。其思也邪，則喜怒哀樂發而不中節而不和矣。故詩三百，雖箴規美刺之不同，而皆合於喜怒哀樂之中節，以其思之正故也。孔子又嘗舉一隅以告學者矣，曰關雎樂而不淫，哀而不傷。樂之與哀，出於思矣；不淫不傷，思之無邪也。樂而淫，哀而傷，則入於邪矣。」（李黃毛詩集解周南關雎訓詁傳）其言最合孔聖之旨。

仞而不及泉，則以一井爲隘，而必廣掘數十百井，身老力疲，而卒無見泉之一日，其庸有當乎？（聖哲畫像記）

其言深得聖人遺義。則孔子選詩以教，又一明證。第其前選之底本，實爲初稿，及其「自衛反魯，然後樂正，雅頌各得其所。」（論語子罕）此即馬遷所謂「三百五篇，孔子皆弦歌之，以求合韶武雅頌之音。」反魯正樂，其得義得聲者三百五篇，蓋即今本之詩經，爲詩經之定本也。（詳拙著《前人非孔子刪詩辨》）

第四節　孔子詩教闡微

至聖先師孔子者，今所謂教育家也。教育之道，性情爲先，而詩之本質在情性，則孔子之特重詩教，蓋有以也。論語載孔子引詩論詩者一十六條，❹時或切磋之，或雅言之，或論

---

❹ 今本論語載孔子引詩三條，論詩九條，與弟子論詩二條，言詩、訂詩各一條，合計共十六條。

述之，不一而足。後之經傳載其引詩言詩者，更不勝枚舉，祇禮記一書即多達近百次，❺其重於詩教，由是可知；蓋詩之爲道，體大用廣也。孔叢子載孔子讀詩，及小雅，喟然歎曰：

> 吾於周南召南，見周道之所以盛也。於柏舟，見匹夫（婦）執志之不可易也。於淇奥，見學之可以爲君子也。於考槃，見遁世之士而不悶也。於木瓜，見苞苴之禮行也。於緇衣，見好賢之心至也。於雞鳴，見古之君子不忘其敬也。於伐檀，見賢者之先事後食也。於蟋蟀，見陶唐儉德之大也。於下泉，見亂世之思明君也。於七月，見豳公之所以造周也。於東山，見周公之先公而後私也。於狼跋，見周公之遠志所以爲聖也。於鹿鳴，見君臣之有禮也。於彤弓，見有功之必報也。於羔羊，見善政之有應也。於節南山，見忠臣之憂世也。於蓼莪，見孝子之思養也。於四月，見孝子之思祭也。於裳裳者華，見古之賢者世保其祿也。於采菽，見古之明王所以敬其諸侯也。（記義第三）

可見詩足以啓發情志，導人向善；開闊視野，增廣見聞。或忠君孝親，移風善俗；或專對達

❺ 禮記載孔子引詩六十二條，言詩七條，尤以坊記十三條，表記十八條，緇衣二十二條爲特多。此三篇分章記事，皆以「子云」、「子曰」、「子言之」發端，形式與論語相仿。

政，知道能治；其有關於政教功用，亦可謂大矣。清人楊大受謂：「詩之益，大有關於倫常，小有資於見聞。」（論語講義切近錄卷十八）苟能體之於身，會之於心，身體力行，則功莫大焉。杜預曰：「優而柔之，使自求之；饜而飫之，使自趨之；若江海之浸，膏澤之潤，渙然冰釋，怡然理順，然後爲得也。」（左傳序）其此之謂乎！今就孔子言論，綜輯其詩教之微言，大要有三，曰修德之教，曰處世之教，曰從政之教。

一　修德之教

讀詩可以使人心靈清淨，思想純一。孔子曰：「詩三百，一言以蔽之，曰：思無邪。」（爲政）此揭詩之要，在正人心也。思者，聖功之本；是人心發念處，思入於正則正，思入於邪則邪，人品之邪正，皆係於思。包咸謂夫子以詩可教人「歸於正」，（何晏論語集解引）即通過詩教，可使人思想純正健康。孔子引魯頌駉篇語以評詩經，雖斷章取義，卻一語中的，符合儒家倡導之道德準則。三百篇所反映之思想內容，如歌風貢俗，紀評人事，寫情寄詠，固亦洋洋灑灑，然就其創作之動機及用心，實祇頌美譏失而已。詩譜序曰：「論功頌德，所以將順其美；刺過譏失，所以匡救其惡。」則詩所呈現之真誠，固可以勸人棄惡，導人從善，復能培育正直之仁，及不阿之義。朱子論詩，亦特重聖人所謂「詩可以觀」，及春秋所謂「命太師陳詩以觀民風」，蓋詩可以「考見事跡之得失，因以警自己之得失。」（詩傳遺說卷二）又謂：

此詩之立教如此，可以感發人之善心，可以懲創人之逸志。（朱子語類卷二三）

故言善者，感觸夫人，使善心生，固欲防其未發之邪思也。言惡者，懲創夫人，使惡心息，亦欲銷其未發之邪思也。總教人發乎情，止乎禮義，而歸於無邪也。

孔子最重仁之造就，蓋以「唯仁者，能好人，能惡人。」（里仁）故主張以克己復禮爲仁，勸人「非禮勿視，非禮勿聽，非禮勿言，非禮勿動。」（顏淵）「不能詩，於禮繆；不能樂，於禮素；薄於德，於禮虛。」（禮記孔子燕居）明辨是非，從善疾惡，遵行禮法，或庶幾仁也。此與詩教之功能，正相契合，亦儒家精神所繫也。孟子離婁上：

詩云：「商之孫子，其麗不億。上帝既命，侯於服周。侯服於周，天命靡常；殷土膚敏，祼將於京。」孔子曰：「仁不可爲衆也。夫國君好仁，天下無敵。」

所引詩爲大雅文王篇，有德者昌，無德者亡，國君修德行仁，敵國人口雖衆，不可恃也；故孔子以爲國君好仁，天下無敵。禮記亦載：

子言之：「君子之所謂能仁者，其難乎！詩云：『凱弟君子，民之父母。』凱以强教之，弟以說安之。樂而無荒，有禮而親。威莊而安，孝慈而敬。使民有父之尊，有母之親，如此而後可以爲人父母矣。非至德其孰能如此乎？」（表記）

夫子引大雅洞酌以明尊尊親親，仁德教化之要；人君以凱弟之道教民，乃能使民有尊有親，有父母之道，而後方可以爲民之父母也。至若時下流行之新聲，則爲夫子所惡，曰：「惡紫之奪朱也，惡鄭聲之亂雅樂也，惡利口之覆家邦也。」（陽貨）鄭聲之亂雅樂，猶利口之覆家邦，謂其巧言令色，缺乏誠意，鮮以仁也；故夫子「放鄭聲，遠佞人」，蓋「鄭聲淫，佞人殆」也。鄭聲實當時流行之新聲，非指詩經之鄭風也。（詳拙著《孔子放鄭聲及朱熹淫詩說》）由其音樂淫靡，內容乏善，不合禮法，夫子斥之，正以其不可以爲教也。

讀詩可以變化氣質，移風善俗。孔子曰：「入其國，其教可知也；其爲人也，溫柔敦厚，詩教也。」（禮記經解）此揭示詩教之要，在培育高尚氣質，轉移善良風俗。蓋詩歌之詠，依違不直諫，委婉而含蓄，使言之者無罪，聞之者足以戒，具寬恕包容之感染力。孔子嘗告曾子曰：「參乎，吾道一以貫之。」（里仁）聖人一貫，忠恕而已，此其心學之傳也；心之未感爲忠，方感爲恕，誠心所出，何所不貫，一言可行終身，絜矩可平天下，此曾子善發聖人之蘊也。故其人淳樸篤實，寬厚真誠，顏色溫潤，性情和柔，而又存此忠恕之心，則可謂深於詩教者也。又論語載子路曾晳冉有公西華侍坐，孔子使各言其志，曾點曰：「浴乎沂，風乎舞雩，詠而歸。」（先進）夫子喟然而與之。又孔子入武城，聞弦歌之聲不絕，喜子游以道化民，莞爾而笑，曰：「割雞焉用牛刀。」（陽貨）雖爲戲言，亦深許之也。是夫子以禮樂詩教，可以移風善俗，用之鄉人，用之邦國，以化天下也。故曰：「邇之事父，遠之事君。」（陽貨）則資於詩以事父，可以廣孝思；資於詩以事君，可以廣忠藎。詩大序亦謂：「先王以是經夫婦，成孝敬，厚人倫，移教化。」則詩之爲道，尚矣！漢書儒林傳：

> 王式，字翁思，東平新桃人也。事免中徐公及許生，式爲昌邑王師。昌邑王廢，繫獄，當死。治事使者責問，曰：「師何以亡諫書？」式對曰：「臣以詩三百五篇朝夕授王，至於忠臣孝子之篇，未嘗不爲王反復誦之也；至於危亡失道之君，未嘗不流涕爲王深陳之也。臣以三百五篇諫，是以亡諫書。」使者以聞，亦得減死論。歸家，不教授。諸博士素聞其賢，共薦式，詔除下爲博士。（王式條）

則詩之爲用，其利大矣。既可教忠教孝，復可止僻止邪，雖無爲而自發，乃有益於性靈。故朱熹詩集傳序云：「察之乎情性隱微之間，審之乎言行樞機之始，則修身及家，平均天下之道，其亦不待他求而得之於此矣。」可謂知言。

二　處世之教

學詩能言，可資談興。蓋詩有比興應對酬酢，人若學之，便可與人言語矣。孔子曰：「學詩乎？不學詩，無以言。」（季氏）則學詩可以訓練辭令，增強言語之表達，蓋詩本性情，長於諷諭，而又該括物理，始於衽席，至於天下，故學之，能使人溫厚和平，心氣柔順，通明道理，達於事變，所以能言也。夫子又謂：「汝爲周南召南乎？人而不爲周南召南，其猶正牆面而立也歟！」（陽貨）學詩亦可增廣見聞，開拓視野；二南爲王化之基，禮義所繫，故苟不爲之，便一物無所睹，一步不能行，即所謂正牆面而立也。而修齊之理，平治之道，茫然無所知，又焉能處世哉？禮記載孔子子夏論詩：

> 孔子閑居，子夏侍。子夏曰：「敢問詩云『凱弟君子，民之父母。』何如斯可謂民之父母矣？」孔子曰：「夫民之父母乎，必達於禮樂之原，以致五至而行三無，以橫於天下。四方有敗，必先知之。此之謂民之父母矣。」子夏曰：「民之父母，既得而聞之矣。敢問何謂五至？」孔子曰：「志之所至，詩亦至焉。詩之所至，禮亦至焉。禮之所至，樂亦至焉。樂之所至，哀亦至焉。哀樂相生，是故正明目而視之，不可得而見

也。傾耳而聽之，不可得而聞也。志氣塞乎天地，此之謂五至。」子夏曰：「五至既得而聞之矣，敢問何謂三無？」孔子曰：「無聲之樂，無體之禮，無服之喪，此之謂三無。」子夏曰：「三無既得略而聞之矣，敢問何詩近之？」孔子曰：「『夙夜其命宥密』，無聲之樂也。『威儀逮逮，不可選也』，無體之禮也。『凡民有喪，匍匐救之』，無服之喪也。」子夏曰：「言則大矣，美矣，盛矣。言盡於此而已乎？」孔子曰：「何爲其然也？君子之服之也，猶有五起焉。」子夏曰：「何如？」孔子曰：「無聲之樂，氣志不違；無體之禮，威儀遲遲；無服之喪，内恕孔悲。無聲之樂，氣志既得；無體之禮，威儀翼翼；無服之喪，施及四國。無聲之樂，氣志既從；無體之禮，上下和同；無服之喪，以蓄萬邦。無聲之樂，日聞四方；無體之禮，日就月將；無服之喪，純德孔明。無聲之樂，氣志既起；無體之禮，施及四海；無服之喪，施於孫子。」（孔子閑居）

子夏以大雅泂酌篇發問，孔子告以「五至」「三無」之事，並引詩以證，更進而闡發「三無」之「五起」意蘊，子夏直稱其道理大矣，美矣，盛矣。師徒答問論學，以詩爲證，固可以得處世之道也。

賦詩言志，可以論學交友。孔子曰：「小子何莫學乎詩？詩可以興，可以觀，可以群，可以怨。」（陽貨）詩言有善惡，所以感發己心；詩言有美刺，所以考見得失；而詩人之情，或和而不流，可以處衆；或怨而不怒，可以蓄憤。詩又是當時雅言，爲國際標準語，人民交際，列國往來，會盟聘問，往往賦詩；故學者可藉以交流學術，溝通情志，調和關係，砥礪情誼也。賦詩觀志之風尚，其見於春秋左氏者甚夥，如襄公二十七年傳：

> 鄭伯享趙孟于垂隴。子展、伯有、子西、子產、子大叔、二子石從。趙孟曰：「七子從君，以寵武也，請皆賦，以卒君貺，武亦以觀七子之志。」子展賦草蟲。趙孟曰：「善哉！民之主也！抑武亦不足以當之。」伯有賦鶉之奔奔。趙孟曰：「床第之言不踰閾，況在野乎？非使人之所得聞也。」子西賦黍苗之四章。趙孟曰：「寡君在，武何能焉？」子產賦隰桑。趙孟曰：「武請受其卒章。」子大叔賦野有蔓草。趙孟曰：「吾子之惠也。」印段賦蟋蟀。趙孟曰：「善哉！保家之主也！吾有望矣。」公孫段賦桑扈。趙孟曰：「『匪交匪敖』，福將焉往？若保是言也，欲辭福祿，得乎？」卒享，文子告叔向曰：「伯有將爲戮矣！詩以言志，志誣其上而公怨之，以爲賓榮，其能久乎？幸而後亡。」

鄭國諸子所賦詩，皆在稱頌趙孟，以其能聯晉、鄭之好也。惟伯有與鄭君有隙，遂賦鶉之奔奔以怨，故文子斥之，謂其「將爲戮也。」此賦詩觀志之例也。又論語載孔子與子夏、子貢答問：

子夏曰：「『巧笑倩兮，美目盼兮，素以爲絢兮。』何謂也？」子曰：「繪事後素。」曰：「禮後乎？」子曰：「起予者商也，始可與言詩已矣。」（八佾）

子貢曰：「貧而無諂，富而無驕，何如？」子曰：「未若貧而樂，富而好禮者也！」子貢曰：「詩云：如切如磋，如琢如磨。其斯之謂與？」子曰：「賜也，可與言詩已矣，告諸往而知來者。」（學而）

此賦詩講學之例也。子夏論詩而知禮，子貢論學而知詩，孔子許之，蓋以其有悟心也。昔者師友之往來，述學論道，切磋觀摩，引詩賦詩，往往有之；雖斷章取義，亦足以開迪心智，啓發善心者；其言或足會心，相悅解頤，或廣多識，妙悟義理。凡此，固可以觸類旁通，增長智慧，發揮潛能也。

三　從政之教

學詩可以達政，可以使諸四方。孔子曰：「誦詩三百，授之以政，不達；使諸四方，不能專對，雖多亦奚以爲？」（子路）是知熟誦三百之篇，可以從事政治事務，並達致成功。學記云：「大學始教，宵雅肄三，官其始也。」蓋鹿鳴、四牡、皇皇者華三詩，皆君臣宴樂，相勞慰問之詞；且以居官受職之美，誘諭學者爲官之初志，兼取上下協和，報效國家之意也。國語載叔孫穆子聘晉，晉悼公饗之，樂及鹿鳴之三，答使者問何禮，曰：

> 寡君使豹來繼先君之好，君以諸侯之故，貺使臣以大禮。夫先樂金奏肆夏、樊、遏、渠，天子所以享元侯也。夫歌文王、大明、緜，則兩君相見之樂也。皆昭令德以好也，皆非臣之所敢聞也。臣以爲肄業及之，故不敢拜。今伶簫詠歌及鹿鳴之三，君之所以貺使臣，臣敢不拜貺？夫鹿鳴，君所以嘉先君之好也，敢不拜嘉？四牡，君所以章使臣之勤也，敢不拜章？皇皇者華，君教使臣曰：「每懷靡及」，諏、謀、度、詢，必咨於周，敢不拜教？臣聞之：「懷和爲每懷，咨才爲諏，咨事爲謀，咨義爲度，咨親爲詢，忠信爲周。」君貺使臣以大禮，重之以六德，敢不重拜？（魯語下）

叔孫穆子雖答以詩用之禮，然亦可窺知詩之於政教功能，固可以誘諭學者爲官之榮譽心。故曰：「凡學，官先事，士先志也。」（學記）孔子亦云：「學也，祿在其中。」（衛靈公）子夏亦謂：「學而優則仕。」（子張）則從政爲官，實詩教之重要目的。論語載從政、問政、爲政、爲邦之事，俯拾即是，若再配合詩教，當可知彼此之關係也。孟子曰：

詩云：「迨天之未陰雨，徹彼桑土，綢繆牖戶。今此下民，或敢侮予！」孔子曰：「爲此詩者，其知道乎？能治其國家，誰敢侮之。」（公孫丑上）

孟子所引詩爲豳風鴟鴞，古序謂：「鴟鴞，周公救亂也。」詩人以鴟鴞知機，於天未陰雨之前，取彼桑根，以纏綿戶牖，防犯未然，以喻君子於閑暇之時，治其國家，明其刑政，故夫子以爲作詩者知道能治，則讀詩可以培育人之治國能力。經傳群書載孔子引詩議政者甚夥，茲列舉其數則以明之，如左傳載仲尼曰：

善哉！政寬則民慢，慢則糾之以猛；猛則民殘，殘則施之以寬。寬以濟猛，猛以濟寬，政是以和。詩曰：「民亦勞止，汔可小康。惠此中國，以綏四方。」施之以寬也。「毋縱詭隨，以謹無良。式遏寇虐，慘不畏明。」糾之以猛也。「柔遠能邇，以定我王。」平之以和也。又曰：「不競不絿，不剛不柔，布政優優，百祿是遒。」和之至也。（昭公二十年）

所引大雅民勞之詩，旨在闡明爲政之要，宜施之以寬，糾之以猛，寬猛相濟，平之以和之道也。「又曰」以下，則復引商頌長發以證成其說。又禮記載孔子曰：

> 上酌民言，則下天上施；上不酌民言，則犯也。下不天上施，則亂也。故君子信讓以涖百姓，則民之報禮重。詩云：「先民有言，詢於芻蕘。」（坊記）

所引大雅板之詩，旨在說明爲政者，應廣開言路，諮諏善道，禮失求諸野，則芻蕘之言可取也。又說苑載：

> 哀公問政於孔子，對曰：「政在使民富且壽。」哀公曰：「何謂也？」孔子曰：「薄賦斂則民富，無事則遠罪，無罪則民壽。」公曰：「若是則寡人貧矣。」孔子曰：「詩云：『愷悌君子，民之父母。』未見其子富而父母貧者也。」（政理）

所引大雅泂酌之詩，旨在說明爲政者，當使民富且壽，民富則國富，故子富而父母貧者，未之有也。夫子以平治天下爲己任，雖轍環天下，不遇於時，然其議政論政之言，引詩爲據，洋洋灑灑，亦欲時君世主，後王胄裔，有所鑒戒也。

古人學詩，於興觀群怨而外，特重其致用功能，所謂學詩能言，可以專對也。春秋之際，列國分立，行人之使，遒軒之車，往來頻繁，而朝聘之盟，宴享之會，交相賦詩；其於朝聘會盟之時，君子相見之際，或以禮樂示意，或以賦詩道志，禮記曰：「志之所至，詩亦至焉；詩之所至，禮亦至焉。」（仲尼燕居）漢書亦云：「古者諸侯卿大夫交接鄰國，以微言相感，當揖讓之時，必稱詩以諭其志，蓋以別賢不肖，而觀盛衰焉。」（藝文志）其或一言可取，亦足以安邦定國；如左傳僖公二十三年，載晉公子重耳奔秦，秦伯享宴之，趙衰隨從，且爲重耳賦詩，卒得秦助，而成晉文之霸業；其事亦詳載國語：

> 秦伯將享公子，公子使子犯從。子犯曰：「吾不如衰之文也，請使衰從。」乃使子餘從。秦伯享公子如享國君之禮，子餘相，如賓。明日宴，秦伯賦采菽，子餘使公子降拜。秦伯降辭。子餘曰：「君以天子之命服命重耳，重耳敢有安志，敢不降拜從？」成拜，卒登；子餘使公子賦黍苗。子餘曰：「重耳之仰君也，若黍苗之仰陰雨也。若君實庇蔭膏澤之，使能成嘉穀，薦在宗廟，君之力也。君若昭先君之榮，東行濟河，整師以復强周室，重耳之望也。重耳若獲集德而歸載，使主晉氏，成封國，其何實不從。君若恣志以用重耳，四方諸侯，其誰不惕惕以從命！」秦伯歎曰：「是子將有焉，豈專在寡人乎！」秦伯賦鳩飛。公子賦河水。秦伯賦六月，子餘使公子降拜。秦伯降辭。子餘曰：「君稱所以左天子，匡王國者以命重耳，重耳敢有惰心，敢不從德？」

（晉語四）此其成功外交之事例也。左氏記事，特詳於詩，計其引詩一百八十條，賦詩亦七十有六，是知春秋之時，行人之官，往來交通，賦詩言志，其風必盛，則孔子所謂達政專對之教，實踐致用之功，概可知也。

第五節　結　語

詩既經采集，積四、五百年所得，其數當有三千餘篇；及孔子之時，其數或有不足，其中亦或多錯亂重複，夫子慮其傷於雅道，而又懼覽者之不一，無以觀其大略，遂去其煩重，取其精華，其得聲得義者，三百五篇，所以立教垂範也。

孔子選詩，一準至誠，合乎禮義，故曰：「思無邪。」此溫柔敦厚之原，人性中和之本。詩人直抒性靈，敷陳物象，上關廟謨，下敍家常，近取諸身，遠取諸物，莫非款惻誠懇，自然感發。學者感興反躬，修身立誠，藹如仁人，此詩教之功也。孔子教育家，而教育之道，性情爲先，詩之本質，又尚性情，故孔子曰：「興於詩。」蓋欲學者觸類起情，旁推交通也。論語每言「舉一反三」（述而）、「溫故知新」（爲政）、「聞一知十」（公冶長）；又謂多聞擇善，多見而識（述而）；博學篤志，切問近思（子張）；而其與二三子論學，亦稱子夏能引詩起予，子貢告往知來；凡此，皆所謂感發志氣，自得存心也。是故詩可以興觀群怨，修養品德；可以事父事君，孝親愛國；可以博識物性，增廣見聞；可以能言專對，論學取友；可以居官受任，協和上下。是以溫柔敦厚而不愚，乃可謂之深於詩教者也。學記曰：「善歌者，使人繼其聲；善教者，使人繼其志。」（禮記）則古之化民成俗，其教莫大乎是矣。孔子云：「視其所以，觀其所由，察其所安，人焉廋哉？人焉廋哉？」（爲政）則孟子教人以意逆志，須根於知人論世，蓋有所見矣。孟子又曰：「君子深造之以道，欲其自得之也；自得之則居之安，居之安則資之深，資之深則取之左右逢其原；故君子欲其自得之也。」（離婁下）以此讀詩，詩可得也；以此教授，功莫大焉。乃知夫子「發憤忘食，樂以忘憂，不知老之將至。」（述而）子夏「彈琴以詠先王之風，有人亦樂，無人亦樂。」（韓詩外傳）爲何等精神，何等胸襟，何等境界也！

第三章　孔子論詩之大義及三百之成「經」

第一節　前言

教育之道，性情爲先；故夫子雅言，以詩爲首。❶又云：「入其國，其教可知也：其爲人也，溫柔敦厚，詩教也。疏通知遠，書教也。廣博易良，樂教也。絜靜精微，易教也。恭儉莊敬，禮教也。屬辭比事，春秋教也。」（禮記經解）此雖後儒所追述，然亦可見五經之各具其教育功能也。樂之有經與否？後儒聚訟，姑且不論；禮則自孔子時而其經不具，司馬遷史記儒林傳已疑之，❷後之三禮多出孔子之後。春秋撰成於夫子之手，左傳成書約在周亡前

❶ 論語述而篇：「子所雅言：詩書執禮，皆雅言也。」是詩居雅言之首也。
❷ 史記儒林傳：「禮固自孔子時而其經不具，及至秦焚書，書散亡益多，於今獨有士禮。」是禮晚出之證也。

七十年秦惠文君前後,❸而公、穀二傳自是晚出。故今所見群經,獨易、書、詩三者爲孔子前之舊聞。而夫子於易惟曰:「加我數年,五十以學易,可以無大過矣。」(述而)其於書亦但引:「書云:孝乎,惟孝友於兄弟。」❹(爲政引君陳篇)如是而已。然於詩則異,其一則曰:「學詩乎?」(季氏)「小子何莫學夫詩?」(陽貨)「女爲周南召南乎?」(陽貨)再曰:「吾自衛反魯,然後樂正,雅頌各得其所!」(子罕)「詩三百,一言以蔽之,曰:思無邪。」(爲政)又曰:「頌詩三百,授之以政,不達;使諸四方,不能專對;雖多亦奚以爲?」(子路)而泰伯篇所謂:「興於詩,立於禮,成於樂。」陽貨篇所言:「詩可以興,可以觀,可以群,可以怨,邇之事父,遠之事君,多識於鳥獸草木之名。」尤足觀其論詩之大義也。論語載孔子言詩論詩者十六條,而群經傳記所載其言詩引詩,門人弟子之論詩者,且凡百數,其獨重於詩,概有如是者。無怪乎姚首源稱詩之爲教獨大,❺而夫子之獨重於詩,豈無故哉?(詩經通論自序)後儒孟、荀並有論述,而鄒魯之士,搢紳先生,多能明之;秦置博士,漢初

---

❸ 左傳僖公五年有「虞不臘矣」,史記秦本紀惠文君十二年有「初臘」。宋後學者頗疑「臘」爲秦制。又左傳僖公二十五年述晉文公復王於王城,恃功請隧,而有「代德二王」之語,學者亦頗疑爲「五德」之論,則左傳晚出亦無疑矣。

❹ 尚書君陳篇:「惟爾令德,孝恭,惟孝友於兄弟。」爲政篇擷其末句以贊大孝之人。

❺ 姚際恆詩經通論自序云:「諸經中詩之爲教獨大。」「謂非夫子于易、詩、書三者獨重于詩不可也。」又謂:「夫子之獨重於詩,豈無故哉!」

沿習，而文帝更獨取三百以設專經博士，則詩之成「經」，亦已定矣。

第二節 孔子論詩之大義

孔子論詩之見於論語者蓋如上述，而其最見重於後世者，厥有三。其一：

詩可以興，可以觀，可以群，可以怨；邇之事父，遠之事君，多識於鳥獸草木之名。（陽貨）

其二：

興於詩，立於禮，成於樂。（泰伯）

其三：

詩三百，一言以蔽之，曰：「思無邪。」（爲政）

其一乃明言詩人興詩，恆藉鳥獸草木以託其忠君孝親之思；故讀詩者，首須博識物性，乃可以興、觀、群、怨，而得事父事君之義。其二乃以詩足以搖蕩情懷，導人興會；然志有所之，而情慾從之，則易流而忘反，故須立禮以爲規範。雖禮之爲用，以和爲貴，然其繁文縟節，又過於刻板；而樂則陶冶情性，足使歸之安和。故孔子曰：「人而不仁，如禮何？人而不仁，如樂何？」（八佾）此實人格完成之階梯也。其三乃孔子自言所選詩三百，以禮觀之，則義歸無邪。其言始於「興」，而終於「無邪」，蓋有深意焉。茲述之如后：

一　博識物性

此作詩者、讀詩者之首務也。學記曰：「不學博依，不能安詩。」蓋鳥獸草木蟲魚，各具其真性，詩人興感，油然相觸，必有其相投之機，雖微而切也。苟不能審其所感之物，而知其形神之詳，則無以察知詩人情性之微，而讀詩者亦無以得其興、觀、群、怨之正；則夫子所謂「多識於鳥獸草木之名」，豈徒貧多識而誇博聞哉？要在考其興象以正人心也。故不辨其象，無由知物，不審其名，無由知義，後世不達斯旨，概以末藝餘事視之。若皇注、邢疏❻

❻ 梁皇侃有論語義疏，宋邢昺則有論語正義。

即以爲「詩並載其名，學詩者因又多識此鳥獸草木之名也。」而朱熹直謂「其餘緒又足以資多識。」❼自是而後，說者概以孔子「多識」之言爲餘事，爲附帶功能，而不予重視。屈萬里先生就孔子之言，歸納詩經之作用有三：「其一爲用詩涵養性情，以爲修身之用。其二藉以通達世務，以爲從政之用。其三用詩練習辭令，以爲應對之用。」並直以「多識鳥獸草木之名」爲附帶作用。（詳先秦說詩的風尚和漢儒以詩教說的迂曲）蓋以「名」之義爲「名稱」、「名謂」也，皆未諳「名」之真義，而蔽於文字之失也。董仲舒曰：「名之爲言真也。」（春秋繁露深察名號篇）鄭樵亦云：

> 若曰關關雎鳩，在河之洲；不識雎鳩，則安知河洲之趣與關關之聲乎？凡雁鶩之類，其喙褊者，則其聲關關；雞雉之類，其喙銳者，則其聲鷕鷕，此天籟也。雎鳩之喙似鳧雁，故其聲如是，又得水邊之趣也。小雅曰：「呦呦鹿鳴，食野之苹。」不識鹿，則安知食苹之趣與呦呦之聲乎？凡牛羊之屬，有角無齒者，則其聲呦呦；駝馬之屬，有齒無角者，則其聲蕭蕭，此亦天籟也。鹿之喙似牛羊，故其聲如是，又得蔞蒿之趣也。使不識鳥獸之情狀，則安知詩人關關呦呦之興乎？若曰「有敦瓜苦，蒸在栗薪」者，

---

❼ 論語陽貨篇集注：「其餘緒又足以資多識。學詩之法，此章盡之。」

謂瓜苦引蔓於離落間，而有敦然之繫焉。若曰「桑之未落，其葉沃若」者，謂桑葉最茂，雖未落之時，而有沃若之澤。使不識草木之精神，則安知詩人敦然、沃若之興乎？夫物之難明者，爲其名之難明也。（昆蟲草木略序）

是知詩人與讀詩者，必先瞭識鳥獸之情狀，草木之精神，乃可以興詩言詩。郭喬泰曰：「吾鄉曩有鄭漁仲先生撰昆蟲草木志略，其自序云：『已得草木之真，然後傳詩。』則是以詩家發興之本在也。」（毛詩多識篇序）頗得鄭氏精神。劉寶楠亦謂：「鳥獸草木所以貴多識者，人飲食之宜，醫藥之備，必當識別，匪可妄施，故知其名，然後能知其形，知其性。爾雅於鳥獸草木，皆專篇釋之，而神農本草，亦詳言其性之所宜用，可知博物之學，儒者所甚重矣。」（論語正義）是故名之爲言「真」也，猶今所謂物之「真性」也。近人周浩治亦謂「名」之正解爲「天性」、「特性」。（「多識鳥獸草木之名」句讀）古人精察物理，有以知物之真性，故其託物起興，必非漫然爲之。故讀詩者，非博聞多識，則難以通曉詩人本旨，而得其比興之真也。陳啓源云：「詩人興體，假象於物，寓意良深；凡託興在是，則或美或刺，皆見於『興』中；故必研窮物理，方可與言『興』。」（毛詩稽古篇）其言確切。後世不辯物性而强繹詩義，則詩人之旨日微，而性情日失，更遑論興、觀、群、怨，事父、事君矣。是故，詩人博聞多識於物性，乃可以託興以道其事父、事君之義也。讀詩者能博識物性以證詩義，乃可以得其興、觀、群、怨之意，而達詩人事父、事君之旨，此不可不察也。

二　興觀群怨

此讀詩者之所得也。詩以導達情志，陶冶性靈爲本，具溫柔敦厚之旨，懇誠惻款之質；讀詩者旦旦而學之，自能潛移默化，反躬而誠。故朱子謂：「興者，感發志意；觀者，考見得失；群者，和而不流；怨者，怨而不怒。」（論語集註）惟興發無端，搖蕩情懷，動而不知其所以，其興起鼓舞之情，每與作者冥合而不自知。羅倬漢云：

> 興爲率感，與讀詩時，軒翥於詩人心中，不覺與之相會，其時作詩者之喜怒，即爲讀詩者之喜怒；苟詩發於溫厚惻愴之情，則讀詩者即動於溫厚惻愴，而不能自已，此詩發於作者之性情，即與於讀者之性情也。（詩樂論）

故讀者感情之興發，每與作者而相融，其興於喜樂哀怨，即作者之喜樂哀怨也；惟讀者每因其遭遇感受，學問修養，恆與作者有異，則其所得，亦自有深淺高下而不盡相侔者也。

「興」偏於動，切於情之所感；「觀」偏於靜，切於理之所推；故萬物靜觀皆自得。況詩有美刺，固可以觀風俗之興衰，考政教之得失也。詩大序云：「治世之音安以樂，其政和；亂世之音怨以怒，其政乖；亡國之音哀以思，其民困。」故季札請觀周樂，而有以知列國之得失，鄭康成謂孔子錄懿王夷王時詩，迄陳靈公淫亂之事，亦止於「作後王之鑑」也。是以「國史明乎得失之跡，傷人倫之廢，哀刑政之苛，吟詠情性以風其上。」（詩大序）觀古爲鑑，以正得失，師善去惡，反躬於誠，乃可謂善於詩也。

群者，樂群也；詩人之情，和而不流，可用以處衆，故焦循曰：「詩之教溫柔敦厚，學之則輕薄嫉忌之習消，故可以群居相切磋。」（論語補疏）其意頗洽。論語載子貢問：「貧而無諂，富而無驕，何如？」夫子答以「未若貧而樂，富而好禮。」而悟「切磋琢磨」之意。（學而）子夏問「巧笑美目」之詩，而夫子應之以「繪事後素」，因悟「禮後」之旨。（八佾）此皆所謂群相切磋也。至若學詩以言，賦詩道志，出使親善，達於四方，皆「可以群」之事也。高師仲華曰：「群者，溝通其情志者也。」（孔子的詩教）最爲得之。

怨爲感情之宣洩；詩人之情，怨而不怒。哀樂之感，歌詠之聲，讀之，每有先獲我心之快；而讀者內心之抑鬱怨忿，亦可藉詩而廓清。詩品序曰：「使貧賤易安，幽居靡悶，莫尚於詩矣。」陳詩展義，長歌騁懷，所以處怨也。高師仲華謂：「怨，宣洩其情志者也。」（論中國的詩）確當妥貼。

興、觀、群、怨四者，非有等差；方其興也，其觀、群、怨亦自在其中，一齊呈現，細觀瞭然。如孔子與子貢子夏論詩，是群相切磋也；而各有啓發，則是興矣。夫子喟然與於商、賜，則是怨也。而各有悟門，則亦可以觀其志矣。毛詩正義序云：

> 夫詩者，論功頌德之歌，止僻防邪之訓，雖無爲而自發，乃有益於性靈，六情靜於中，百物蕩於外，情緣物動，物感情遷，若政遇醇和，則歡娛被於朝野；時當慘黷，亦怨刺形於詠歌。作之者所以暢懷舒憤，聞之者足以塞違從正，發諸情性，諧於律呂，故曰：「感天地，動鬼神，莫近於詩。」

王夫之亦曰：

> 於所興而可觀，其興也深；於所觀而可興，其觀也審。以其群者而怨，怨愈不忘；以其怨者而群，群乃益摯。出於四情之外，以生起四情；遊於四情之中，情無所窒。作者用一致之思，讀者各以其情而自得。人情之遊也無涯，而各以其情遇，斯所貴於有詩。（船山遺書詩繹）

是知詩人興發不一，而讀者仁智有別，則詩文之偏切，與夫領略之深淺，自亦各有異耳。

三　事父事君

此夫子賦予三百篇之大義也。詩人之詩義，已不可得而聞也；今可得而聞者，夫子之詩義也。「邇之事父，遠之事君」，與論語「事父母能竭其力，事君能致其身」，（學而）同爲學詩之最終目標。後之言詩者，如孟子謂：「凱風，親之過小者也；小弁，親之過大者也。」（告子）大序：「先王以是經夫婦，成孝敬，厚人倫，美教化，移風俗。」皆承孔子「事父事君」之意立言。蓋人倫之道，詩無不備，故資於詩以事父，可以廣孝思；資於詩以事君，可以廣忠藎。焦循毛詩補疏序云：

> 夫詩，溫柔敦厚者也；不質直言之，而比興言之；不言理而言情，不務勝人而務感人。故示諸於民，則民從；施諸於僚友，則僚友協；誦之於君父，則君父怡然釋，不以理勝，不以氣矜，而上下相安於正。

蓋其依違諷諫，不指切事情，故言之者無罪，聞之者足以戒，是以學詩可以得事父事君之大義。漢書儒林傳載：

王式，字翁思，東平新桃人也。事免中徐生及許生，爲昌邑王師。昌邑王廢，繫獄，當死。治事吏責問曰：「師何以亡諫書？」式對曰：「臣以詩三百五篇朝夕授王，至於忠臣孝子之篇，未嘗不爲王反復誦之也。至於危亡失道之君，未嘗不流涕爲王深陳之也。臣以詩三百五篇諫，是以亡諫書。」（王式條）

則詩之有關於君父之義，不亦較然彰明乎？詩人託感於物，最多家國之思，詩緯詩含神霧曰：「詩者，持也。在於敦厚之教，自持其心，諷刺之道，可以扶持邦家者也。」朱熹亦曰：「察之情性隱微之間，審之言行樞機之始，則修身及家，平均天下之道，其亦不待他求而得之於此矣。」（詩集傳序）則詩教之極於君父，奚待言乎？

明末鹿善繼據孔聖興、觀、群、怨，事父、事君之家法，曰：

五倫爲天下大經，詩、書、禮、樂、易、春秋亦稱經，爲其大經之籍也。詩以道性情，而性情，正大經之所以爲用。興、觀、群、怨，性情備矣，歸之事父、事君，則詩之本義可知。然事父、事君，常道也，而必曰興，復曰觀，更曰群，且曰怨者，忠孝之道固常，臣子遭際多變；變之乘人，震撼擊撞，反覆奇幻，時出情理之外。歷變而不失其常，非感動激發，如箭在弦上，不能自已，則強作之氣易竭；非考古驗今，層金鍼於繡譜，則不學未免無術。非寓規於隨，就因爲易，如不避污泥之月魄，則作用不圓；非憂憤迫切，如見其兄射人者涕泣以道，則精神不透。天下何子不爲事父，何臣不爲事君，而必先以興、觀、群、怨；則詩之實用可知。（三歸草一）

是故讀詩者能透徹興、觀、群、怨之旨，乃能得忠孝之大也。

四　興詩成樂

此言修身成德之序也。興者，偏於性情之感發，然興發無端，志有所之而行欲從之，易流而忘反，漫羨而無所歸心。詩本無邪，而人心有善惡，故須立禮以爲規範，韓詩外傳云：「凡用心之術，由禮則理達（荀子作治通），不由禮則悖亂（荀子作勃亂提僈），飲食衣服，動靜居處，由禮則和節，不由禮則墊（荀子作觸）陷生疾，容貌態度，進退趨步，由禮則雅，不由禮則夷固（荀子作夷固僻違庸衆而野）。」是則學禮可以立身也。孔子曰：「不學禮，無以立。」（季氏）又曰：「不知禮，無以立。」（堯曰）荀子亦謂：「人無禮則不生。」（修身）是知立必於禮也。惟禮自外作，勉而行之，又恐流於雜施不遜，壞亂不修，如何使之由勉行而歸之安行，則需樂教以成其文德矣。朱熹曰：「樂有五聲十二律，更唱迭和，以爲歌舞八音之節，可以養人之性情，而蕩滌其邪穢，消融其渣滓。故學者之終，所以至於義精仁熟，而自和順於道德者，必於此而得之，是學之成也。」（四書集註）其言甚韙。「興詩、立禮、成樂」，此完整人格教成之階梯也。故邢昺曰：「此章記人之立身成德之法也。興，起也；言人修身當先學起於詩也。立身必須學禮，成性在于學樂。」（論語注疏）孔子嘗言：「吾十有五而志於學，三十而立，四十而不惑，五十而知天命，六十而耳順，七十而從心所欲。」（爲政）志學者，學詩也，所謂「博學於文」也。立者，立禮也，所謂「約之以禮」也。不惑也，知天命也，此「克己復禮爲仁」矣。耳順，則樂教成焉，故能言韶盡美矣，又盡善矣；又能正樂，以求合韶武雅頌之音。而弟子言志，亦喟然與點也。❽至若從心所欲，則文德成焉，故可以不違仁，不逾矩也。爲其本在情性，故夫子以「興」爲始，蓋有深義焉。

五　義歸無邪

葩經三百，皆持人之性情，而一歸諸無邪者，故夫子曰：「詩三百，一言以蔽之，曰：思無邪！」（爲政）高師仲華謂孔子所選之三百篇，雖有美刺之不同，然皆合乎「思想純潔，感情真摯，想像切至。」固可謂之無邪也。（孔子的詩教）是則詩三百，乃詩人純潔真摯之所

---

❽ 論語先進篇載子路，曾晳，冉有，公西華侍，孔子使各言其志，曾晳，名點，曾參父，曰：「暮春者，春服既成，冠者五六人，童子六七人，浴於沂，風乎舞雩，詠而歸。」夫子喟然嘆曰：「吾與點也！」

感也。程子亦曰：「思無邪者，誠也。」（朱子集註引）詩人既能修辭立誠，則讀者自當心存無邪之念，乃能得詩之敦厚也。李迂仲云：

> 孔子嘗教學者以學詩之法矣，曰：「詩三百，一言以蔽之，曰：思無邪。」此言，蓋學者之樞要也。夫喜怒哀樂未發謂之中，發而皆中節謂之和。方喜怒哀樂之未發，則無思也。及喜怒哀樂之既發，然後有思焉；其思也正，則喜怒哀樂發而中節而和矣。其思也邪，則喜怒哀樂發而不中節而不和矣。故詩三百篇，雖箴規美刺不同，而皆合於喜怒哀樂之中節，以其思之正故也。孔子又嘗舉一隅以告學者矣，曰：「關雎樂而不淫，哀而不傷。」樂之與哀，出於思矣，不淫不傷，思之無邪也。樂而淫，哀而傷，則入於邪矣。（李黃毛詩集解關雎第一）

可謂善會夫子之言也。近人黃永武更引述詩大序：「變風發乎情，止於禮義。」謂「發乎情」爲思，「止於禮義」爲無邪；（詳中國詩學思想篇釋思無邪）亦能道其詳。然論語載夫子之言，一則曰：「鄭聲淫。」再則曰：「放鄭聲。」後世遂以爲鄭詩多淫篇，而朱集傳更直斥其爲：「淫奔者自敍之辭。」（溱洧）「淫奔之女言當此之時，見其所期之人而悦也。」（風雨）「淫女語其所私。」（褰裳）「淫女之辭。」（蘀兮）「淫女戲其所私。」（山有扶蘇）且更進而曰：

孔子之稱詩無邪也，以爲詩三百勸善懲惡，雖其要歸無不出於正，然未有若此言之約而盡者耳；非以作詩之人所思皆無邪也。今必曰彼以無邪之思，鋪陳淫亂之事，而閔惜懲創之意自見於言外；則曷若曰彼雖以有邪之思作之，而我以無邪之思讀之，則彼之自狀其醜者，乃所以爲吾警懼懲創之資耶？而況曲爲訓說，而求其無邪於彼，不若反而得之於我之易也。巧爲辨數，而歸其無邪於彼，不若反而責之於我之切也。（讀呂氏詩記桑中）

自是而後，學者遂以爲國風多淫篇。然而，夫子所謂「鄭聲淫」者，實當時流行之新樂，所謂「靡靡之音」也。以其過分散渙，萎靡人心，故夫子放之，與國風中之「鄭詩」及「淫於女色」之意，似不相干。（詳後孔子放鄭聲及朱熹淫詩說）再者，朱子又惑於「淫人自道其詞」，「淫者自狀其醜」之說，遂以爲淫篇皆淫者所自敍。然而此等逾禮敗俗之事，人必諱匿隱秘，雖至不肖者，亦未必肯直告人以其人其地也。設身處地，借口代言，詩歌常例。若男子之作閨人語，婦人之作男兒相思語，蓋亦多見。方回可言集云：「竊謂桑中溱洧，非淫奔者自爲之詩，彼淫奔者有此事，而旁觀之人有羞惡之心，故形爲歌詠以刺譏醜惡。」刺惡規善，兼作後人鑑戒，詩人之心也。是故思想純潔，感情真摯，想像切至，雖或美或刺，或正或變，而皆可以爲「思無邪」之詩也。呂祖謙曰：「詩人以無邪之心作之，學者亦以無邪之思觀之，閔惜懲創之意，隱然自見於言外矣。」（呂紀桑中）夫子聖之時者，獨能預憂於千百年後必有如朱熹者流，惑於文字之蔽，胡亂推敲，謂詩人以有邪之思作之，想入非非，故特標櫫「思無邪」以示警戒。周樹人謂朱熹等之所以如此者，實己心之不淨，而外物隨之。（詳漢文學史綱要）其與詩何干哉？則夫子終之以「思無邪」，蓋亦有深意焉。

第三節　孟子繼志

夫子之論詩，固有其大義，而於修身教化功能，尤爲著重，故門人弟子，皆能言詩，如子夏彈琴以詠先王之風，有人亦樂，無人亦樂，（詳韓詩外傳）曾子歌商頌，聲滿天地，若出金石。（詳莊子讓王）其醉心於詩之溫柔敦厚，蓋可知也。而論語泰伯篇所載：

> 曾子有疾，召門弟子曰：「啓予足，啓予手。詩云：『戰戰兢兢，如臨深淵，如履薄冰。』而今而後，吾知勉夫！小子！」

曾子，大孝之人也；以爲身體髮膚，受之父母，不敢毀傷；今有疾，恐致有毀傷，故召弟子開衾而視之，以明無傷也。其引小雅小旻三句，蓋極言其戒慎恐懼，謹守其身而不敢毀傷如此也。並藉以訓誡弟子，欲使聽識。故邢昺曰：「曾子言此詩者，喻己常戒慎，恐有所毀傷。『而今而後，小子』者，言今日之後，自知免於患難矣。呼弟子者，欲使聽識其言也。」則曾子已能遵孔子之教，以詩爲修身教化之用。及至孟子，更以詩爲「王道」之事，以與春秋爲「霸道」而作，相對爲言：

> 王者之迹熄而詩亡，詩亡然後春秋作。其事則齊桓晉文，其文則史，孔子曰：「其義則丘竊取之矣。」（離婁下）

趙岐謂「大平道衰，王迹止熄。」是詩之亡，乃亡於王道之既衰也。而春秋之起，乃仿於詩「事父事君」之大義也，寓褒貶，明善惡，故書成而亂臣賊子懼。孟子法先王，言必堯舜，其以詩爲王道之事，正所以闡明先王堯舜之道也。故齊宣王言其好貨，孟子即舉大雅公劉篇：「乃積乃倉，乃裹餱糧，於橐於囊，思戢用光，弓矢斯張，干戈戚揚，爰方啓行。」以明「昔者公劉好貨。」「故居者有積倉，行者有裹囊也；然後可以爰方啓行。王如好貨，與百姓同之，於王何有？」齊宣王又言其好色，孟子即舉大雅綿：「古公亶父，來朝走馬，率西水滸，至於岐下；爰及姜女，聿來胥宇。」以明「昔者大王好色，愛厥妃。」「當是時也，內無怨女，外無曠夫，王如好色，與百姓同之，於王何有？」（詳梁惠王下）又滕文公篇兩舉魯頌「戎狄是膺，荆舒是懲。」（閟宮）而斥之爲「非先王之道」，與「無父無君」，故周公膺之。今孟子七篇引詩共三十五次，俱言忠君孝親，急民修身之事，而於先王堯舜之道，仁愛之政，尤爲强調；是孟子之言王道，明仁義，每引詩爲證，而詩之地位，遂由是而提昇矣。

孟子之時，有鑒於世道衰微，孔子之道不著，而邪說誣民，充塞仁義，於是主張以仁義治國，藉仁義以尚志，其援詩以明仁義者，往往間出，其解詩、用詩、傳詩亦與仁義相切合，梁惠王上引大雅思齊，以明仁義之心；引小雅正月，以明文王發政施仁之效；滕文公上引豳風七月，以明仁人在位之不可緩也；離婁上引大雅板，以非「事君無義，進退無禮，言則非先王之道」之不良現象；及引大雅文王，以明身行仁義而天下歸之。凡此，皆與孔子仁德修養之意合，其繼志聖人，又可想見。

孟子論詩，亦有「以意逆志」，與「知人論世」之言，惟後人每以詩爲純抒情之作，而只著眼於「以意逆志」，以爲人之感情，有其共通，以己意迎取作者之志，乃可得之。故朱子目鄭風爲淫僻，邪意不莊，乃欲去聖賢於千百年後，妄臆先聖之志，毋乃以今之似，而亂古之真。且弁冕車旂之制，鼒鼎俎豆之儀，朝會燕享之規，禘祫郊丘之議，至於山川陵谷，屢易其形，草木禽魚，不恆厥性，故必須即古以言古，乃能免於鑿空也。王國維：「意逆在我，志在古人，果何修而能使我之所意，不失古人之志乎？此其術孟子亦言之，曰：『誦其詩，讀其書，不知其人可乎？是以論其世也。』是故由其世以知其人，由其人以逆其志，則古詩雖有不能解者，寡矣。」（觀堂集林玉谿生詩年譜會箋序）則孟子「知人論世」一語，實爲「以意逆志」之基礎也。章璜曰：

> 誦詩讀書，當論其世；或時所難言，或勢不敢言，每借虛以爲實，託此以言彼，而說詩者不悟其意；本婉言也，反直言之；本託言也，反質言之；本微言也，反顯言之。中間凡託爲婦人女子之辭者，則信爲實言；而假游女靜女爲比喻者，又皆指爲淫詞；使作者之志意，咸晦塞而不達矣。蓋惟不能以意逆志，故不免逐響尋聲，而詩人之旨無復存也。又安望如商、賜告往知來以起予哉！（圖書編詩經原始引）

焦循亦云：

> 然則所謂逆志者何？他日謂萬章曰：「誦其詩，讀其書，不知其人可乎？是以論其世也。」正爲有世可論，有人可求，故吾人之意有所措，而彼之志有可通。今不問其世爲何世，人爲何人，而徒吟上下，去來推之，則其所逆，乃文辭而非志也。此正孟子所謂害志者，而烏乎逆之，而又烏乎得之。夫不論其世，欲知其人，不得也。不知其人，

> 欲逆其志，亦不得也。孟子若預憂後世將秕糠一切而自以其察言也，特著其說以防之。故必論世知人，而後逆志之說可用也。（孟子正義）

其說確切，可謂深於孟子者也。是孟子預憂後世不達「以意逆志」之旨，而特著「論世知人」以防之；亦猶孔子預憂後世不達「鄭聲淫」、「放鄭聲」之意，而特著「思無邪」以防之也。然孟子之「知人論世」，尤特重於「王道」之意與「天子之事」，此其承孔子「事父事君」之大義，而更以「先王堯舜」之事，以彰明「王道」之跡，仁義之政也。則詩之地位，更見重於儒者矣。

第四節　荀子以詩爲「經」

孟子而後，言詩之風益盛，莊子天下篇云：「其在詩書禮樂者，鄒魯之士，搢紳先生，多能明之。」而荀子更明言詩之爲經爲典：

> 學惡乎始？惡乎終？曰：其數則始乎誦經，終乎讀禮；其義則始乎爲士，終乎爲聖人。禮之敬文也；樂之中和也；詩書之博也；春秋之微也。在天地之間者畢矣！（勸學）

楊倞注：「經，謂詩書；禮，謂典禮之屬。」荀子每引詩書與禮樂並稱，尤特重於「誦詩」與「爲禮」。勸學篇稱：「詩者，中聲之所止。」儒效篇亦謂：「詩言是，其志也。」皆以爲「詩言」，乃聖人中正意志之所託。孔子言詩書禮樂，孟子以詩亡春秋作，而荀子更綜合以詩書爲「經」，其用意可謂深矣。儒效篇云：

> 聖人也者，道之管也；天下之道，管是矣，百王之道，一是矣。故詩書禮樂之歸，是矣。詩言是，其志也；書言是，其事也；禮言是，其行也；樂言是，其和也；春秋言是，其微也。

其以五經爲成聖階梯，而天下間畢於是，則「經」之爲道尚矣。而其於詩更詳言之，曰：「故風之所以爲不逐者，取是以節之也；小雅之所以爲小雅者，取是而文之也。大雅之所以爲大雅者，取是而光之也；頌之所以爲至者，取是而通之也。」(儒效)羅根澤稱其不惟「文以載道」，直是「詩以載道」。(文學批評史)荀子一書引詩論學證事者八十二條，另論詩者十二條，爲戰國諸子之冠，其重於詩，於此可見。蓋五倫爲天下之大經，詩書禮樂春秋之稱經，爲大經之籍；詩以導性情，而性情正大經之所以爲用也。故曰：「詩者，中聲之所止也。」則詩之爲經爲典，荀子固先言之矣。

班固以魯詩出自荀子（漢書儒林傳、楚元王傳），陸璣亦稱毛詩傳自荀子（毛詩草木鳥獸蟲魚疏），而荀子之引詩論詩，其義與魯、毛又正相應合，其言應屬可信。則秦漢間傳經博士，多出荀子門下，或深受其影響者，又可知也。（詳汪拔貢述學荀卿子通論）然其時經學仍未爲獨尊，秦「使博士爲僊真人詩。」（詳史記秦始皇本紀）漢初習黃老之術尤衆，而孝文帝時，嘉賞獻書，衆書頗出，皆諸子傳說，猶廣立學官，爲置博士。（詳漢書楚元王傳、劉歆移大常博士書）及文帝末期，今文家因尊孔子而並崇六經，乃始置詩爲專經博士。困學紀聞載：

> 後漢翟酺曰：「文帝始置一經博士。」考之漢史，文帝時，申公、韓嬰以詩爲博士，五經列於學官者，唯詩而已。景帝以轅固生爲博士，而餘經未立。（經說）

武帝建元五年，乃置五經博士。及「武安侯田蚡爲丞相，絀黃老刑名百家之言，延文學儒者數百人，而公孫弘以春秋白衣，爲天子三公，封以平津侯，天下之學士，靡然鄉風矣。」（詳史記儒林傳）及趙綰爲相，更奏罷異端賢良，（詳漢書武帝紀）諸子與傳記博士，由是而絕。其後更採納董仲舒之言，罷黜百家，獨尊儒術，並以六經爲孔子刪定，其非孔子刪定之書，不得稱經，故皮錫瑞謂：「經學開闢時代，斷自孔子刪定六經爲始。」（經學歷史）劉師培更謂：「六經本先王之舊典，孔子刪詩書，訂禮樂，修易象，作春秋，六經皆孔子編訂，故因尊孔子而並崇六經，非因尊六經而始崇孔子也。」（經學教科書）由是經學訂於一尊，而經之定義亦限之爲「聖哲彝訓」矣。故文心雕龍謂：「經也者，恆久之至道，不刊之鴻教也。」（宗經篇）其此之謂乎！

第五節　結　語

孔子論詩以明事父事君之大義，孟子援詩以明王道，行仁義，而荀子稱詩以隆禮，固有其相承繼統之脈絡也。漢興而後，今文家又最重教育，而詩尚性情，具溫柔敦厚之教，興觀群怨之旨，故文帝置一經博士，獨舉魯申培、燕韓嬰爲博士，景帝時並以齊轅固爲博士，而餘經未立，則詩之見重於當時，固可知也。及五經設限，詩之爲「經」，垂教後祀，萬世不滅，遂由是而底定矣。

第四章　欲觀於詩必先知比興

第一節　前言

夫子言詩，或謂：「詩可以興。」（泰伯）或曰：「興於詩。」（陽貨）是「興」之見重於聖門也。魏何晏論語集解引孔氏（安國）曰：「興，引譬連類。」（陽貨）宋邢昺疏云：「詩可以興者，詩可以引譬連類以爲比興也。」是何邢二氏，皆以孔聖之言「興」，爲必兼比義者也。毛公承子夏、荀卿爲詁訓傳，而獨標興體，豈非以其有深意存焉，而唯恐後學之不察乎？故其傳詩言「興」，亦每以若、如、喻、猶釋之，如「愼固幽深，若雎鳩之有別焉。」（關雎）「諸侯以國相連屬，憂患相及，如葛之蔓延相連及也。」（旄丘）「葛生延而蒙楚，蘞生蔓於野，喻婦人外成於他家。」（葛生）「惡人被德化而消，猶飄風之入曲阿也。」（卷阿）凡此者不一而足。其後鄭玄箋詩，篤守其說，是知漢儒言詩，最得聖門心法也。

第二節　比興之別簡述

詩大序曰：「詩有六義焉：一曰風，二曰賦，三曰比，四曰興，五曰雅，六曰頌。」周禮春官亦載太師掌教六詩：「曰風，曰賦，曰比，曰興，曰雅，曰頌。」鄭玄以賦比興亦詩之體而今亡之（鄭志答張逸問），然其釋周官六詩，條列説明，似又非別有篇卷也。

孔穎達正義大序疏引鄭玄註周禮六詩曰：「賦之言鋪，直鋪陳今之政教善惡；比見今之失，不敢斥言，取比類以言之；興見今之美，嫌於媚諛，取善事以喻勸之。」鄭君之言賦，其義明白，牽附政教，亦有其時義，未可厚非。唯其言比興義，一則以爲「見今之失，不敢斥言，取比類以言之」，一則以爲「見今之美，嫌於媚諛，取善事以喻勸」，則未得其全體；蓋比體所言，未必即爲今失，其爲美喻者亦夥；而興體所言，亦未必即爲美勸，其爲刺喻者，亦自不尠，故孔疏非之曰：「其實美刺皆在比興者也。」可謂知言。至其引鄭衆説：「比者，比方於物；興者，託事於物。」比興之別，亦未甚清晰。然其以賦比興爲詩歌作法，則後學所遵。故孔穎達即以風雅頌爲詩之異體，賦比興爲詩之異辭，用彼三事，成此三事，此則朱元

晦三經三緯說所本也。而後之學者，雖代有申述，然於比興之義，似仍未得其指歸也。❶

劉熙釋名曰：「興物而作謂之興，事類相似謂之比。」則是以觸物起情者爲興，而索物寄情者爲比也。李仲蒙亦謂：「敍物以言情謂之賦，情盡物者也；索物以託情謂之比，情附物者也；觸物以起情謂之興，物動情者也。」❷其所謂觸物起情者，乃其情未經反省，潛藏心底，不自覺其存在，祇偶緣於外物之觸發而湧現耳；其所謂索物寄情者，是其情業經反省，確然知其存在，故尋索外物以寄。❸其言漸有所得。文心雕龍曰：「比者，附也。興者，起也。附理者，切類以指事；起情者，依微以擬議。起情，故興體以立；附理，故比例以生。比則畜憤以斥言，興則環譬以託諷。」（比興篇）劉勰以畜憤附理，環譬起情分比興，頗具識見。而其於比，又分比類與比義，尤優於前賢。孔穎達正義曰：「比之與興，雖同是附託外物，比顯而興隱，當先顯而後隱，故比居興先。毛傳特言興也，爲其理隱故也。」是則，比爲索物寄情，有其客觀之理，故曰顯；興爲觸物起情，純出主觀，故曰隱。則比興之別，漸得指歸。朱熹又謂：「比是一物比一物，而所指之事常在言外。興是假彼一物以引起此事，而

---

❶ 臺北趙制陽著詩經賦比興綜論、裴普賢著詩經興義的歷史發展、天津趙沛霖著興的源起等皆列述詳備，可參。

❷ 宋王應麟詩經考異、胡寅與李叔易書皆引其說。

❸ 臺北徐復觀釋詩的比興、大陸程俊英詩經譯注等皆持此說，可參。

其事常在下句。但比意雖切而卻淺，興意雖闊而味長。」（語類八十）其言「一物比一物」，即所謂比喻法，其義明白。其言「假彼一物以引起此事」，有類乎聯想法，聯想有其主觀，故興體之詩，其前應有「興句」（假彼一物），後有「應句」或「應義」（引起此事），此正比興方法不同，而朱子得之也。

詩之本質在情，故一切有情莫不愛詩，興者，爲其情潛藏隱伏，未經反省，不自覺其存在，祇偶緣於外物之觸發而湧現，遂先言該物以引起所詠之辭❹；然其物之所以能觸情者，必其物象與主題有所共通，故興體無不兼意，祇是彼此關係非由理智導引，純取主觀，故下文直須道破，而意在言內。比者則其情業經反省，顯然知其存在，故尋索外物以寄，即所謂以彼物比此事，由其經理智刻意安排，而彼此關係亦有其客觀之存在，尋繹可得，故其意常在言外。比興之判，其此之謂乎！至所謂委婉含蓄，低徊要眇，幽約搖曳；或意味深長，形象鮮明，意象豐富；或烘托氣氛，和諧節奏，創造情景，固無間比興，端視詩人之技巧，及其所表現之藝術效果耳。茲就比興之別表列如下：

---

❹ 詩經時代尚無所謂賦比興之寫作方法，詩人取興，皆適觸於物，自然天籟，妙合自然；與後世視興之爲寫作方法，而刻意安排之藝術表現者有別，後學混而視之，故謬。

	興	比
本質（感情）	思想感情潛藏未經反省 不自覺其存在	思想感情成熟並經反省 確然知其存在
物象	感情外觸而生 故起情之物象乃適觸偶遇	感情內省而發 故附情之物象乃理智尋索
方法	觸物起情 故先言物象以引起所詠之情	索物託情 故以彼物比此情
意象	物象與主題之關係純屬主觀 爲感情之興會故意在言內	物象與主題之關係事屬客觀 有理路之可尋故意在言外

第三節　興比釋例

一　興體釋例

毛傳標興百十六篇，其中周南卷耳云：「憂者之興也。」魯頌有駜則曰：「以興絜白之士。」爲特例，餘多於首章次句標「興也。」❺興詩既多，則興例亦不一而足，前人亦每有義理、聲歌、起勢之說，然聲歌、起勢乃就其技巧言，未必與義無關，由其經主觀取義，亦隨人之認定耳，茲不贅述。今特就其興法言之，如周南關雎：

關關雎鳩，在河之洲。窈窕淑女，君子好逑。

參差荇菜，左右流之。窈窕淑女，寤寐求之。求之不得，寤寐思服。悠哉悠哉，展轉反側。

參差荇菜，左右采之。窈窕淑女，琴瑟友之。

參差荇菜，左右芼之。窈窕淑女，鍾鼓樂之。

---

❺ 除卷耳、有駜外，其以首章首二句爲興者九十八篇，以首章第一句爲興者三篇，以首章前三句爲興者八篇（其中行露、采葛二篇爲章末），以首章前四句爲興者三篇，另標於次章首二句有車鄰一篇，標於三章首二句有南有嘉魚一篇爲特例。故裴普賢以車鄰爲緣於唐風山有樞而誤置，南有嘉魚則緣於南有樛木，不爲無見也。又興所標之位置，容或有誤，如漢廣標「興也」於首章第四句下，實僅前二句爲興句；麟之趾亦然，標興於首章次句下，實僅首句爲興句；不可不察也。

此詩四章❻，皆爲興之作法，首章「關關雎鳩，在河之洲」（興句），「窈窕淑女，君子好逑」（應句），若祇看「興句」，實難理解詩人情意，再讀「應句」，其意乃可得也。蓋關關，雌雄二鳥相應之和聲，以興君子淑女之融融私語；雎鳩，貞鳥也，情摯而有別❼，以興淑女情義深重（君子似亦在其中）；河洲爲幽閒遠人之地，以興淑女深居簡出。是則幽閒貞善之賢女，固宜爲君子之好逑也！此興詩之典型例，而毛公所謂「興也」，類多如此。

關雎二章前四句及三四章，其興例與首章同，二章後四句爲補述意，屬賦體。而漢廣篇：「南有喬木，不可休息。漢有游女，不可求思。漢之廣矣，不可泳思。江之永矣，不可方思。」與關雎二章例同，前四句爲興，後四句亦爲補述意，但屬比體。又邶風谷風：「習習谷風，以陰以雨。黽勉同心，不宜有怒。采葑采菲，無以下體。德音莫違，及爾同死。」前四句以疾風陰雨，興喻丈夫之暴怒，其例亦同，而後四句之「采葑采菲，無以下體。」屬比；「德音莫違，及爾同死。」則屬賦。則一章之詩，或全章爲興；或前半爲興，後半或賦或比；

---

❻ 此詩分章，毛公三章，鄭君改五章，朱傳復取三章，皆未得當，本師汪先生謂詩凡四「窈窕淑女」，而又各有取興，故定爲四章，其言碻不可易。

❼ 興詩所取之興象，其事物特性，必須清楚明白，否則詩人旨意，難以完全理解。聖人重名物，非徒貪多識而誇博聞，要在考其興象以正人心，故不識物性，無以知其詩意。如雎鳩，毛傳：「鳥性摯而有別。」後漢書明帝紀引薛君章句：「雎鳩貞潔慎匹。」素問陰陽自然變化論：「雎鳩不再匹。」古文苑張超誚青衣賦：「感彼關雎，性不雙侶。」易林晉之同人：「貞鳥雎鳩，執一無尤。」則雎鳩爲貞鳥，其興象可知也。

或前半爲興，後半又賦又比，詩人就其興會所之，固有其不得不然耳。羅大經謂：「蓋興者，因物感觸，言在於此，而意在於彼，玩味乃可識，非若賦、比之直陳其事也。故興多兼比賦，比賦不兼興，古詩皆然。」（鶴林玉露詩興）惠周惕亦云：「興比賦合而後成詩，自三百篇以至漢唐，其體猶是也。毛公傳詩，獨言興，不言比賦，以興兼比賦也。人之心思，必觸於物而後興，即所興以爲比而賦之，故言興，而比賦在其中。」（詩說）方玉潤尤切言之：「賦比興三者，作詩之法，斷不可少。然非執定某章爲興，某章爲比，某章爲賦。夫作詩必有興會，或因物以起興，或因時而感興，皆興也。其中有不能明言者，則不得不借物以喻之，所謂比也。或一二句比，或通章比，皆相題及文勢爲之，亦行乎其不得不行已耳。」（詩經原始）其於比興之法，皆可謂之有所得也。

又如周南葛覃：

葛之覃兮，施於中谷，維葉萋萋。黃鳥于飛，集於灌木，其鳴喈喈。
葛之覃兮，施於中谷，維葉莫莫。是刈是濩，爲絺爲綌，服之無斁。
言告師氏，言告言歸。薄汙我私，薄澣我衣。害澣害否？歸寧父母。

此詩毛傳標興於「維葉萋萋」句下，王肅推之云：「葛生於此，延蔓於彼，猶女之當外成也。」焦循並以毛傳有「和聲之遠聞」遂謂：「『葛之覃兮，施於中谷』，與『黃鳥于飛，集於灌木』，同興女嫁。葛移於中谷，其葉萋萋，興女嫁於夫家而茂盛也。鳥集於灌木，其鳴喈喈，興女嫁於夫而和聲遠聞也。盛由於和，其意似疊，而實變化，誦之氣穆而神遠。」（毛詩補疏）其言於詩意最合。毛公既以一章全興女嫁，則其標興似應置於章末，可視之為篇之興章。首三句興女嫁於夫家而浸浸日盛，容德形體，俱臻美盛也。末三句興女嫁而能順於夫，孝於舅姑，和於妯娌，和聲遠聞於外也。二章首三句言葛蕈成熟，為章之興句，興喻女子嫁後漸趨成熟，而可以為人婦矣；刈濩以為絺綌，此女功之事，婦人之本，正其成熟之可見者，亦自有其應義也。三章為廟見成婦❽，告師氏以請於夫，告以反馬歸寧。二三章固有其應義也。此則興詩之特例，朱傳以賦言之，而詩之興味索然。

召南行露：「厭浥行露，豈不夙夜，謂行多露。」毛傳標興於章末，亦以一章為興。人之不欲夜行，蓋畏多露之濡己，興喻違禮而行，必有汙辱。故後二章言強暴之男，違禮訟獄，事經明斷，徒取其辱，固亦有其應義也。其實此詩之二三章首二句，亦為各該章之興句，與

---

❽ 葛葉萋萋，為初嫁時候，葛葉莫莫，為成婦時候，其間三月，婦功之事畢，固可以歸寧也。春秋宣公五年經：「秋九月，齊高固來逆叔姬；冬，高固及叔姬來。」左傳謂：「冬來，反馬也。」鄭康成針膏肓中之曰：「高固以秋九月來逆叔姬，冬來反馬，則婦入三月，祭行，乃反馬，禮也。」故廟見反馬之事，於此詩最為有據。

關雎第二章例同。另王風采葛，毛公雖標興於章末，實衹首句爲興，後二句爲應，則屬興詩之常例。

二 比體釋例

至若比體詩，毛公未標，先儒以爲其義明理顯，故不煩標示也。比體前人分類複雜，然多就其修辭言，所謂顯比、隱比、自比、他比、單比、複比、章比、篇比，庶類綦繁，今皆不論，單述其比法耳。如周南螽斯：

螽斯羽，詵詵兮，宜爾子孫振振兮。
螽斯羽，薨薨兮，宜爾子孫繩繩兮。
螽斯羽，揖揖兮，宜爾子孫蟄蟄兮。

此詩爲祝福他人子孫衆多，而以螽斯爲比，蓋古人精察物理，有以知螽斯之不妒忌，而又一母百子，故詩人以爲子孫衆多之喻。鄭玄云：「凡物有陰陽情慾者，無不妒忌，惟蚣蝑不耳，各得受氣而生子，故能詵詵然衆多。」子孫衆多而又仁厚以居心（振振），戒慎以從事（繩繩），和靜以處衆（蟄蟄），其以爲賀，不亦宜乎？詩雖美螽斯而不置，而實神注於「宜爾而不已，有一唱三歎之餘音，而風人之意，亦見於言外矣。此詩全篇爲比，召南騶虞、魏風碩鼠等亦皆此之類。其他如召南殷其雷：

殷其雷，在南山之陽。何斯違斯，莫敢或遑。振振君子，歸哉歸哉。
殷其雷，在南山之側。何斯違斯，莫敢遑息。振振君子，歸哉歸哉。
殷其雷，在南山之下。何斯違斯，莫敢遑處。振振君子，歸哉歸哉。

毛公未標興，而謂：「雷出地奮，震驚百里，山出雲雨，以潤天下。」則是以首二句爲比，故鄭君曰：「雷以喻號令於南山之陽，召南大夫以王命施號令於四方，猶雷殷殷然發聲於山之陽。」賈島二南密旨亦以雷聲比教令，必當時政令方新，天下聞聲嚮慕，有似於雷聲殷殷，故詩人借以爲比。三四句直述其地人民勤奮，戮力本職，然亦有不知何故而斯人之違斯所者；故末二句，即敍其以義勸歸之辭，其言雖簡，其義足抵一篇《與陳伯之書》。則首二句爲比，後四句爲賦，方玉潤謂：「或一二句比，或通章比，皆相題及文勢爲之，亦行乎其所不得不行已耳。」（詩經原始）故比或一句兩句，或三句四句，皆隨文勢爲之，此例最多。然此詩朱集傳標「興也」，而嚴粲詩緝從之，並以爲「興之不兼比者也」，後之學者偃從，更無異義，而易經所謂：「震亨。震來虩虩，笑言啞啞。震驚百里，不喪匕鬯。」（震卦辭）「天下雷行，物與无妄，先王以茂對時，育萬物。」（无妄大象傳）「雷在天上，大壯；君子以非禮弗履。」（大壯大象傳）即無人注意，而詩義亦晦矣。

詩之本，爲情作；比即所謂索物寄情者，情物之關係密切。而興則所謂觸物起情者，其物所以能觸情，必其物之與情有關，否則何以起情？人之情有顯有隱，其情已顯，則索物以寄之可也。若其情隱而不自覺，必適觸於外物而後湧現，故觸物以起之也。職是，比興之別，其或可得而釐清乎！

第四節　不知比興無以觀詩

比興之義，概述之如上，若不識比興，或誤以比爲興，或誤以興言比賦、以賦言比興，必招致曲解詩義，無以確識詩人本旨。賦之與比，其義明白，故賦體而以比言者，其例罕見，如衛風碩人第二章：「手如柔荑，膚如凝脂，領如蝤蠐，齒如瓠犀，螓首蛾眉；巧笑倩兮，美目盼兮。」後人因鄭玄引鄭司農謂：「比者，比方於物，諸言如者，皆比辭也。」遂以此詩爲比體。此詩以物象比莊姜體態之美，固屬比類，然就整章詩言，仍是賦體作法。至若興體而以賦言者，如周南葛覃，已述之如上，卷耳亦屬此類。其餘如賦體而以興言者、比體而以

興言者、比體而以賦言者、興體而以比言者，茲略舉其例辨析之。

一　賦體而以興言者，如召南小星：

嘒彼小星，三五在東。肅肅宵征，夙夜在公。寔命不同。

嘒彼小星，維參與昴。肅肅宵征，抱衾與裯。寔命不猶。

此詩毛公未標興，然鄭玄箋謂：「衆無名之星，隨心噣在天，猶諸妾隨夫人以次序進御於君也。」朱傳嚴緝從之。鄭君之說，姚際恆斥其乖謬不可通者有三，（詳所著詩經通論）由其泥於續序，又以興體釋詩，故乖謬殊甚。原詩人之意，實爲小官長奉特召入朝，述一時所見耳。天尚未明而星星猶在，則「夙夜在公」，「抱衾及裯」，必其任務重大，不遑寢息也。「是命不同」，亦必其所受之君命不同於平常也。于省吾以「肅肅宵征」爲恭敬有儀之小官長，其詩經新證：「宵、小古通。禮記學記『宵雅肄三』，注：『宵之言小也。』文選江文通雜體詩鮑參軍詩注引春秋孔演宋注：『宵猶小也。』正、征、政古同用。員鼎：『征月』即正月。周禮司勤『惟加田無國正』，釋文：『正，本亦作征。』禮記深衣『以直其政』注：『政或爲正。』然則宵征應讀爲小正，爾雅釋詁注：『正伯皆官長。』小正謂小官長也。」聞一多則以「抱衾及裯」爲抛棄衾裯，其詩經新義：「抱當讀爲抛。史記三代世表：『姜嫄以爲無父，賤而棄之道中，牛羊避不踐也；抱之山中，山者養之。』錢大昕謂抱即抛字。又玉臺新詠十近代吳歌：『芙蓉始結葉，抛豔未成蓮。』樂苑抛作抱。並二字古通之證。」二公之言甚辨，今用之。是則小官長奉特召入朝，亦猶唐人所謂「辜負香衾事早朝」也。詩人述其途中一時所見，及其勤於公所之職事耳。故此詩宜以賦體釋之，鄭箋固誤，而諸家以興言之，亦未爲當也。

二　比體而以興言者，如周南兔罝：

肅肅兔罝，椓之丁丁。赳赳武夫，公侯干城。
肅肅兔罝，施於中逵。赳赳武夫，公侯好仇。
肅肅兔罝，施於中林。赳赳武夫，公侯腹心。

此詩毛公未標興，宋人則多以興言之，如朱傳即謂：「興也。雖兔罝之野人，而其才之可用猶如此，故詩人因所事以起興而美之。」亦有以賦言之者，如嚴粲詩緝即謂：「賦也。詩人偶見有肅肅然恭敬者，乃作罝捕兔之人，爲賤事而能敬，可知其賢矣。遂美此兔罝之人，赳赳然甚武，可爲公侯之干與城。」無論以賦或興言之，皆以此肅肅然恭敬之獵者，可以爲公侯之赳赳武夫。然郊野行獵捕獸，又曷用肅肅恭敬哉？故馬瑞辰、聞一多即以肅肅爲縮縮之假借，而釋爲網目細密。然網目細密，似亦非其義，蓋有違於王者行獵網開一面之義，近日中國大陸暨臺灣漁民頻受國際指責，正以其所用以漁魚者爲流刺網也！此詩第二章：「施於中逵。」中逵爲九達之道，四方之衢，又豈行獵捕獸之所哉？故知其非。既興、賦皆有所扞格，於義滯礙，不合詩旨，則此詩似應以比言之。故設罝罟以捕兔，非真獵者之所爲也，乃借以比王者牓道求賢耳。首二句以獵者捕獸，以喻王者求賢，爲比之作法。正以其設罝罟爲網羅賢才，故肅肅然恭敬。末二句爲補述王者訪賢，果而得此赳赳武夫，其人既可外依以爲干城，內可以爲輔弼良佐，而其忠信復可倚以爲腹心。朝無倖位，野無遺才，則王者之樂得賢人衆多，概可想見也。錢澄之云：「以喻文王之網羅賢才也。丁丁，以喻求賢之聲，遠聞四方也。中逵，當四方之衢，爲人才畢集之所；中林，則深林隱伏之士，皆入吾彀中矣。」（田間詩學）其言特爲有見。墨子載「文王舉閎夭、太顛于網罟之中，西土服。」則此篇之義，其必有所指，亦可知也。而上節所引之殷其雷亦屬此類。

三　比體而以賦言者，如召南騶虞：

彼茁者葭，壹發五豝。于嗟乎騶虞。
彼茁者蓬，壹發五豵。于嗟乎騶虞。

此詩亦以捕獸喻訪賢，毛公未標興，惟曰：「騶虞，義獸也。白虎黑文，不食生物，有至信之德則應之。」其以義獸比人君甚明。方玉潤詩經原始謂：「周禮大司馬中冬教大閱曰：『鼓戒三闋，車三發，徒三刺，乃鼓退。』似一發之發，乃車一發可取獸五，非矢一發而中獸五。」則此詩似宜以比體釋之。茁然而盛之葭蓬，爲豵豝所匿，以喻山林田野之間，爲賢者藏器隱麟之所。而王者田獵，車一發而得五豝，亦以喻德如騶虞義獸之仁君，發車求賢而得其五也。國君訪賢於巖阿，其仁心可見，故詩人以騶虞爲比而歎美之。射義曰：「天子以騶虞爲節，樂官備也。」鄭玄因之云：「一發五豝，謂得賢人多也。」得賢人衆多則官備，可謂知言。朱傳嚴緝皆以賦言之，固非。

又如召南野有死麕末章：

舒而脫脫兮，無感我帨兮，無使尨也吠。

此詩歐陽修謂：「卒章遂道其淫奔之狀，曰：汝無疾走，無動我佩，無驚我狗吠。」（詩本義）而後自朱傳以下，皆以賦體釋之，遂目之爲淫奔之詩，甚者如王柏之流，竟欲刪之，其悖妄蒙塞，又可待辨哉？此詩實應以比體言之，禮記內則篇云：「子生，男子，設弧於門左；女子，設帨於門右。」又曰：「子事父母，婦事舅姑，皆左佩紛帨。」帨，拭物之巾，女子佩之於左襟，以示常自潔清也。則帨已然女子名節之象徵；「無感我帨兮」，即「無損我名節」也。故鄭箋謂：「奔走失節，動其佩飾。」最爲知言。尨，長毛犬也。見怪異之事輒吠，如同蜀犬之吠月，喻世俗恆因異事而怪也。吠，流言謾罵也；今粤人猶稱無理取鬧爲犬吠，即所謂犬聲犬影也。左傳昭公元年夏四月，晉大夫趙孟聘鄭，鄭伯享之。子皮賦此詩之卒章。杜預注：「義取君子徐以禮來，無使我失節，而使狗驚吠。」喻趙孟以義撫諸侯，無以非禮相加陵。」趙孟則賦棠棣，且曰：「吾兄弟比以安，尨也可使無吠。」其意最爲明確。故末章應以比體言之，爲貞女之惡無禮也。「舒而脫脫兮」，責男子之辭，以其禮之未備，不可急於一旦，而應循禮徐來，乃可以「無感我帨兮」，保我名節；「無使尨也吠」，不招人流言是非，亦見人言之可畏也！諸家皆以賦體釋之，故未切本旨。（詳拙作《野有死麕淫詩乎》）

四 興體而以比言者，如周南麟之趾：

麟之趾，振振公子。于嗟麟兮！

麟之定，振振公姓。于嗟麟兮！

麟之角，振振公族。于嗟麟兮！

何楷世本古義、姚際恆詩經通論並以比體釋之，姚氏曰：「比而賦也。此詩只以麟比王之子孫族人。蓋麟爲神獸，世不常出，王之子孫亦各非常人，所以興比而歎美之耳。」既以比言之，而又以比興釋之，是比興不清也。麟爲神獸，而祇以比公之子孫族人皆非常人，而公不必非常人，詩義豈如此哉？此詩毛公標興，明其爲興體，即以麟之仁厚，以喻公之仁厚，麟仁厚，故其趾、定、角亦仁厚。以喻公仁厚，其子、孫、族人亦皆仁厚。興義甚明，故朱傳曰：「詩人以麟之趾興公之子，言麟性仁厚，故其趾亦仁厚。文王仁厚，故其子亦仁厚。」崔述以其爲深得詩人之旨，其言是也。

五　興體而以賦言者，如周南卷耳第一章：

采采卷耳，不盈頃筐。嗟我懷人，寘彼周行。

此詩朱傳：「賦也。后妃以君子不在而思念之，故賦此詩。託言方采卷耳，未滿頃筐，而心適念其君子，故不能復采，而置之大道之旁也。」此詩固爲託言之辭，然非直賦其事。毛傳標：「憂者之興也。」鄭玄釋之曰：「志在輔助君子，憂思深也。」原毛鄭之意，乃詩人託爲后妃懸想其君子求賢審官之事，以頃筐采之不盈，以況訪賢之未足也。此正興體詩之典型例。嚴粲詩緝標：「興之不兼比者也。」亦未是。淮南子俶真篇引此詩首章謂：「以言慕遠世也。」高誘註：「言我思君子官賢人置之列位也；誠古之賢人各得其列，故曰慕遠也。」姚際恆云：「（此詩）當依左傳謂文王求賢官人。」並引楊用修：「原詩人之旨，以后妃思念文王之行役而言也。」（詩經通論）所謂依左傳，即襄公十五年：「君子謂楚於是乎能官人。官人，國之急也。王及公、侯、伯、子、男、甸、采、衛、大夫各居其列，所謂『周行』也。」此詩託爲婦人之言，故首章以「執筐采耳」婦人之事爲興，以明聖君求賢之切，聖朝用賢之感不足，猶頃筐采之不盈也。后妃設想其君子之所爲，對面用筆，正所謂「憂者之興也。」

由是言之，興義最難，故毛公獨標之，良有以也；比賦雖較易明，然亦不乏混淆者，故「欲觀於詩，必先知比興」❾，此先儒示人讀詩之道也。

第五節　毛傳不標反興

毛公標興，凡百十六首，皆正面觸情者；其爲反面寓意者，皆不標「興也」。朱熹不察，一舉而歸諸興，遂多扞格，其後之學者或從或否，遂多異說，而詩旨式微。如召南野有死麕一二章：

野有死麕，白茅包之。有女懷春，吉士誘之。

林有樸樕，野有死鹿，白茅純束。有女如玉。

---

❾ 蘇轍詩論謂：「夫興之爲言，猶曰其意云爾；意有所觸乎當時，時已去而不可知，故其類可意推，而不可以言解也。嗟乎！欲觀於詩，必先知比興。」蘇氏論興似亦主兼意，然其以爲當時所見雖有動乎其意，卻不可以言解，似非的論。

此詩毛公未標興，後儒有以興言者，有以賦言者，有以比言者，最爲雜亂。朱傳：「興也。南國被文王之化，女子有貞潔自守，不爲强暴所污者，故詩人因所見以起興其事而美之。或曰賦也。言美士以白茅包死麕，而誘懷春之女也。」後之朱學如胡廣等，悉以爲興。而嚴粲詩緝、何楷詩經世本古義則以爲比，姚際恆詩經通論則以賦言之，皆非其義。

此詩前兩章皆應以反興言之，謂野外獵獲之死麕、死鹿，及刈伐之樸樕，人猶知以白茅包之，以爲禮物，薦於神明⑩；而況懷春、如玉之女？其可不以禮道成之乎？此詩古序以爲貞女「惡無禮也」，爲責男子之辭，以其不以禮道成之也。歐陽修謂：「周人被文王之化者，能知廉恥，而惡其無禮，故見男子之相誘而淫亂者，惡之曰彼野有死麕之肉，汝尚可以食之，故愛惜而包以白茅之潔，不使爲物所汙，奈何彼女懷春，吉士遂誘而汙以非禮，吉士猶言强暴之男可知矣。其次言樸樕之木，猶可以爲薪，死鹿猶束以白茅而不汙，二物微賤者猶然，況有女而如玉乎？」(詩本義) 固以反興言之，謂微賤之物猶知包以白茅之潔，反興懷春、如玉之女而不知以禮保其清白。歐陽子之言詩義，雖未必確當無誤；然其以反興體釋此詩，確

---

⑩ 白茅之用法，古人有定制，毛傳：「白茅，取其潔清也。」陸疏：「古用包裹禮物，以充祭祀。」此類蘭根，性質高尚，古用包裹禮物，以充祭祀；或用包裝貢品，以獻於天子。周禮天官甸師：「祭示共蕭茅。」史記管晏列傳：「桓公實怒少姬，南襲蔡；管仲因以伐楚，責包茅不入貢於周室。」

然可從。

毛公不標興，而朱傳標興者凡三十又六首，其中固不乏賦體者，如上所述召南小星；亦多比體者，如上所引周南兔罝、召南殷其雷；而其爲反興者亦復不鮮，除上述野有死麕之一二章外，尚有邶風燕燕等，茲就朱傳標興而實爲反興者，列述如下：

邶風燕燕首二三章：

燕燕于飛，差池其羽。之子于歸，遠送于野。瞻望弗及，泣涕如雨。

燕燕于飛，頡之頏之。之子于歸，遠于將之。瞻望弗及，佇立以泣。

燕燕于飛，下上其音。之子于歸，遠送于南。瞻望弗及，實勞我心。

此詩以雙燕于飛，差池其羽、頡之頏之、下上其音，長相追隨，反興莊姜與戴嬀之別離也。燕雖爲候鳥，有別離之意，然燕燕相隨，彼此顧視，不相分飛，固其特性，故曰雙飛燕。則此詩爲反興可知也。

邶風日月：

日居月諸，照臨下土。乃如之人兮，逝不古處。胡能有定，寧不我顧。
日居月諸，下土是冒。乃如之人兮，逝不相好。胡能有定，寧不我報。
日居月諸，出自東方。乃如之人兮，德音無良。胡能有定，俾也可忘。
日居月諸，東方自出。父兮母兮，畜我不卒。胡能有定，報我不述。

此詩以日月有其常軌，出自東方，照臨大地，反興竟有如莊公之人，不以正常古夫婦之道以待莊姜也。此詩朱傳全賦，何楷全興，姚際恆全興而比，皆未爲得也。日月照臨下土，此天道之常；丈夫照顧妻子，此人道之常；而詩人歎今之不然，則其爲反興無疑也。

邶風簡兮第四章：

山有榛，隰有苓。云誰之思，西方美人。彼美人兮，西方之人兮。

此詩前三章言碩人盛德，而衛君不識其賢，處以賤事，並以勞賤者之道待之，故古序以爲「刺不用賢也。」正是。末章即以榛苓之美材，各得其所以生，反興碩人之處非其位，而今之在朝者，亦非西周盛朝人物也。古人每謂山澤之出草木，猶盛朝之出人物，則此詩大有「江山猶是，而人物全非」之意，末二句即詩人追述西周盛朝出人物，感慨深矣。

鄘風鶉之奔奔：

鶉之奔奔，鵲之彊彊。人之無良，我以爲兄。

鵲之彊彊，鶉之奔奔。人之無良，我以爲君。

詩人以鶉鵲之有定匹，反諷宣姜亂倫之事，爲人之不如鳥也。其爲反興，最爲明白。

鄘風相鼠：

相鼠有皮，人而無儀。人而無儀，不死何爲。

相鼠有齒，人而無止。人而無止，不死何俟。
相鼠有體，人而無禮。人而無禮，胡不遄死。

詩人以鼠之有皮、有齒、有體，反襯人之無儀、無止、無禮，亦爲反興之作。人之無儀、無止、無禮，曾鼠之不如，則不死何爲乎？蓋疾惡不深，遷善不力也。詩人之旨遠矣。興詩必正面取義，以其適觸物以起情也。反興似其情已顯，尋物以爲反襯，毛公不標，蓋有以也。⓫

第六節　結　語

文無定法，篇成法立，則賦比興之爲作詩之法，實後學因詩經而歸納者。詩經之時代，其法未立，而詩又自然感情之流露，觸情於物謂之興，以物擬志謂之比，直言其事謂之賦，皆相題及文勢爲之，亦行乎其不得不爾。陳奐曰：「蓋好惡動於中而適觸於物，假以明志，

⓫ 毛公標興百十六首，其中三十六首朱傳不以爲興；朱傳標興百十五首，其中毛公未標興者三十七首，此七十三首，擬另文比較研究。

謂之興。而以言於物則比矣，而以言乎事則賦矣；要跡其志之所自發，情之不能已者皆出於興。」（詩毛詩傳疏引吳毓汾說）是能善會之也。比賦易明，而興體難知，比興皆兼意，惟比之理顯，而興之情隱，故毛公獨標之，凡毛傳所標「興也」，爲未有不兼意者，與後學視之爲寫作方法，而刻意安排之藝術表現者不同，未可混也。後學強分興爲有兼比與不兼比者，甚或標比而興也、興而比也、興之比也、興中有比也、興之比又賦也、興之比而賦也、興而賦也、賦而興也、賦之興也、賦其事以起興也、賦而興又比也，煩雜不精，皆不思之過。方玉潤曰：「賦比興三者，作詩之法，斷不可少。然非執定某章爲興，某章爲比，某章爲賦。更可笑者，如同小兒學語，句句強爲分解。夫作詩必有興會，或因物以起興，或因時而感興，皆興也。」（詩經原始）其言針砭，切中肯綮。則毛公獨標「興也」，最爲扼要明白。至於近人每引後代詩作，及其興法之藝術表現，擬論詩經之興體⑫，以爲隨口用以起勢耳，亦爲不兼意者，實乃本末倒置。則孔子所言之「興」，漢儒釋之爲「引譬連類以爲興」，若證之毛公所標，其爲必兼意者，無疑也。唐人作詩，往往比興連用，比之與興已混而不分，故論詩者亦

⑫ 顧頡剛起興說：「數年來，我輯集了些歌謠，忽然在無意中悟出興詩的意義：『陽山頭上竹葉青，新做媳婦像觀音』，『陽山頭上花小籃，新做媳婦多許難』……可看出起首一句和承接的一句是沒有關係的。……得了陪襯，有了起勢，所以隨口拿來起個頭。」（詳見古史辨第三冊）其後以純興不兼比意者，皆此之類也。

每謂「某詩多比興」，「某詩有比興」⑬，而非以「某詩為比」「某詩為興」，此正以「興」之兼「比」，而有以致之也。

---

⑬ 施補華峴傭說詩：「三百篇比興為多，唐人猶得此意，舉其同一詠蟬詩：虞世南：『居高聲自遠，端不藉秋風。』是清華人語。駱賓王：『露重飛難進，風多響易沉。』是患難人語。李商隱：『本以高難飽，徒勞恨費聲。』是牢騷人語。雖皆得三百篇比興之意，而比興不同如此。」

第五章　重建詩古序爲釋經之門

第一節　前言

二程語錄以詩之大序爲孔子作，蘇轍詩集傳則以各篇序首一言爲孔子之舊，其言雖未必是，然夫子選詩已定，平日弟子問答之間，豈遂無一語以垂世乎？則序言未必全無孔子之意，可以斷言。然後之學者，皆不之信，遂致論說紛紜，是非莫辨；故魏源即謂詩義最繁，以其有作詩者之心，而又有采詩編詩者之心；有說詩者之義，而又有賦詩引詩者之義也。（詩古微齊魯韓毛異同論中）姚際恆亦直斥詩義最難（詩經通論自序），而皮錫瑞更明言其所以難者有八（經學通論詩經部分），雖梁任公謂詩之爲經獨真❶，而亦獨難也！

---

❶ 梁任公謂：「現存先秦古籍，真贋雜糅，幾於無一書無問題，其精金美玉，字字可信可寶者，詩經其首也。」（要籍解題及其讀法）

漢初言詩者即有齊魯韓毛，班固藝文志列舉凡六家，自鄭箋申毛而毛獨盛，魏太常王肅獨揚毛抑鄭，而荆州王基又申鄭難王，由是毛鄭是非生焉。唐宋而後，新義日增，各出己見，紛紜聚訟，莫衷一是，范景文曰：「然則未删之詩，亡於王迹之既熄；已删之詩，並亡於論說之多歧。」（詩經世本古義序）不亡而亡者，良可痛也！乾嘉之際，閎儒輩出，訓詁博辨，度越昔賢，屏棄雜學，直把詩序毛傳，並謂：「卜商子夏，親受業於孔子之門，遂檃括詩人本志，爲三百十一篇作序。故讀詩不讀序，無本之教也。」（陳奐詩毛氏傳疏敍錄）序是否子夏所作，固多疑義，然詩義賴之而明者，實不可勝言；古學精微，終焉復盛，蓋有以也。是則詩序爲讀詩之津梁，又可想見也。故曰：「學詩而不求序，猶入室而不由户也。」（程頤語）最爲直截明白。

第二節　詩序雜沓三分歸原

序原稱「義」，其後又有大序、小序、古序、續序、前序、後序、首序、下序，各隨意而命名，稱謂紛雜；甚或有以小序爲大序，大序爲小序者，混淆不清，徒生困惑。且關雎序疊見重覆，章法不順，其間容或有所倒置。余嘗撰詩序一編，裒集前賢之論，分詩序爲三：曰大序，朱子所謂也❷；即自「詩者，志之所之也。」迄「是謂四始，詩之至也。」曰古序，程大昌所謂也；即「關雎，后妃之德也。」暨葛覃以下各篇首二語也。曰續序，龔橙所謂也；即自「風之始也」，迄「教以化之。」又接自「然則關雎之化」，迄「是關雎之義。」暨葛覃以下各篇續申之辭。（詳拙作詩經周南召南詩序編）

詩序既分而為三，則其時代作者，亦必各自不同，鄭玄箋南陔白華華黍云：「遭戰國及秦之世而亡之，其義則與眾篇之義合編故存；至毛公為詁訓傳，乃分眾篇之義，各置於其篇端云。」又曰：「子夏序詩，篇義合編，故詩雖亡而義猶在也。」程大昌考古篇、朱鶴齡毛詩通義，並以序首二語，原在毛公之前。❸其言是也。蓋毛公依序作傳，其序意有不盡者，傳乃補綴之，而於訓詁特詳；序言詩旨，傳釋文字，序傳一體，吻合無間。或謂：「古序既出毛公之前，毛為傳時，何以不解序？」丘光庭兼明書嘗辨之曰：「以序文明白，無煩解也。」孔穎達正義亦謂：「毛傳不訓序者，以分置篇首，義理易明，性好簡略，故不為傳。」性好簡

---

❷ 鄭玄詩譜以發端一二語為大序，蕭統文選序類以關雎序為大序，陸德明音義以自「風，風也。」迄末為大序，皆未若朱子言大序起迄之完密可從。

❸ 四庫全書總目提要云：「考鄭玄之釋南陔曰：『子夏序詩，篇義合編，遭戰國至秦，而南陔六詩亡；毛公作傳，各引其序冠於篇首，故詩雖亡而義猶在也。』程大昌考古篇亦曰：『今六序兩語下，明言有序無辭，知其為秦火之後，見序而不見詩者所為。』朱鶴齡毛詩通義序又舉宛丘序首句與毛傳異辭。其說皆足以為小序首句，原在毛公之前。」

略，故毛公特性，然傳亦非全不解序者，如草蟲古序：「大夫妻能以禮自防也。」毛傳云：「卿大夫之妻，待禮而行，隨從君子。」鼓鐘古序：「刺幽王也。」毛傳云：「幽王用樂，不與德比，會諸侯於淮上，鼓其淫樂以會諸侯，賢者爲之憂傷。」凡此，皆僅有古序無續序者，而毛傳解之。是知毛傳釋經，乃據古序以言，則古序乃毛公前之舊聞，又顯而易見。（詳拙作毛傳與古序相應考）至其作者，雖不必子夏，然亦未必無孔子、子夏之言；就其體例觀之，簡明而類經之文，意其必集成一人之手，可以斷言也。

大序則總論詩之綱領，及其全體大用，其文字簡練雅健，章法井然，句語相承，首尾銜接；且包含賅貫，涵泳從容，興觀群怨，兼而有之，固宜置各序之前，冠於編首。推其辭氣，論其作者，恐亦秦漢儒生所爲，以其後於古序，先於續序，故使關雎序失倫也。

續序乃毛公後儒生之附語，以其有櫽括毛義而言者，如鄭風狡童「不與我食兮」傳云：「不與賢人共食祿。」而續序則曰：「不能與賢人圖事。」秦風蒹葭傳：「國家待禮而後興。」而續序則曰：「未能用周禮，將無以固其國焉。」小雅鴛鴦傳云：「太平之時交於萬物有道，取之以時。」而續序則曰：「思古明王交於萬物有道。」亦有取毛傳訓詁以爲言者，如齊風東方之日：「履我即兮」傳云：「履，禮也。」而續序則曰：「不能以禮化也。」陳風墓門「夫也不良」傳云：「夫，傅相也。」而續序則曰：「無良師傅。」小雅北山「大夫不均，我從事獨賢」傳云：「賢，勞也。」而續序則曰：「役使不均，已勞於從事。」凡此皆可以明作續序者，必於毛傳既行之後。❹至其作者，尤非一人一時之作，實漢後儒生代有申述，故時有反覆煩重，體例不純；余因詳析其內容，歸納六證，以明其不成於一人之手，一時之間，一地之域。（詳拙作續序作者）

今存之詩序，惟古序意賅言簡，詞潔義深，且鄭玄又明言爲毛公前之舊聞，最爲可讀。意以爲詩序，初本止一二語，爲師承授受所本，其中亦必雜有聖人之言，蔣叔仁曰：

先儒謂詩序孔子所作，又以爲子夏所作，雖不可盡信，然夫子刪詩既定，子夏以文學名，平日師弟子問辨之頃，豈無一言及此以昭後世？但戰國之末，遭秦焚阬，漢初鹵莽，百餘年間，正經尚錯亂磨滅，不得其全，況序文乎？意者孔子子夏亦必有作，但失其全；及漢興文教之後，多出於漢儒附會補緝耳。（五經蠡測卷三小序辨說）

其言特爲有見。可知序意，代有申述，所以闡揚師說，亦欲便於師生授受也。惟因稟於上天

---

❹孔穎達常棣正義引鄭志答張逸問，曰：「此注左氏者，亦云管蔡耳。又此序子夏所爲，親受聖人，自足明矣。」案常棣序云：「常棣，燕兄弟也。閔管蔡之失道，故作常棣焉。」則鄭君又以續序出於子夏手矣。然續序時有引後人語者，如魯頌絲衣引高子曰，陳奐即疑其爲高行子，孟子時人。且續序引文，多有出於漢初典籍者，鄭樵辨之詳矣。（詳六經奧論）凡此皆可以明續序非子夏所作也。

之氣質不同，個人之學養深淺有別，則其領悟所得，不能無差，故續序之難盡合人意，又可知也。

第三節　續序參差慎擇得失

續序雖毛公後儒生申續之辭，然亦經師遞相傳授，或弟子誦師說之所作，則其得詩人之肯綮者，亦必有之。如周南芣苡續序：

> 和平，則婦人樂有子矣。

毛傳云：「芣苡，馬舄；馬舄，車前也，宜懷妊焉。」續序之言，正所以明毛意也。孔氏正義曰：「若天下亂離，兵役不息，則我躬不閱，於此之時，豈思子也。今天下和平，於是婦人始樂有子矣。」其言得之，蓋生當亂世，兵役不息，雖一戰功成，固亦萬骨之枯；若連年戰役，久戍不歸，或兵源不足，縣小無丁，則有吏夜捉人，老翁踰牆走，此時我躬不閱，又豈思子哉！陳琳飲馬長城窟：「生男慎勿舉，生女哺用脯；君獨不見長城下，死人骸骨相撐拄。」杜甫兵車行：「信知生男惡，反是生女好；生女猶得嫁比鄰，生男埋沒隨百草。君不見青海頭，古來白骨無人收；新鬼煩冤舊鬼哭，天陰雨濕聲啾啾。」其哀怨之情，固可想見。芣苢宜妊，而婦人樂采，則盛平之世，可知也。方玉潤曰：「拾菜謳歌，欣仁風之和暢也。」又曰：「此詩之妙，正在其無所指實，自鳴天機，一片好音，尤足令人低回無限。若實而案之，興會索然矣。讀者試平心靜氣，涵泳此詩，恍聽田家婦女，三三五五，於平原繡野，風和日麗中，群歌互答，餘音裊裊，若遠若近，忽斷忽續，不知其情之何以移，而神之何以曠，則此詩可不必細繹而自得其妙焉。」（詩經原始）方氏謂此詩自鳴天機，一片好音，呈現仁風之氣象，是有所見也。然遂謂此詩之妙，即在於無所指實，可不必細繹，則未爲得也。此其不信芣苢爲宜妊之物，惟此物宜妊，故婦人采采之；婦人采采之，以知其樂有子也。婦人樂有子，以知天下盛平也。呂氏讀詩記引楊氏曰：「后妃無嫉忌之心，則和平矣。惟其和平，故天下化。而和平，則婦人以有子爲樂矣。芣苢，和平之詩。天下和平，非文辭形容所能及，故每章言采采而已，無他辭也。」嚴粲詩緝亦曰：「芣苢，宜懷妊，故婦人有子則采之；采采，非一采矣，而又采之，喜樂之深也。」若此詩不細繹，何以得之，方說未爲縝密。

又如邶風新臺續序云：

納伋之妻，作新臺於河上而要之，國人惡之，而作是詩也。

此詩古序謂：「刺衛宣公也。」而毛傳亦云：「水所以絜汙穢，反於河上而爲淫昏之行。」二子乘舟傳亦云：「宣公爲伋娶於齊，女而美，公奪之。」衛宣公好色無禮，逆理亂倫，不惜廉恥，自娶而自納，其事見載於左氏桓公十六年傳：「衛宣公烝於夷姜，生急子，屬之右公子。爲之娶於齊，而美，公取之。生壽及朔，而屬壽於左公子。夷姜縊。」史記衛康叔世家亦載其事：「初，宣公愛夫人夷姜，夷姜生子伋，以爲太子，而令右公子傅之。右公子爲太子取齊女，未入室，而宣公見所欲爲太子婦者好，悅而自取之。更爲太子取他女。」列女傳、新序亦歷載之。方玉潤曰：「大序（案即續序）謂納伋之妻，作新臺於河上而要之，國人惡之而作是詩，事見春秋傳，固無可疑。」（詩經原始）吳闓生詩經通義亦謂：「序之說詩，惟此篇最有據。」則續序之言，正所以發明經意也。

續序之能發詩旨之微，而彰古序毛傳之意，不一而足，細繹自明，茲不贅敘。此固其師承所授，淵源有自，然其非一人之辭，一時之作，其間訛傳訛記者，亦復不尟，茲擇其不得經旨，而鄭君泥之者，辨述如後。召南小星續序云：

夫人無妒忌之行，惠及賤妾，進御於君，知其命有貴賤，能盡其心矣。

鄭玄箋云：

衆無名之星，隨心噣在天，猶諸妾隨夫人以次序進御於君也。……謂諸妾肅肅然夜行，或早或夜，在於君所，以次序進御者，是其禮命之數不同也。凡妾御於君，不當夕。（一章）

鄭君之說，姚際恆已斥其乖謬不可通者三，曰：「嬪御分期夕宿，此鄭氏之邪說也。若禮云：『妾御莫敢當夕』，此固有之，然不離宮寢之地。必謂見星往還，則來于何處？去于何所？不知幾許道里，露行見星，如是之疾速征行？不可通一也。據鄭氏邪說，謂八十一御女，九人一夜。按夜，陰象也，宜靜；女，陰類也，尤宜靜。乃於黑夜群行，豈成景象？不可通二也。……進御于君，君豈無衾裯，豈必待其衾裯乎？衆妾各抱衾裯，安置何所？不可通三也。」（詩經通論）鄭君泥於續序，又以興體釋詩，故乖謬殊甚。原詩人之意，實爲小長官奉特詔入朝，觀「夙夜在公」，則必爲重大任務。「是命不同」，則必爲所接受之君命不同於平常。以其緊急奉詔入朝，故天未亮而星星猶在，其「抛衾與裯」，亦猶唐人所謂「辜負香衾事早朝」也。宵征，于省吾以爲即「小正」之假借，小官長也。其說可從。❺又「抱」字，聞一多以爲即「拋」字之假借，❻其言亦辨，今亦用之。是則，此詩爲小官長受君上垂愛，奉特命入朝，故甘於拋衾及裯也。上之能惠愛其下，下亦必能愛戴其上，恪共職事，故古序曰：「惠及下也。」正是。若鄭君所云，於宮闈永巷，似無奔走道路之可能，則無星可見矣。其肅肅疾步，尤非姬妾妃嬪之所宜，鄭說非是，由其泥續序之故也。

又如邶風凱風續序云：

> 衛之淫風流行，雖有七子之母，猶不能安其室；故美七子能盡其孝道，以慰其母心，而成其志爾。

---

❺ 詩經新證云：「宵、小古通。禮記學記『宵雅肄三』，注：『宵之言小也。』文選江文通雜體詩鮑參軍詩注引春秋孔演圖宋注：『宵猶小也。』正、征、政古同用。員鼎『征月』即正月。周禮司勳『惟加田無國正』，釋文：『正，本亦作征。』禮記深衣『以直其政』注：『政或爲正。』然則宵征應讀爲小正。爾雅釋詁注：『正伯皆官長。』小正，謂小官長也。」其言甚辨。

❻ 詩經新義云：「抱當讀爲拋。史記三代世表：『姜嫄以爲無父，賤而棄之道中，牛羊避不踐也；抱之山中，山者養之。』錢大昕謂抱即拋字。又玉臺新詠十近代吳歌：『芙蓉始結葉，拋艷未成蓮。』樂苑拋作抱，並二字古通之證。」其言亦辨。

鄭玄箋云：

> 母乃有叡智之善德，我七子無善人能報之者，故母不安我室，欲去嫁也。（二章）

此詩古序云：「凱風，美孝子也。」續序後段：「故美七子能盡其孝道，以慰母心，而成其志爾。」頗能與古序相應，且合經旨。然其前段卻謂：「衛之淫風流行，雖有七子之母，猶不能安其室。」則謬矣。此其由衛之淫風流行，而聯想之辭耳。鄭箋執之謂：「母不安其室，欲去嫁也。」尤非經旨。母既有叡智之善德，又有寬仁之母愛（箋首章語），而卻不安其室，有欲去嫁之念，此其不可通者一。其既爲七子之母，又長養之成薪，則其年已非少艾，縱有改嫁之意，其誰與之，此其不可通者二。孟子謂「凱風，親之過小者也。」（告子篇）若不安其室，則其過大矣。此其不可通者三。王柏曰：「凱風之詩，孝子之心至矣，其爲詞難矣。是詩也，寄意遠而感慨深，婉而不露，微而甚切，可謂能幾諫者也。」（詩疑）允爲的論，然又謂：「此孝子自責之詞。序曰：『美孝子也。』何其謬哉！」迂哉柏也，孝子既能自責以慰母心，則其孝心至矣，寧非可美者乎！古序謂「美孝子也。」正美其能自責無怨以慰母心，又能體恤母氏劬勞，故詩人美之也。鄭君泥於續序「淫風流行，不安其室」，而謂七子之母有欲去嫁之意，實非詩人本旨。

續序之不得經旨者尚夥，惟詳考其得失，慎擇其優有發明者，乃可以言詩。其隨文發明，申古序毛傳之意，而詩旨賴之以明者，固不可廢；至若其反複煩重，雜沓支離，附會雜采，曲解妄議，既與古序毛傳相戾，又非經旨，固可舍之也。鄭君並執而申之，致宋儒辨妄斥蔽，齗齗焉未有已者，一泥於續序而不予考辨故也。風氣所漸，後世學者，亦紛紛棄序廢傳，毛學之不興，其此之由乎！

第四節　古序精審釋經門戶

鄭玄箋南陔、白華、華黍謂「子夏序詩」，陸璣毛詩草木鳥獸蟲魚疏亦謂「商爲之序」，而四庫全書總目提要並謂「其言必不誣」，朱彝尊曝書亭集則云：「毛詩之序本乎子夏，毛詩出，學者舍齊魯韓三家而從之。」則毛詩之獨盛，蓋以其有序也。魏源雖力主三家亦有序，然列舉之所謂序者，乃散見於諸書之遺文賸句，其真實性既未可定論，而三家專門私授，各自爲說，亦咸非本義；故姜炳璋謂齊魯韓三家皆無序。（詳詩序補義）近代學者亦謂三家之序，其作者即爲傳詩者，則其非源流有自矣。❼又漢志謂詩經二十八卷，齊魯韓三家。毛詩則二

---

❼新唐書藝文志謂「韓詩二卷，卜商序。」然唐志以前未見傳聞，則其說不足傳信，較然明白。

十九卷，蓋以序別爲一卷，次於二十八卷之后者也。❽是三家之無序，毛詩有古序一卷，❾昭然明白矣。故隋書經籍志謂齊詩魏代已亡，魯詩亡於西晉，韓詩雖存無傳之者，其亡佚不亦宜乎？今更進推古序之精審，以告世之言詩者，宜遵古序；蓋古序者，釋經之門也。

一　即古言古，古序最早

古序爲毛公前之舊聞，概述之如上，則其去聖人三百餘年而已，去古未遠，其得詩人肯綮者必多；且夫弁冕車旂之制，鼒鼎俎豆之儀，朝會燕享之規，禘祫郊丘之議，至於山川陵谷，屢易其形；草木禽魚，不恆厥性；即古以言古，其舍序奚由哉？（詳陳啓源毛詩稽古編）而鄭樵、朱熹輩，乃欲於去聖賢千百年後，妄臆詩人之志，毋乃以今之似，而亂古之真，又何裨於詩旨哉！故郝敬斥之曰：「朱子詆前人師說鑿空，抑不知己之改作，又何所據？則猶之鑿空耳。第如朱說淺率，其鑿空易；如古序深遠，其鑿空難。今使人暗索，爲朱說者十常

---

❽ 陳奐曰：「考漢書藝文志毛詩二十九卷，毛詩故訓傳三十卷。蓋以十五國風爲十五卷，小雅七十四篇爲七卷，大雅三十四篇爲三卷，三頌爲三卷，合二十八卷，而序別爲一卷，故二十九卷。毛公作故訓傳時，以周頌三十一篇爲三卷，而序分冠篇首，故合爲三十卷。今分三十卷者，仍毛詩舊也。」（詩毛氏傳疏敍錄）其言確實。

❾ 漢書藝文志所錄毛詩序一卷，意其必指古序合編而言，蓋三百十一篇古序爲一卷，其字長短正合；若並續序、大序爲一卷，則編幅過於繁長矣。是古序毛公前之舊聞，益無疑也。

八九，如古序者百無一二。古人鑿空，何不就其明且易者，而爲其遠且難者乎？毛公距夫子刪詩四百年，既爲鑿空；朱熹又後千五百年，瞀然自以爲某詩非某事，實因某事件。此何異李少君遇九十歲翁，紿云：『我識爾曾王父面孔。』知者誑而不信也。」詩人之志，每見於古序，其合乎經旨者必多；後人去古益遠，欲以一人之私意，妄測古人，亦見其惑且辟也。

二　頌美譏過，春秋餘義

古序每言「刺時也」、「刺亂也」、「刺奔也」、「刺學校廢也」、「惡無禮也」、「刺宣公也」、「美召伯也」、「美王姬也」、「美孝子也」、「美媵也」、「美武公之德也」……等，不一而足。凡此，皆與春秋之書法同，孟子謂「王者之迹熄而詩亡，詩亡而春秋作。」春秋繼詩作，而古序則繼春秋作，其寓意甚明。故范處義云：

> 人以爲詩之美刺與春秋相表裏，而詩之美刺，實繫於序，有聖人之遺言，可考而知。文中子曰：「聖人述書，帝王之制備。述詩，興衰之由顯。述春秋，邪正之迹明。」聖人于春秋，既因魯史之舊，而明其邪正之迹；于書又各冠序於篇首，而備帝王之制；于詩則刪之，苟不據序之所存，亦何自而見其興衰之由，而知其美刺之當否哉？今觀春秋之褒貶與詩序相應，詩序所書，皆無曲筆，宜爲聖人之所取也。又考論語「周有

大賚」，此夫子記周家之政也；而與賚之序同。緇衣曰：「長眠者衣服不貳，從容有常。」記禮者稱「子曰」以實之，而與都人士之序同。孔叢子記夫子之讀詩曰：「於周南召南，見周道所以盛之；於柏舟，見匹夫執志之不可易也。……」其言皆與今序同其義。由是言之，使詩序作於夫子之前，則聖人之所錄；作於夫子之後，則是取諸夫子之遺言邪。庸可廢也。（詩補傳）

聖人選詩編詩，所以謹世變之始也。（呂祖謙語）其後詩亡而春秋作，是春秋之寓褒貶，明善惡，蓋夫子有所取於是焉。古序繼春秋後作，其得詩人作詩之旨，聖人編詩之意者，又可知也。

三　文字簡明，體例純正

古序三百十一篇，其解釋經義，皆一言以蔽之，如「關雎，后妃之德也。」「碩人，閔莊姜也。」「敬之，群臣進戒嗣王也。」「那，祀成湯也。」文字簡明，體例純正，有類乎經之文，最爲可讀。與乎續序二百三十二篇之反複煩重者，（如鄭風清人、有女同車等屬之）或單釋國名者，（如周南關雎、唐風蟋蟀屬之）或續釋章旨者，（如豳風東山）或獨論他詩之意，而不言本篇經旨者，（如小雅六月）或不釋經旨，而獨言訓詁者，（如大雅召閔）或單述篇什之由來，而無關詩義者，（如商頌那）固大相逕庭（詳拙作續序釋經例），而後諸家之言，亦未爲當也。如魏風十畝之間：

十畝之間，桑者閑閑兮，行與子還兮。（一章）

十畝之間，桑者泄泄兮，行與子逝兮。（二章）

此詩古序曰：「刺時也。」毛傳申之，云：「閑閑然，男女往來無別也。」則以其時男女往來無別爲可刺也。古序毛傳明白。而續序乃謂：「言其國削小，民無所居焉。」故崔述讀風偶識非之，曰：「序以十畝爲國削，小民無所居。語尤附會，十畝就樹桑之地言，非以十畝受田，何遂至於無居？」吳闓生亦引朱子辨說非之，曰：「序云：『言其國削小，民無所居。』朱子曰：『國小則民隨之，序文殊無理。』可謂妙語解頤。古人之迂曲，誠有不能爲諱者，雖篤好古者，亦不能強爲之解也。」（詩義會通）續序之不協於理，孔氏正義已疑之：「魏雖削小，未必即然舉十畝以喻其陝隘也。」則崔吳二氏之辨，是矣。後儒遂疑國小民多，未見可刺，乃從朱子之說。其詩集傳云：「政亂國危，賢者不樂仕於朝而思與其友歸於農圃，故其詞如此。」然詩中並無政亂國危之意，且國危政亂而棄歸農圃又焉可謂之賢哉？後儒固知其非，遂演而爲「朝士之婦，勸其君子歸隱。」（姜炳璋詩序補義）「夫婦偕隱。」（方玉潤詩經原始）

「隱士自詠。」（王靜芝詩經通釋）皆以桑畝爲佳境，閑閑爲自得；然皆非經旨，亦無實據。惟毛奇齡獨能得之，其國風省篇云：「十畝之間，何也？曰：淫奔也。若非淫奔，何以桑者閑閑兮哉？漢志云：『衛地有桑間之阻，男女亟聚會，聲色生焉。』則地凡有桑者，皆其阻也。凡有桑者，則皆得爲之聚會起淫泆也。夫桑者，桑婦也。若非淫泆，則何以及桑婦哉？雖然，彼男子不取桑邪，何也？曰：古文云『穆天子作居范宮，以觀桑者，桑者，桑婦也。』彼以爲取桑婦工，故必桑婦而後得稱爲桑者。故又曰：『出桑者，用禁暴人也。』蓋惟恐狂夫之或及於彼桑婦也。非桑婦，則暴何用禁矣？曹植詩云：『美女妖且閑，採桑歧路間。』」姚際恆用其說：「此類刺淫之詩，蓋以桑者爲婦人古稱，採桑皆婦人，無稱男子者。若爲君子思隱，則何爲及於婦人耶？」（詩經通論）此詩雖未必至於淫奔，然桑林之隱密，往往男女極相聚會之所，而毛傳謂「男女往來無別」，亦已明矣。故古序謂「刺時也」，詩義本如此。續序固不得經旨，而諸家亦未爲當也。

四　編詩大義，獨識其詳

子曰：「吾自衛反魯，然後樂正，雅頌各得其所。」司馬遷遂據以謂：古詩三千餘篇，孔子取其可施於禮義者三百篇。是則，詩三百乃孔子選訂以爲禮義之教材者，以其皆持人性情，義歸無邪故也。聖人編詩行教，恆寓大義於其間，此固學者所深信。古序言詩，最得聖人編詩大義，今且以周召二南爲例，如周南關雎稱「后妃之德也」；召南鵲巢亦曰「夫人之德也。」周南葛覃稱「后妃之本也」；召南采蘩亦曰「夫人不失職也。」周南麟之趾稱「關雎之應也」；召南騶虞亦曰「鵲巢之應也」。故程氏謂：「詩有二南，猶易有乾坤。」（詩傳遺說卷第四陳文蔚錄）乾統坤，坤承乾，此正聖人明德之意。朱熹即據之以成其格致誠正，修齊治平之說。（詳詩集傳周南之國十一篇召南之國十四篇）而王柏更退召南甘棠、何彼禯矣於王風，削野有死麕，遂演之而成其二南各十一篇相配之說，（詳研幾圖）其說雖未必無差，（詳拙著二南相配論）然影響所至，學者亦紛然尾從。若范處義詩補傳、趙悳詩經疑問附編、朱善詩解頤二南總論、劉玉汝詩纘緒等皆先後有說，而魏源之二南樂章篇次相配、朱右曾詩地理徵二南相應說，受其影響尤鉅。凡此論述，雖有長短之異，深淺不同，而未能盡愜人意，然皆以周召二南之詩，端合乎修齊治平之道。拙作二南發微亦持此論，以爲大學三綱八目之旨，聖人暗寄於此。自近而遠，自己身及國家天下，先後相承，井然有條，則其爲聖人有意之安排也。（詳拙作周南召南詩繹及其大義）此則古序特識，而諸家所不及也。

五　釋旨精微，與群經合

左氏文公四年傳：「衛寧武子來聘，公與之宴，爲賦湛露及彤弓。不辭，又不答賦。使行人私焉，對曰：『臣以爲肄業及之也；昔諸侯朝正於王，王宴樂之，於是乎賦湛露，則天子當陽，諸侯用命也。諸侯敵王所愾，而獻其功，王於是乎錫之彤弓一，彤矢百，玈弓矢千，以覺報宴。今陪臣來繼舊好，君辱貺之，其敢干大禮，以自取戾。』」古序：「湛露，天子燕諸侯也。」毛傳：「諸侯朝覲會同，天子與之燕，所以示慈惠。」左、序、傳三者，吻合無間。古序：「彤弓，天子錫有功諸侯也。」毛傳：「諸侯敵王所愾，而獻其功，王饗禮之，於是賜彤弓一，彤矢百，玈弓矢千，凡諸侯賜弓矢，然後專征伐。」左、序、傳無異辭。陳奐謂毛詩以序爲主，悉與尚書、左傳、國語、孟子等合。（詳毛傳淵源通論）其言不爲無據。試舉召南野有死麕爲例：

野有死麕，白茅包之。有女懷春，吉士誘之。
林有樸樕，野有死鹿，白茅純束。有女如玉。
舒而脫脫兮，無感我帨兮，無使尨也吠。

此詩自歐陽子謂「其卒章遂道其淫奔之狀。」（詩本義）而諸家皆目之爲淫詩，若崔述：「懷春，則心固已蕩矣；以男誘女，不良莫甚焉。」（讀風偶識）姚際恆：「定情之夕，女屬其舒徐而無使帨感、犬吠，亦情欲之所感不諱言也。」（詩經通論）俞平伯以爲乃野合之事，顧頡剛則以爲乃女子爲得到性滿足，而發出對異性之懇摯叮囑。（並見古史辨第三冊）毋乃肉蒲團之幹啞事，令人咋舌。實則此詩乃頌賢女之惡無禮也。嚴粲曰：「春者，天地交感，萬物孳生之時，聖人順天地萬物之情，令媒氏以仲春會男女，故女之懷昏姻者，謂之懷春。」（詩緝）王質：「女至春而思有所歸，吉士以禮通情，而思有所耦，人道之常。」（詩總聞）是知「懷春」乃人道之常，又豈所謂春心淫蕩哉？則「舒而脫脫兮」，責男子之辭也；以其禮之未備，不可急於一旦，而應循禮徐來，乃「無感我帨兮」，「無使尨也吠」。帨，拭物之巾，女子佩以常自潔淨者。禮內則篇：「子事父母，婦事舅姑，皆左佩紛帨。」又曰：「男懸弧于門左，女設帨于門右。」則帨爲女子所專徵，取喻其名節也，猶云：「無損我名節也。」故鄭箋曰：「奔走失節，動其佩飾。」尨，長毛犬，見怪異輒吠，猶蜀犬之吠日，喻世俗恆因異事而怪，今粵人猶稱無理之謾罵爲犬吠，所謂犬聲犬影也。鄭風將仲子：「父母之言，亦可畏也。」「諸兄之言，亦可畏也。」「人之多言，亦可畏也。」其斯之謂耶！左傳昭公元年夏四月載晉趙孟入於鄭，鄭伯享之，子皮賦此詩之卒章，杜預注云：「義取君子徐以禮來，無使我失節，而使狗驚吠。喻趙孟以義撫諸侯，無以非禮相加陵。」趙孟則賦棠棣，且曰：「吾兄弟比以安，尨也可使無吠。」其意至爲明白。古序云：「野有死麕，惡無禮也。」左傳、古序一致，其於詩意最爲有合。後世每以「賦」解之，而目之爲淫詩，誠邑犬之群吠也。（詳拙作野有死麕淫詩乎）

六　經義所在，示人周行

孟子曰：「說詩者，不以文害辭，不以辭害志，以意逆志，是謂得之。」又曰：「尚論古之人，頌其詩，讀其書，不知其人，可乎？是以論其世也，是尚友也。」（萬章下）今人言詩，惟重「以意逆志」，故所得，言人人殊。詩人年代浩遠，其時之國家制度、典章禮儀、政治環境、習俗風尚、學術氣氛、經濟條件、地理背景……皆非今日所可知，若舍「知人論世」，而妄逆詩旨，其不鑿空，亦幾稀。錢大昕謂：「說詩者不以文害辭，不以辭害志；詩人之志見乎序，舍序以言詩，孟子所不取。後人去古益遠，欲以一人之私意，窺測古人，亦見其惑已。」（十駕齋養新錄）古序示人以釋詩之方向，又可知也。如衛風碩人，諸家皆以爲「美莊姜也」，此徒據二章述莊姜體態之美而言也。然古序曰：「閔莊姜也。」續序申之：「莊姜賢而不答，終以無子，國人閔而憂之。」蓋三章有「大夫夙退，無使君勞。」莊公不答莊姜，詩以爲勞於政事，此風人之辭微而婉矣。左氏隱公三年傳謂：「莊姜美而無子，衛人所爲賦碩人也。」胡承珙曰：「序云閔莊姜者，自有左傳可證。且以序言閔者七篇，如君子陽陽之閔周，揚之水之閔無臣，詩中皆不見其意，而序能言之，其必有所受之矣。」（毛詩後箋）則此詩主於閔莊姜，可無疑也。否則，美莊姜出身之高貴，美莊姜送嫁行列之壯盛，美莊姜之賢，……皆可以爲說矣。又如召南鵲巢，諸家或以爲「南國諸侯被文王之化，能正心修身以齊家，其女子亦被后妃之化，而有專靜純一之德，故嫁於諸侯，而其家人美之。」（朱熹詩集傳）或以爲「此以妾媵之從，至備百兩，美諸侯妻之無嫉妒也。」（季本詩說解頤）或以爲「文王公族之女，往嫁於諸大夫之家，詩人見而美之。」（姚際恆詩經通論）或以爲「教女子使不自私也。」（崔述讀風偶識）或以爲「昏禮告廟也。」（方玉潤詩經原始）或以爲「祇是嫁女之樂歌。」（吳闓生詩義會通）可謂衆說紛紜，莫衷一是。而古序一言蔽之曰：「夫人之德也。」簡潔明白。此詩以鳩之居鵲巢，況女之來嫁居男室。鳩，埤雅謂：「有專一之德，蓋其哺子：朝自上而下，暮自下而上，均也。其子在梅、在棘、在榛，而己則常在乎桑者，一也。」是此詩主於述「夫人之德」，而古序言之。

七　美刺時君，合乎史實

古序之諷頌時君時事，皆合乎史實，如邶風新臺：「刺衛宣公也。」方玉潤曰：「納伋之妻，作新臺於河上而要之，國人惡之而作是詩，事見春秋傳，固無可疑。」（詩經原始）吳闓生詩經通義亦謂：「序之說詩，惟此篇最有據。」衛風淇奧：「美武公之德也。」朱熹以爲：「衛之他君，蓋無足以及此者，故序以此詩爲美武公，而今從之也。」（詩集傳）秦風黃鳥：「哀三良也。」左傳、史記、暨諸家無異說。凡此，俯拾即是。且如鄘風柏舟，古序云：「共姜自誓也。」續序申之曰：「衛世子共伯早死，其妻守義，父母欲奪而嫁之，誓而弗許，故作是詩以絕之。」其言與史記不類，考衛康叔世家云：「釐侯卒，太子共伯餘立爲君。共伯弟和有寵於釐侯，多予之賂，和以其賂賂士，以襲攻共伯於墓上，共伯入釐侯羨，自殺。衛人因葬於釐侯旁，謚曰共伯，而立和爲衛侯，是爲武公。」其言未悉所據，故司馬貞索隱疑史公采雜說爲之，以爲不足信。孔氏正義則以爲：「武公殺兄篡位，得爲美者，美其逆取順守，齊桓晉文以簒弒而立，終見大功，亦其類也。」此實唐儒附會，迴避太宗、建成、元吉事耳。故呂祖謙讀詩記、范家相詩瀋、胡承珙毛詩後箋力辨其非。又如邶風燕燕，古序云：「衛莊姜送歸妾也。」鄭箋謂：「莊姜無子，陳女戴嬀生子名完，莊姜以爲己子。莊公薨，完立，而州吁殺之，戴嬀於是大歸，莊姜遠送於野。」其言有合於左傳。然史記卻謂：「陳女女弟亦幸於莊公，而生子完，完母死，莊公令夫人齊女子之，立爲太子。」是則戴嬀又死於莊公、桓公之前矣。司馬貞索隱從序說，謂：「女弟，戴嬀也。子完爲州吁所殺，戴嬀歸陳，詩燕燕于飛也。」固以史記爲非。司馬遷從孔安國遊，屬今文魯學，而漢初今文獨盛，恣意抑壓古文，其說詩亦往往與毛氏異。故史記不言河間獻王得民間古文善書，暨立毛氏詩、左傳博士事；而於魯恭王壞孔壁得古文經，亦隻字未提，其壓抑古文，豈非較然明白。司馬貞深於史記，而不之信，豈無所見焉！且古序明言某君某事，則此詩必指某君某事無疑；若古序未確指爲某君某事者，則詩義即未必指某君某事，此古序之例也。胡承珙嘗謂三百篇序之有美刺而實指其人其事者，當時必有依據，斷非鑿空臆造。若但言「刺時」，則是在采詩之時，已不能確知其爲何人何事之作，故以「刺時」一語括之，亦不敢憑虛撰述，蓋其慎也。（詳毛詩後箋靜女篇）則古序之言史實，固較諸家爲可信矣。

八　譏評政教，有其時義

古時學在王官，私家無著述，故政教合一，官師不分，諸經皆負政教功能，孔子曰：「入其國，其教可知也，其爲人也，溫柔敦厚，詩教也。疏通知遠，書教也。廣博易良，樂教也。絜靜精微，易教也。恭儉莊敬，禮教也。屬辭比事，春秋教也。」而詩之教化功用尤鉅，故孔門特重之。❿論語載孔子曰：「詩，可以興，可以觀，可以群，可以怨。邇之事父，遠之事君；多識於鳥獸草木之名。」（陽貨）以外物爲比興，非徒貪多識而誇博聞，要在考其興象以正人心。詩大序亦云：「先王以是經夫婦，成孝敬，厚人倫，移教化。」則詩之爲道尚矣。漢書載昌邑王廢，王式對治事者責問「師何以無諫書」曰：「臣以詩三百篇朝夕授王，至於忠臣孝子之篇，未嘗不爲王反復誦之也。至於危亡失道之君，未嘗不流涕爲王深陳之也。

---

❿ 易書詩皆孔子前所有，而夫子於易惟曰：「加我數年以學易，可以無大過矣。」（論語述而）其於書亦但引：「書云：孝乎惟孝，友於兄弟。」（爲政引君陳）然於詩則異，其言詩引詩，暨門人弟子之論詩，且凡百數，其重於詩蓋如是也。

臣以三百五篇諫，是以無諫書。」（儒林王式傳）龔遂對昌邑王亦云：「夫國之存亡，豈在臣言哉！願王內自揆度，大王誦詩三百五篇，人事浹，王道備。王之所行，中詩一篇何等也？」（武五子傳）則孔門漢儒以政教德化說詩，固有其時義也。而古序之所謂美、刺、閔、惡、思「某君」、「某時」、「某事」，正其時說詩者之所本也。且以鄭風將仲子爲例以明之，古序曰：「刺莊公也。」續序申之：「不勝其母，以害其弟，弟叔失道而公弗制，祭仲諫而公弗聽，小不忍而致大亂焉。」其事則春秋書之，曰：「鄭伯克段於鄢。」三傳並有申述，或以爲譏失教，或以爲處心成於殺，蓋以鄭莊公既不能絕母氏之求，又不忍失母氏之望，而終至大亂；故古序主於刺鄭莊公，可謂切合時義。自莆田鄭氏以爲「淫奔者之辭」，而淫詩之說興焉。朱子更於不得國風之義者，而一舉歸諸淫，後學從之，遂至淫聲淫氣，豈不痛哉！

第五節　結　語

郝敬曰：「不微不婉，徑情直發，不可爲詩；一覽而盡，言外無餘，不可爲詩；美謂之美，刺謂之刺，拘執繩墨，不可爲詩；意盡乎此，不通於彼，膠柱則合，觸類則滯，不可爲詩。」（毛詩原解）設身處地，借口代言，故言在此，而意在彼者，詩歌常例也。今人每謂古序之說，詩中未言，故不信序說。如「淇奧，美武公之德也。」傅斯年謂：「相傳以爲美衛武公之作，詩本文無證。」（詩經講議）「綠衣，莊姜傷己也。」王質謂：「舊説以爲莊姜，雖不敢不信，然尋詩未有所見。」（詩總聞）又或以禮數質之，如邶風燕燕，古序：「衛莊姜送歸妾也。」王質曰：「君夫人出郊送歸妾，暨違妻妾尊卑之禮，又違婦人迎送之禮。」遂轉以謂：「此詩當是國君送女弟適他國之詩。」後世多據以爲是，然國君送女弟出郊，又據何禮；且以一國君之身，而「泣涕如雨」、「佇立以泣」，又成何體統。又或據晚出書改之，如邶風柏舟古序：「言仁而不遇也。」朱熹據列女傳以爲：「婦人不得其夫，故以柏舟自比。」聞一多、傅斯年從之，然以一婦人攜酒出郊，四處遨遊，又豈禮之所宜。毛奇齡曾列舉朱慶餘所作閨情獻水部郎中張籍詩、竇梁賓喜盧東表及第詩，謂詩若掩其題，則難得詩人本意。⑪ 隋唐以後詩作，依題立意，雖詩文未明言，而尋題以辨，亦足直探詩旨。拙作癸酉仲夏豪雨感時詩云：

昏淫霏雨濫成流，無道失時千歲憂。曷識風濤終作浪？滿江桃梗不勝愁！

---

⑪ 毛奇齡列舉朱慶餘所作閨情獻水部郎中張籍詩：「洞房昨夜停紅燭，待曉堂前拜舅姑。妝罷低聲問夫婿，畫眉深淺入時無。」暨竇梁賓喜盧東表及第詩：「曉妝初罷眼初潤，小玉驚人踏破裙；手把紅箋書一紙，上頭名字有郎君。」若掩其題，豈非夫婦閨房之軟語。（詳白鷺洲主客説詩）

驚風密雨暮雲愁，淨盡群英半已秋。滾滾翻騰撼山嶽，匯成沱汜欲爭流。
別出江沱歸主流，縱然激盪亦悠悠。此心匪石烏能轉，執志還同汎柏舟。
門外橫流覆綠疇，幾人感悟鳳歌憂？達生稅駕江湖遠，樽酒隨行嘯傲遊。

其時國民黨籌備十四全黨員會議，而代表有流派之爭，社會人心爲之浮動，惶惶不知終日；今讀此詩，應猶有此感受，然十數年後掩其題而讀之，則其誰知之。是詩之難辨有如此者。古人創作，索物以比，興會無端，則非通於作詩者，實難與語。詩經無題，無從更索，而古序精審，又有毛傳以輔，（詳拙作古序毛傳相應考）固較可從。成伯瑜、程大昌、蘇轍皆裁之以言，允爲特識；今人廢序，並古序而棄之，得無過當乎？以意逆志，偶有會心，固足解頤；雖各自爲說，百家爭鳴，亦不無表示可喜之一面。若一味掊擊詩序，視之爲毒瘤惡瘡，必去之而後快；則矢心鬥志，又豈能得學術之真！故敢於舉世洶洶，揭此以質方家，非所謂障狂瀾也。

第六章 詩經周南召南之尚賢思想

第一節 前言

子曰：「吾自衛反魯，然後樂正，雅頌各得其所。」司馬遷遂據以謂：古詩三千餘篇，孔子取其可施於禮義者三百篇。是則，詩三百乃孔子選訂以爲禮義之教材者，是時人所熟習能誦者，故得以諷誦流傳，不獨於竹帛也。梁任公謂：「現存先秦古籍，真贋雜糅，幾於無一書無問題，其精金美玉，字字可信可寶者，詩經其首也。」（要籍解題及其讀法）三百之數，雖皆持人性情，義歸無邪；然雅頌之音，嘽緩冗沓；十三國之風，聲多淫靡；是以推其得性情之正，人倫之厚者，厥爲周南召南矣。無怪乎孔子一則曰：「汝爲周南召南乎？人而不爲周南召南，其猶正牆面而立也與！」再則曰：「關雎樂而不淫，哀而不傷。」「關雎之亂，洋洋乎盈耳。」其期許之重，蓋有以也。先儒以爲詩之首周召，猶易之首乾坤，書之首典謨，推崇尤爲備至。關雎續序云：「正始之道，王化之基。」則周南召南二十五篇，皆德化所深入民心而見諸歌詠者，又可想見也。

第二節　周南召南大義簡述

聖人論詩，特以周召二南爲大，以其陳正始之道，以諷天下人倫之端，王化之本也。故二南之風行，則人倫正，朝廷治。是知聖人編詩行教，恆寓大義於其間，此固學者所深信也。朱熹曰：「按此編首五詩皆言后妃之德：關雎，擧其全體而言也；葛覃、卷耳，言其志行之在己；樛木、螽斯，美其德之及人；皆指其一事而言也。其詞雖主於后妃，然其實皆所以著明文王身修家齊之效也。至於桃夭、兔罝、芣苡，則家齊國治之效。漢廣、汝墳，則以南國之詩附焉，而見天下已有可平之漸矣。若麟之趾，則又王者之瑞，有非人力所至而自至者，故復以是終焉；而序者以爲關雎之應也。」（詩集傳周南之國十一篇）又曰：「愚按鵲巢至采蘋，言夫人大夫妻，以見當時國君大夫被文王之化，而能修身以正其家也。甘棠以下，又見由方伯而能布文王之化，而國君能修之家以及其國也。其詞雖無及於文王者，然文王明德新民之功，至是而其所施者溥矣。」（召南之國十四篇）是則，朱子以爲周召二南，聖人寓修齊治平之大義也。自斯論之興，學者咸以爲是，紛然尾從。逸齋范處義首闡而明之，其言曰：

昔者先聖孔子誨人以經，固莫詳於詩，又以二南爲大；故曰：「人而不爲周南召南，其猶正牆面而立也與？」蓋「不學牆面」，古之格言，先聖謂人而不爲二南之學，辟之面牆而立，豈能知齊家治國平天下之道。雖曰能學，猶不學也。夫二南之詩，先聖所以大之者，以其所陳皆文王正始之道，自家而國，自國而天下，此古今不易之理也。（詩補傳）

趙悳亦以爲言：

二南之詩，皆文武盛時，德化深入人心而見之歌詠者，無非禮義之正。孔子刪詩冠之篇首，所以正始基王化，故嘗喟然歎曰：「周南召南，其周道所以盛也。」是豈十三國所可例論哉？故先儒云：「詩之首二南，猶易之首乾坤，書之首典謨。」觀此則可見矣。蓋二南者，修齊之本，而修齊又平治之本，夫子舉其要以教人，本末先後，固自有序。（詩經疑問附編）

而朱善尤能詳之：

讀聖賢之書，必自大學始，誦三百篇之詩，必自二南始。二南之與大學，實相表裏，蓋大學言修齊治平之理，二南是言聖人修齊治平之事；大學是言聖人立法以教人，如射之必至於彀，大匠必用夫規矩。二南是聖人躬行心得於上，而化行俗美於下，乃羿之發而必中大匠之巧，用規矩以成其室家者也。然則讀大學者，固不可不知二南；而學二南者，又豈可徒誦其文，而不考聖人行事之實哉！（詩解頤二南總論）

是皆以周召二南之詩，端合乎修齊治平之道也。拙作二南發微亦持此論，以爲合乎大學三綱八目之旨：蓋關雎淑女，有慎固幽深之德，以雎鳩、荇菜況其德之專一貞潔，是能格物致知而身修者，故可以爲君子之好儔。人君寤寐求之，方其求之未得時，猶能樂觀進取，是哀而不傷也；及其既得之後，但以琴瑟友之，鍾鼓樂之而已，是樂而不淫也。哀而不傷，樂而不淫，非正心誠意，曷克臻此哉！葛覃言后妃務本，方其未廟見前，勤修婦德，勤治絺綌，且服之不厭；是格物而身修也。及其廟見之後，猶能浴衣濯私，貴而能勤，富而能儉，已長而敬不弛於師傅，已嫁而孝不衰於父母，此所謂意誠而心正者也。卷耳乃后妃懸想其君子求賢審官之事，路遠難至，賢才難求，此身修家齊而祈於國治也。樛木下接，葛藟上附，君子之心恆樂，而福祿安之；螽斯之頌祝后妃仁厚，而子孫衆多；二詩皆家齊之極至也。桃夭乃后妃之所致，挾其窈窕清淑之姿，化行天下，故女子于歸，皆能淑慎，此家齊而國治之漸也。

兔罝言國家人才衆多，並冀於野無遺才，則呂望、閎夭、大顚之賢，盡網羅以爲國家之良弼賢佐矣。芣苢則盛平安樂之氣象，故婦人相率以采采之，是盛平樂有子，國治之極也。漢廣，德廣所及也；汝墳，道化行也；是皆王者之化行，而天下歸心，此國治天下平也。是以明明德、新民之綱目備之矣。麟之爲神獸，王者之瑞也；世不常出，治世乃有麟應，豈非其化行俗美，天下大治而止於至善哉！是則三綱八目之事，周南備之矣。自近而遠，自己身及國家天下，先後相承，井然有條，非聖人有意安排而何？（詳拙作周南召南詩繹及其大義）

凡此之論，固皆理之所暢，然亦僅得其一端耳。三綱八目，修齊治平，此聖人理想之極至，寔其架構而已；然其致此者之途何在？則前人尚尟論及。斯篇之作，即欲就此二十五篇，詳其內容，析其類別，論其指歸，以明「尚賢」乃致此之途，而後乃知聖人編詩寓教之深意也。故二十五篇所示，毋論其爲人臣、婦媳、子女，莫不以「賢」爲尚；蓋修齊治平，三綱八目，必待「尚賢」，而後始克竟厥功。是知修齊治平之與「尚賢」，實相表裏，可無疑也。

第三節　周南召南尚賢思想探微

宣聖編詩，其所以寓於周南召南之義者，實以三綱八目爲理想，而「尚賢」爲其至之之由也。三綱八目，修齊治平之寓意，前人闡論頗詳，概述之如上矣；今更進考二十五篇，詳其內容，而分賢臣、賢女、賢子三類，論其指歸，以明「尚賢」乃至此之由，其與修齊治平，互爲表裏，不可以不察也。

一　賢　臣

(一)　求賢臣：

周南卷耳

采采卷耳，不盈頃筐。嗟我懷人，寘彼周行。
陟彼崔嵬，我馬虺隤。我姑酌彼金罍，維以不永懷。
陟彼高岡，我馬玄黃。我姑酌彼兕觥，維以不永傷。
陟彼砠矣，我馬瘏矣。我僕痡矣，云何吁矣！

此詩託爲后妃懸想其君子求賢審官之事也。淮南子俶真篇引此詩首章謂：「以言慕遠世也。」高誘註：「言我思君子官賢人置之列位也；誠古之賢人各得其列，故曰慕遠也。」姚際恆云：「（此詩）當依左傳謂文王求賢官人。」並引楊用修：「原詩人之旨，以后妃思念文王之行役而言也。」（詩經通論）所謂依左傳，即襄公十五年：「君子謂楚於是乎能官人。官人，國之急也。王及公、侯、伯、子、男、甸、采、衛、大夫各居其列，所謂『周行』也。」此詩託爲婦人之言，故首章以「執筐采耳」婦人之事爲興，以明聖君求賢之切，聖朝用賢之永感不足也。后妃設想其君子之所爲，雖對面用筆，正可以明婦人以君子之職志爲志也。古序云：「卷耳，后妃之志也。」其此之謂乎！

周南兔罝

肅肅兔罝，椓之丁丁。赳赳武夫，公侯干城。
肅肅兔罝，施於中逵。赳赳武夫，公侯好仇。
肅肅兔罝，施於中林。赳赳武夫，公侯腹心。

此詩言獵者設網捕獸，以比王者四出訪賢，而期於朝無倖位，野無遺才。以其設罝罟網羅賢人，故肅肅然恭敬也。果而得此武夫，外可依以爲干城，內可以爲輔弼良佐，而其忠信復可倚以爲腹心，以見王者之樂得賢人衆多也。錢澄之云：「以喻文王之網羅賢才也。丁丁，喻求賢之聲，遠聞四方也。中逵，當四方之衝，爲人才畢集之所；中林，則深林隱伏之士，皆入吾彀中矣。」（田間詩學）其言特爲有見。墨子載「文王舉閎夭、太顚于網罟之中，西土服。」則此篇之義，其必有所指，概可知也。

召南騶虞

彼茁者葭，壹發五豝。于嗟乎騶虞。

彼茁者蓬，壹發五豵。于嗟乎騶虞。

其茁然而盛之葭蓬，爲豵豝所匿，以喩山林田野之間，爲賢者藏器隱麟之所。而王者田獵，車一發❶而得五豝，亦以喩德如騶虞義獸之君，發車求賢而得其五也。國君訪賢於巖穴，其仁心可見，故詩人以騶虞爲比而歎美之。射義曰：「天子以騶虞爲節，樂官備也。」鄭玄因之云：「一發五豝，謂得賢人多也。」得賢人衆多則官備，可謂知言。

(二)頌賢臣：

召南羔羊

羔羊之皮，素絲五紽。退食自公，委蛇委蛇。

羔羊之革，素絲五緎。委蛇委蛇，自公退食。

羔羊之縫，素絲五總。委蛇委蛇，退食自公。

❶ 方玉潤詩經原始謂周官大司馬中冬教大閱曰：「鼓戒三闋，車三發，徒三刺，乃鼓退。」似一發之發，乃車一發可取獸五，非矢一發而中獸五。

姚際恆曰：「此篇美大夫之詩。詩人適見其羔裘而退食，即其服飾、步履之間以歎美之；而大夫之賢，不益一字，自可於言外想見，此風人之妙致也。」（詩經通論）其言得之。惟其俯仰不愧，故出入從容；否則，促迫匆遽之不暇，寧有委蛇之氣象哉！

周南樛木

南有樛木，葛藟纍之。樂只君子，福履綏之。
南有樛木，葛藟荒之。樂只君子，福履將之。
南有樛木，葛藟縈之。樂只君子，福履成之。

此篇頌賢者之惠及其下也。上惠恤其下，則下亦必愛敬其上，斯理之固然也。苟能充其屈己就下之德，則福祿歸之。

㈢　慕賢臣：

周南汝墳

遵彼汝墳，伐其條枚。未見君子，惄如調飢。
遵彼汝墳，伐其條肄。既見君子，不我遐棄。
魴魚赬尾，王室如燬。雖則如燬，父母孔邇。

錢澄之田間詩學：「此汝旁之民，聞文王之德化而思得一見也。汝去紂都近，去岐周遠，墳崖最高，又有樹以蔽之，思文王而不見，故欲伐去條枚條肄以望西土耳。」文王之道，化行汝墳，而民思慕之，故遵彼墳崖以望之也。「魴魚赬尾」，則商末汝旁憔悴之民可知也。「王室如燬」❷，則紂都王室之事，其急如火，不可緩也。然父母孔邇，則又亟思文王之代紂也。

㈣ **勸賢臣：**

召南殷其雷

殷其雷，在南山之陽。何斯違斯，莫敢或遑。振振君子，歸哉歸哉！

殷其雷，在南山之側。何斯違斯，莫敢遑息。振振君子，歸哉歸哉！

殷其雷，在南山之下。何斯違斯，莫或遑處。振振君子，歸哉歸哉！

---

❷ 嚴粲詩緝、朱熹集傳、姚際恆詩經通論皆以「王室」爲紂都，得之。其時商朝未亡，「王室」自以指紂都爲是。崔述讀風偶識謂爲東遷後驪山亂亡之事，屈萬里詩經釋義謂爲西周末年喪亂之詩，皆未爲得也。（詳拙作周南召南之著作年代）

雷出地奮，震驚百里，山出雲雨，以潤天下，故雷聲以喻教令行也。而何此君子而離此地乎？斯士斯民，勤於公事，而無願一息之或懈者，故振振公子，尤應歸而效命，此即所謂勸之以義也。方玉潤詩經原始云：「諷衆士之歸周也。當時文王政令方新，天下聞聲嚮慕，有似雷發殷殷，群蟄啓户，而其振興起舞之意，則有不勝其來歸恐後之心焉。」其言特爲有見。

(五) 思賢臣：

召南甘棠

蔽芾甘棠，勿翦勿伐。召伯所茇。
蔽芾甘棠，勿翦勿敗。召伯所憩。
蔽芾甘棠，勿翦勿拜。召伯所說。

召公當西伯之時，奉使觀風，布宣教令，嘗止於甘棠之下，國人被其德，悦其化，而懷思其人，因以敬愛其樹，則其得民心之至，可知也。故史記燕召公世家載：「召公之治西方，其得兆民和；召公巡行鄉邑，有棠樹，決獄政事其下，自侯伯至庶人，各得其所，無失職者。召公卒，而民思召公之政，懷棠樹不敢伐，歌詠之作甘棠之詩。」此則四家無異說。

㈥ 用賢臣：

召南小星

嘒彼小星，三五在東。肅肅宵征，夙夜在公。寔命不同。

嘒彼小星，維參與昴。肅肅宵征，抱衾與裯。寔命不猶。

原詩人之意，實爲小官長奉特召入朝也。天未亮而星猶在，則「夙夜在公」、「抱衾及裯」，必其任務重大，不遑寢息也。而「是命不同」，亦必其所受之君命不同於平常也。于省吾以「肅肅宵征」爲肅肅然恭敬有儀之小官長；聞一多以「抱衾及裯」爲拋棄衾裯，猶唐人所謂「辜負香衾事早朝」也。二公之言❸甚辨，今用之。是則小官長受君上垂愛，奉特召勤於公所，恪共職事，則古序云：「惠及下也。」正所以美其能用下賢也。

---

❸ 于氏詩經新證：「宵、小古通。禮記學記『宵雅肄三』，注：『宵之言小也。』文選江文通雜體詩鮑參軍詩注引春秋孔演圖宋注：『宵猶小也。』正、征、政古同用。員鼎：『征月』即正月。周禮司勳『惟加田無國正』，釋文：『正，本亦作征。』禮記深衣『以直其政』注：『政或爲正。』然則宵征應讀爲小正，爾雅釋詁注：『正伯皆官長。』小正謂小官長也」聞氏詩經新義：「抱當讀爲拋。史記三代世表：『姜嫄以爲無父，賤而棄之道中，牛羊避不踐也；抱之山中，山者養之。』錢大昕謂抱即拋字。又玉臺新詠十近代吳歌：『芙蓉始結葉，拋豔未成蓮。』樂苑拋作抱。並二字古通之證。」引證賅贍，可從。

二　賢　女

(一) 求賢女：

周南關雎

關關雎鳩，在河之洲。窈窕淑女，君子好逑。

參差荇菜，左右流之。窈窕淑女，寤寐求之。求之不得，寤寐思服。悠哉悠哉，輾轉反側。

參差荇菜，左右采之。窈窕淑女，琴瑟友之。

參差荇菜，左右芼之。窈窕淑女，鍾鼓樂之。

續序謂：「關雎樂得淑女以配君子，憂在進賢。」又云：「哀窈窕，思賢才，而無傷善之心焉；是關雎之義也。」則幽閒淑德，貞靜自守之賢女，宜爲君子所好逑也。雎鳩，毛傳謂：「鳥性摯而有別。」後漢書明帝紀引薛君章句：「雎鳩貞潔慎匹。」素問陰陽自然變化論：「雎鳩不再匹。」古文苑張超誚青衣賦：「感彼關雎，性不雙侶。」易林晉之同人：「貞鳥雎鳩，執一無尤。」❹姚際恆詩經通論、崔東壁讀風偶識皆以「窈窕」爲深閨，女子貴自重，故以深居幽邃，貞靜自守爲賢。則深居簡出，正所以養其幽閒氣質；故貞靜幽閒之大家閨秀，宜乎君子之所夢寐以求也。

周南漢廣

南有喬木，不可休息。漢有游女，不可求思。漢之廣矣，不可泳思。江之永矣，不可方思。

翹翹錯薪，言刈其楚。之子于歸，言秣其馬。漢之廣矣，不可泳思。江之永矣，不可方思。

翹翹錯薪，言刈其蔞。之子于歸，言秣其駒。漢之廣矣，不可泳思。江之永矣，不可

---

❹禽經謂：「雎鳩，魚鷹也。」實則魚鷹即魚雁。其證據有五：（一）鄭樵謂：「凡雁鶩之類，其喙褊者，則其聲關關。」鷹之喙銳，其聲鸎鸎。關關之爲雁聲，其非鷹明矣。（二）河州爲雁窩所在，雁群之所作息處，而鷹則非其地。（三）鷹雁二字，其於古文形構相同。（四）古人於問名納采有奠雁之禮。（五）雁爲衆鳥之最貞節者，元好問有邁陂塘詞詠雁，其序謂：「乙丑歲赴并州，道逢捕雁者，云『今旦獲一雁，殺之矣。其脫困者悲鳴不能去，竟自投於地而死。』予因買得之，葬之汾水之上，累石爲識，號曰雁丘。」其詞曰：「問世間，情是何物？直教生死相許。……」其情摯可知，而雁之失其配者爲雁奴，則其有別亦可知矣。（民國七十年余以詩經授課即以此爲說，近年復睹駱賓基《詩經新解與古史新論》三十五頁〈詩經關雎首章新解〉亦持此論，雖論證稍異，固可互爲參考，尤喜其先獲我心。）

方思。

喬木高不可攀，漢水清潔如藍，以興賢女之高潔，不可以非禮犯。故其下復陳漢廣不可泳，江永不可方，言其廣長，非方永所能濟，是禮義有所不可也。「楚」、「蔞」於「錯薪」中爲最突出者，以喻衆賢女中之尤賢者，則其爲君子所亟欲求之者，概可知也。故於是子之願歸我，則願秣馬秣駒，致禮餼以迎，亦所以止於禮，而合乎義也。鄭箋云：「賢女雖出遊流水之上，人無欲求犯禮者，亦由貞潔使之然。」朱傳亦曰：「其幽閒貞潔之女，見者自無狎褻之心，決知其不可求也。」而嚴緝則謂：「以小家女而在曠僻可動之地，見者竟無狎褻之心，於是陳其不可得之辭，見其貞潔之意，使人望之而暴慢之志不作矣。人無陵犯之心，知紂之淫風已變，由文王風化所及。」皆爲有見。古序云：「德廣所及也。」正是。

召南摽有梅

摽有梅，其實七兮。求我庶士，迨其吉兮。

摽有梅，其實三兮。求我庶士，迨其今兮。

摽有梅，頃筐塈之。求我庶士，迨其謂之。

此篇詩人諷衆士以求賢女也。書云：「若作和羹，爾爲鹽梅。」（說命下）婦道亦所以主中饋，調和室家者，故詩人以梅爲興也。其梅熟❺於樹上者，尚餘其七，則其三已爲人所採矣；以況女子長成已嫁者三，其長成而未嫁者尚餘其七，故諷衆士宜趁吉日良時以求也。二章已嫁去其七，三章則全歸人矣。古序曰：「男女及時也。」其此之謂乎？章潢曰：「詩人傷賢哲之凋謝，故寓言摽梅，使求賢者及時延訪之耳。」（圖書編）姚際恆云：「此乃卿大夫爲君求庶士之詩。」（詩經通論）方玉潤：「諷君相求賢也。」（詩經原始）其言亦辨，惟不合於古序，故不取。

(二) 頌賢女：

周南葛覃

葛之覃兮，施於中谷，維葉萋萋。黃鳥于飛，集于灌木，其鳴喈喈。
葛之覃兮，施於中谷，維葉莫莫。是刈是濩，爲絺爲綌，服之無斁。
言告師氏，言告言歸。薄污我私，薄澣我衣。害澣害否，歸寧父母。

---

❺ 毛公：「摽，落也。」落有落成之意。說文：「摽，擊也。」無落成之意。趙岐孟子章句引詩作「莩有梅」。漢書食貨志顏師古注：「莩，音『蔈有梅』之蔈。」蔈爲成熟之貌，淮南子天文訓：「秋分蔈定。」謂禾芒穀熟也。是蔈爲本字，摽爲假借。否則，擊落之梅宜在地，而不宜在樹。

朱熹詩集傳曰：「於此可以見其已貴而能勤，已富而能儉，已長而敬不弛於師傅，已嫁而孝不衰於父母，是皆德所厚而人所難也。小序以爲后妃之本，庶幾近之。」其言至爲平實。嚴粲謂：「味『服之無斁』一語，可見后妃之德性，後世妃后以驕奢禍其俗者，皆一厭心爲之也。詩人詞簡而旨深矣。」（詩緝）又豈無所見也哉！

周南桃夭

桃之夭夭，灼灼其華。之子于歸，宜其室家。
桃之夭夭，有蕡其實。之子于歸，宜其家室。
桃之夭夭，其葉蓁蓁。之子于歸，宜其家人。

毛傳云：「有色有德，形體至盛也。」是詩首詠其華，言其美也。次詠其實，言其德厚也。末詠其葉，言其才盛也。崔述謂：「此詩祇欲其『宜家室』、『宜家人』，其意以爲『婦能順於夫，孝於舅姑，和於妯娌，』即爲至貴至美。」（讀風偶識）可謂知言也。

召南鵲巢

維鵲有巢，維鳩居之。之子于歸，百兩御之。
維鵲有巢，維鳩方之。之子于歸，百兩將之。
維鵲有巢，維鳩盈之。之子于歸，百兩成之。

鄭箋：「鳩因鵲成巢而居有之，而有均一之德，猶國君夫人來嫁居君子之室，德亦然。」埤雅：「鳩有均一之德，蓋其哺子：朝自上而下，暮自下而上，均也。其子在梅、在棘、在榛，而已則常在乎桑，一也。」或曰：「鳩，拙鳥也。」禽經：「鳩拙而安。」不知此正中國傳統婦女之美德，周易曰：「婦道無成有終。」即是之謂也。

召南何彼襛矣

何彼襛矣！唐棣之華。曷不肅雝！王姬之車。
何彼襛矣！華如桃李。平王之孫，齊侯之子。
其釣維何？維絲伊緡。齊侯之子，平王之孫。

古序曰：「美王姬也。」王姬下嫁侯爵，詩人即其車服儀容而言之耳。儀容豔麗，且能肅敬雝和，而又無貴盛自驕之態，色德雙美，故以爲慶也。「曷不」與「何彼」同意，朱傳謂：「皆設問之辭也。」陳奐亦曰：「曷不，曷也。曷，何也。曷不肅雝者，何肅肅雝雝者，王姬車也。」（詩毛氏傳疏）其言是也。王姬在車，言其車，即神注於車中之人也。

召南采蘩

于以采蘩？于沼于沚。于以用之？公侯之事。

于以采蘩？于澗之中。于以用之？公侯之宮。

被之僮僮，夙夜在公。被之祁祁，薄言還歸。

采蘩，所以生蠶也。夫人有親蠶之祭，所以儀則天下也。詩言彼夫人僮僮然竦敬，夙夜在公以助祭祀，祭畢，又祁祁然舒遲而歸，猶有餘敬焉。其孝敬宗廟，周旋中禮，則賢德可見矣。崔述云：「春秋傳云：『風有采蘩采蘋，昭忠信也。』蓋有誠敬之心，凡事致其精潔，則雖蘋蘩之菜，皆可以奉宗廟，不在於備物也。」其言得之。又曰：「抑傳又有之，秦穆公用孟明而修國政，以霸西戎，則引采蘩之首章以美其舉人之周，與人之壹，然則是義也亦可通於用人。何者？沼與沚非難至之地也，蘋與蘩非難得之物也，采之用之，即可以共公侯之事。是知天下未嘗無才，人主苟能求之，則隨處皆可以得人，所謂『舉人之周』者此也。」（並見其所著讀風偶識）其言可並參而觀之。

召南野有死麕

野有死麕，白茅包之。有女懷春，吉士誘之。

林有樸樕，野有死鹿，白茅純束。有女如玉。

舒而脫脫兮，無感我帨兮，無使尨也吠。

此詩頌賢女之惡無禮也。王雪山曰：「女至春而思有所歸，吉士以禮通情，而思有所耦，人道之常也。」（詩總聞）則「舒而脫脫兮」，責男子之辭也；以其禮之未備，不可急於一旦，而應循禮慢慢而來，乃「無感我帨兮」，「無使尨也吠」也。帨，拭物之巾，女子佩以常自潔淨者。禮內則篇：「子事父母，婦事舅姑，皆左佩紛帨。」又曰：「男懸弧于門左，女設帨于門右。」則帨爲女子所專徽，取喻其名節也，猶云：「無損我名節也。」故鄭箋曰：「奔走失節，動其佩飾。」尨，長毛犬，見怪異輒吠，猶蜀犬之吠日，喻世俗恆因異事而怪，今粵人猶稱無理之謾罵爲犬吠，所謂犬聲犬影也。鄭風將仲子：「父母之言，亦可畏也。」「諸兄之言，亦可畏也。」「人之多言，亦可畏也。」其斯之謂耶！左傳昭公元年夏四月載晉趙孟入於鄭，鄭伯享之，子皮賦此詩之卒章，杜預注云：「喻趙孟以義撫諸侯，無以非禮相加陵。」趙孟賦棠棣，且曰：「吾兄弟比以安，尨也可使無吠。」古序曰：「惡無禮也。」其於詩意最爲有合。後世每以「賦」體解之，而目之爲淫詩，誠邑犬之群吠也。（詳拙作二南淫詩辨）

召南草蟲

喓喓草蟲，趯趯阜螽。未見君子，憂心忡忡。亦既見止，亦既覯止，我心則降。

陟彼南山，言采其蕨。未見君子，憂心惙惙。亦既見止，亦既覯止，我心則說。

陟彼南山，言采其薇。未見君子，我心傷悲。亦既見止，亦既覯止，我心則夷。

古序云：「大夫妻能以禮自防也。」切合詩旨。歐陽修復申之，曰：「此大夫妻能以禮自防，不爲淫風所化，見彼草蟲喓喓然而鳴呼，阜螽趯趯然而從之，有如男女非其匹偶，而相呼誘以淫奔者，故指以爲戒。而守禮以自防閑，以待君子之歸。故未見君子之時，常憂不能自守，既見君子，然後心降也。」（詩本義）觸物感時而謹身以待其歸，正所謂以禮自防也。

召南行露

厭浥行露，豈不夙夜？畏行多露。

誰謂雀無角？何以穿我屋？誰謂女無家？何以速我獄？雖速我獄，室家不足。

誰謂鼠無牙？何以穿我墉？誰謂女無家？何以速我訟？雖速我訟，亦不女從。

此篇頌賢女之能持正辨誣也。物與事有似而非者，事亦有非意而相干者，故誰謂「雀無角」、「鼠無牙」，正見其出人意計之外；惟其守正不阿，終必有辨誣之時。今强暴之男，本無室家之道，勢迫之而不從，遂致造謗興訟，遽欲侵陵，尚幸召公聽斷明察，辨其曲直，使貞女得申其志。其守正不阿，自防閑以保其身如此，故詩人頌之也。

召南江有汜

江有汜，之子歸，不我以。不我以，其後也悔。

江有渚，之子歸，不我與。不我與，其後也處。

江有沱，之子歸，不我過。不我過，其歗也歌。

古序曰：「美媵也。」續序申之：「媵遇勞而無怨，嫡亦自悔也。」嫡忘其褊，媵得其所，而相安和樂；則此篇爲頌賢之作也。

㈢ **教賢女：**

召南采蘋

于以采蘋？南澗之濱。于以采藻？于彼行潦。
于以盛之？維筐及筥。于以湘之？維錡及釜。
于以奠之？宗室牖下。誰其尸之？有齊季女。

毛傳曰：「古之將嫁女者，必先禮之宗室，牲用魚，芼之以蘋藻。」鄭箋引禮記昏義：「古者婦人先嫁三月，祖廟未毀，教于公宮；祖廟已毀，教于宗室。教以婦德、婦言、婦容、婦功。教成之祭，牲用魚，芼用蘋藻，所以成婦順也。」朱傳曰：「少而能敬，尤見其質之

美。」其言近之。❻

三　賢　子

㈡求賢子：

周南芣苢

采采芣苢，薄言采之。采采芣苢，薄言有之。
采采芣苢，薄言掇之。采采芣苢，薄言捋之。
采采芣苢，薄言袺之。采采芣苢，薄言襭之。

毛傳曰：「芣苢，宜妊也。」芣苢即薏苡，論衡、吳越春秋皆載禹母吞薏苡而生大禹，則此詩爲求賢子，可無疑也。

周南螽斯

---

❻ 古序謂：「大夫妻能循法度。」射義云：「卿大夫以采蘋爲節，樂循法也。」方玉潤謂：「觀其歷敘祭品、祭器、祭地、祭人，循序有法，質實無文。」凡此皆教化之功也。

螽斯羽，詵詵兮，宜爾子孫振振兮。
螽斯羽，薨薨兮，宜爾子孫繩繩兮。
螽斯羽，揖揖兮，宜爾子孫蟄蟄兮。

毛公：「螽斯，蚣蝑也。」鄭箋曰：「凡物有陰陽情欲者，無不妒忌，維蚣蝑不耳，各得受氣而生子。」古人精察物理，故有以知其不妒忌也。而其振振然仁厚，繩繩然戒慎，蟄蟄然和靜，則預祝其得賢子，亦可知也。

(二) 頌賢子：

周南麟之趾

麟之趾，振振公子。于嗟麟兮！
麟之定，振振公姓。于嗟麟兮！
麟之角，振振公族。于嗟麟兮！

朱傳曰：「詩人以麟之趾興公之子，言麟性仁厚，故其趾亦仁厚。」崔述以爲深得詩人之旨，其言亦頗有見。方玉潤詩經原始亦云：「美公族龍種盡非常人也。夫文王爲開國聖主，其子若孫，即武王、周公、郕叔、康叔輩，當時同在振振公子中，德雖未顯，而器宇自異。詩人窺之，早有以卜其後之必昌，故欲作詩以贊美其人，而非神獸不足以相擬，乃借麟爲比。口中雖美麟兮不置，其實神注諸公子而不已也。」其言最爲有得。

職是之故，卷耳爲君子求賢審官；兔罝比王者四出訪賢；騶虞喻得賢人衆多；羔羊推美大夫之賢；樛木頌賢者之惠及下；汝墳渴慕賢者來治；殷其雷勸賢歸義；甘棠思懷昔賢；小星言惠及下賢；皆賢人之詩也。關雎樂得賢女以配君子；漢廣言賢女之高潔；摽有梅諷衆士求賢女；葛覃頌賢女之務本；桃夭頌賢女之能宜其室家；鵲巢美賢女有均一之德；何彼襛矣美王姬之肅敬雝和；采蘩頌夫人有親蠶助祭之賢；野有死麕頌賢女之惡無禮；草蟲頌大夫妻能以禮自防；行露頌賢女之能持正辨誣；江有汜美媵之賢；采蘋教賢女以成婦順；皆賢女之詩也。芣苢言群婦求賢子；螽斯祝賀人得賢子；麟之趾頌人子之賢；皆賢子之詩也。賢人治國，賢女齊家，賢子則祈於繼往開來，固有其深意焉。第以五倫肇端夫婦，而八目始於齊家，故夫婦和，室家樂，乃能孝親忠君，敦里睦鄰；所謂家齊而後國治，國治而後天下平，此先王慮天下之遠，而先教之以此，故言之特詳也。曹元弼云：

> 夫婦有義而後父子有親，男正位乎外，女正位乎內，正家道以篤孝慈，無相瀆也。故男女居室，人之大倫，非若禽獸牝牡苟合而已。將以事先祖，繼後世，寧父母，而可

以不敬愼重正乎？禮昏經自同牢以前，明男女之別，夫婦之禮。見舅姑以下，明婦禮。詩關雎首章及鵲巢，言夫婦之禮也。關雎下二章及采蘩采蘋，言婦禮也。婦道本於內道，內外有別，禮之大節。女子十年不出，婦學之法，諭教有素。父母戒女，夙夜無違；故葛覃陳后妃之本，尊敬師傅，歸安父母。采蘋能循法度；草蟲以禮自防；是以躬行四教，非禮不動。蓋言正夫婦以篤父子，一出於天命民彝之正，爲致中和，位天地，育萬物之本；內治既正，婦順章明，是以化行俗美。桃夭男女以正；漢廣無思犯禮；行露貞信教興；摽有梅男女及時；野有死麕惡無禮。禮義廉恥，國之四維，於是畢張。（二南備禮教大義）

理順辭暢，可謂深於詩義者也。

第四節　結　語

尚賢思想與賢人政治，固孔門之所素重；故論語曰：「見賢思齊。」（里仁）又曰：「賢賢易色」（里仁）、「舉賢才」（子路）、「樂多賢友」（季氏）。而前於孔子之舊聞，易書詩三者而已；❼詩經之尚賢思想，於二南可見，概述之如上矣。而易經之尚賢思想，則散見易傳，大畜彖曰：「剛健、篤實、輝光，日新其德；剛上而尚賢，能止健，大正也。不家食，吉；養賢也。利涉大川，應乎天也。」頤彖曰：「天地養萬物，聖人養賢以及萬民，頤之時大矣哉。」鼎彖曰：「聖人亨以享上帝，而大亨以養聖賢。」君民者尚賢、養賢，可以澤及萬民，利涉大川，應天而治，蓋以「君子以居賢德善俗」（漸大象），故國君須「外比於賢」（比六四象），養賢備用。否則，「天地變化，草木蕃；天地閉，賢人隱。」（坤文言）「貴而無位，高而無民，賢人在下位而無輔，是以動而有悔。」（乾文言孔子言）則國家無道，賢人隱遯；在位者無賢人以輔，是以動輒得悔也。繫辭上第一章：

> 乾以易知，坤以簡能。易則易知，簡則易從。易知則有親，易從則有功。有親則可久，有功則可大。可久則賢人之德，可大則賢人之業。易簡而天下之理得矣。天下之理得，而成位乎其中矣。

---

❼史遷儒林傳謂：「禮固自孔子時而其經不具。」春秋則成於孔子之手，故知孔子前之舊聞，易書詩三者而已。

繫辭上第十二章：

> 天之所助者，順也；人之所助者，信也。履信思乎順，又尚賢也。是以自天祐之，吉無不利也。

是知賢人政治、尚賢思想，爲治國平天下之最簡易可行之法也。史記載：「人君無愚智賢不肖，莫不欲求忠以自爲，舉賢以自佐；然亡國破家相隨屬，而聖君治國累世而不見者，其所謂忠者不忠，而所謂賢者不賢也。懷王以不知忠臣之分，故內惑於鄭袖，外欺於張儀，疏屈平而信上官大夫、令尹子蘭。兵挫地削，亡其六郡，身客死於秦，爲天下笑。此不知人之禍也。易曰：『井泄不食，爲我心惻，可以汲。王明，並受其福。』王之不明，豈足福哉！」（屈平賈生列傳）司馬遷引易經井九三以井水清潔，可以汲食，喻賢者之忠言可以謀國；若君主昏昧，賢人不用，則亡國破家，亦必相隨屬而無疑也。

尚書更是上古尚賢之書，多爲國君賢臣之嘉言，治國平天下之良策，故曰：「所寶惟賢」（旅獒）、「佑賢輔德」（仲虺之誥）、「崇德象賢」（微子之命）、「推賢能讓」（周官）。則其治國也，必「任官建官惟賢」（咸有一德、武成），「簡賢附勢」（仲虺之誥）；務使「野無遺賢」（大禹謨），「任賢勿貳」（大禹謨），乃可致國家於「成允成功」（大禹謨）之境也。

由是以言，「尚賢」之爲政治思想，其源久矣；其爲治國者不可須臾或缺之理念，又可知也。周易、尚書二經，皆先後有所闡述，而詩經周南召南，言之尤詳，此固孔門示人治國之法也。是以後之孟、荀，其言尚賢之思想，更趨完備。影響所及，諸子百家之學，亦莫不以賢者爲尚，墨翟有尚賢專篇之論，燕昭王更築黃金之臺，此後世所稱道者。逮乎後祀，治國者師心自用，惟權力之爲尚，而賢者不穀，不求士祿，不樂所生，世風頹矣。晚近此風尤甚，「王之不明，豈足福哉！」則斯篇之作，蓋有以也。

第七章　孔子放鄭聲及朱熹淫詩說

第一節　前　言

論語載顏淵問爲邦，孔子曰：「行夏之時，乘殷之輅，服周之冕，樂則韶舞。放鄭聲，遠佞人。鄭聲淫，佞人殆。」（衛靈公）學者遂以謂鄭風多淫詩，「案鄭詩二十一篇，說婦人者十九，故謂鄭聲淫也。」（許慎五經異義）而後之學者，率就個人讀詩觀感，恣意擴增淫詩之範圍，若「鄭衛之風，淫靡之作。」（崔述洙泗考信錄）「衛鄭齊陳，皆有淫詩。」（李惇群經識小）「若變風又多淫亂之詩。」（朱子語類）夫子不過謂鄭聲淫而已，然後代諸家，竟一舉而謂列國之詩皆有淫篇。孔子答顏淵者，亦不過爲邦治國之道，其與鄭詩淫否何干；舉鄭聲與韶舞，不過就其樂舞言耳，其與詩義何涉？且夫子嘗謂：「惡紫之奪朱也，惡鄭聲之亂雅樂也，惡利口之覆邦家也。」（陽貨）鄭聲與雅樂對舉，其非鄭詩，尤昭昭明白矣。而所謂「淫」字，亦非淫於女色之「婬」意，既就其樂聲言，則何「婬」之有？其爲浮濫太過亦可知也；孔子以其樂聲太過淫濫，故欲放之禁之。且禁絶淫濫之樂聲，歷代皆有，周禮大司樂：「凡建國禁其淫聲、過聲、凶聲、慢聲。」即如中華民國臺灣，其於六十年代，禁絶之流行歌曲，如《今天不回家》等亦甚夥，以其浮濫散渙，放失人心，皆所謂靡靡之音也。孔子嘗言：「關雎樂而不淫，哀而不傷。」（八佾）關雎，詩經首篇，爲風教之端，王化之基，得性情之正，而可謂之「婬」乎？乃知不淫不傷，爲得樂聲之中和也。夫子不亦云乎：「師摯之始，關雎之亂，洋洋乎盈耳哉！。」（泰伯）凡樂之大節，有歌有笙，有間有合，是爲一成；始於升歌，終於合樂。關雎合樂而終，美盛中和，故夫子樂在洋洋。亦皆就其音樂言也。後學不達斯旨，妄議聖學，而詩義靡矣。

第二節　鄭聲淫述微

孔子嘗言：「詩三百，一言以蔽之，曰：思無邪。」（爲政）是三百之篇，皆出於誠正而無邪也。然又曰：「鄭聲淫」、「放鄭聲」，故學者惑之。實則，「聲」與「詩」不同，「鄭聲」非「鄭詩」也。「淫」與「婬」亦異，「鄭聲淫」非「鄭詩婬」也。

一　聲與詩有別

前人論詩，亦有謂三百之篇盡在歌聲，而應以樂章爲主，❶ 詩固有爲樂作不爲樂作者，南雅頌之篇，原爲樂詩，故多爲樂作；列國之詩，采集而成，本屬徒歌，故多不爲樂作。（詳拙作詩樂與四詩說）然孔子謂「興於詩，立於禮，成於樂。」（泰伯）則詩樂自有其先後之序，而詩大序亦謂：「詩者，志之所之也。」尤可見詩之主於志也。故朱子曰：

> 詩出乎志者也，樂出乎詩者也。然則志者，詩之本，而樂者，其末也。末雖亡，不害本之存。患學者不能平心和氣，從容諷詠以求之情性之中耳。（朱子大全）

遒人采詩，大師比音，其聲固足以感動心思，鼓舞志氣，否則天子何以聽政，季札又焉能評騭列國得失？然古樂已失，無復可考，而欲以聲求詩，不猶之乎緣木求魚！故學詩，其主仍在情志，概可知也。其後詩失其聲，「鄭聲」殆後起之所謂「新樂」而已。（詳後）則詩與聲有別矣。明郝敬著毛詩原解，力辟「鄭聲淫」非即「鄭詩淫」，鄭聲非鄭詩，詩與聲異，其序言曰：

---

❶ 鄭樵通志總序：「三百篇之詩，盡在歌聲，自置詩博士以來，學者不聞一篇之詩。」遂謂詩主於樂章。

或曰：「夫子未刪詩，既不錄淫詩，而曰鄭聲淫，何也？」夫聲與詩異，鄭聲淫，非鄭詩盡淫也。虞書曰：「詩言志，歌永言，聲依水，律和聲。」音律爲聲，篇章爲詩，聲生於響，詩成於志。故古序曰：「在心爲志，發言爲詩。」此聲與詩之辨也。今據古序以繹志，鄭衛之詩，其何者爲淫詩歟？

其言詩與聲異，音律爲聲，篇章爲詩，獨具識見。陳啓源亦謂「聲者樂也，非詩詞也。」（毛詩稽古編）其後姚際恆詩經通論亦以爲言，其論旨曰：

夫子曰：「鄭聲淫。」聲者，音調之謂；詩者，篇章之謂；迥不相合。世多發明之，意夫人知之矣。且春秋諸大夫燕享，賦詩贈答，多集傳所目爲淫詩者，受者善之，不聞不樂，豈其甘居于淫泆也！季札觀樂，于鄭、衛皆曰：「美哉！」無一淫字。此皆足證，人亦盡知。然予謂第莫若證以夫子之言曰：「詩三百，一言以蔽之，曰：思無邪。」如謂淫詩，則思之邪甚矣。曷爲以此一言蔽之耶？蓋其時間有淫風，詩人舉其事與其言以爲刺，此正「思無邪」之確證。何也？淫者邪也；惡而刺之，思無邪矣。今以爲淫詩，得無大背聖人之訓乎？

姚氏以聲者爲音調，詩者屬篇章，迥不相合；其言特爲有見。季札觀樂，且在夫子選詩之前，其于鄭衛猶曰美哉，未嘗言其淫，焉有選後之詩，反劣於未選者乎？則詩之與聲，其必不相同，可知也。

二　鄭聲非鄭詩

聲與詩既不同，則鄭聲亦必非鄭詩也。禮記載魏文侯問於子夏曰：

> 吾端冕而聽古樂，則唯恐臥；聽鄭衛之音，則不知倦。敢問古樂之如彼，何也？新樂之如此，何也？

魏文侯以鄭衛之音爲新樂，與古樂不同，孔子亦謂「惡鄭聲之亂雅樂。」以鄭聲與雅樂對舉，則所謂雅樂者，古樂是也；而所謂鄭聲者，實當時泛濫之新樂，非詩三百之鄭風也。左傳昭公元年載「煩手淫聲，慆堙心耳。」謂煩手躑躅之聲，使淫濫過度，故亦謂之鄭聲。❷ 樂記載

---

❷ 許慎五經異議：「左傳說：煩手淫聲謂之鄭聲者，謂煩手躑躅之聲，使淫過矣。」（樂記疏引）中和之聲既息，遂變而爲繁複之手法，則凡過度淫濫之靡靡音樂，皆謂之鄭聲矣。

魏文侯問溺音，子夏舉「鄭音好濫淫志，宋音燕女溺志，衛音趨數煩志，商音敖辟喬志。」今宋音、商音皆不列國風，而舉鄭、宋、衛、商皆謂之溺音，則其所謂溺音者，蓋亦當時淫濫之新樂，即所謂「鄭聲」也。漢書禮樂志載丞相孔光、大司空何武奏：「楚鼓員六人，秦倡人二十九人，楚四會員十七人，巴四會員十二人，齊四會員十九人，蔡謳員六人，皆鄭聲也。」是亦以楚、秦、巴、齊、蔡五地之樂爲鄭聲，以此例之，益信鄭聲爲當時淫濫之新聲也。近人顧頡剛以論語載「齊人饋女樂，孔子行。」漢書亦載「貴戚與人主爭女樂」（禮樂志）之事，而楚辭招魂所載女樂：「起鄭舞，發激楚，吳歈，蔡謳。」於是推論孔子所謂「鄭聲」者，恐即是類之女樂，猶今所謂歌舞班子也。其言頗爲有見。（詳所著論詩經所見全爲樂歌）鄭國之地，右雒左泲，山居谷汲，又有溱洧之水，男女聚會，必多謳歌吟呼；衛地亦有桑間濮上之阻，男女亦亟相聚會，諷詠相感，自然聲色生焉；故鄭衛詩歌，較之他國爲浮泛，又可知也。呂氏讀詩記謂：

> 鄭衛地濱大河，沙地土薄，故人氣輕浮。其地平下，故其人質柔弱。其地肥饒，不費耕耨，故其人心怠墮。其人情性如此，其聲音亦然，故聞其樂，使人如此懈慢也。（桑中引張氏語）

鄭國樂聲最爲淫濫，衛音亦輕浮，格調略嫌淫靡，事義稍失莊重，每使聞者導欲增悲，沈溺忘返，皆是聲過其度，故單言曰：「鄭聲」，疊舉則謂「鄭衛之音」。故後世淫濫之靡靡音樂，得同冒於「鄭聲」名下，概有由也。

三　「淫」字非「婬」意

鄭聲淫之「淫」字，亦非古「婬」字之義，說文：「婬，厶逸也；從女𡈼聲。」段注：「厶，音私，姦衺也；逸者，失也；失者，縱逸也。婬之字，今多以淫代之，淫行而婬廢矣。」故古之「婬」字，乃「婬穢」、「婬亂」、「婬荒」、「婬泆」之意，與「淫」字之義有別。而古「淫」字之義，乃「淫過」、「淫濫」，爲「過也」、「大也」，即逾越常度之意。尚書無逸：「無淫於觀。」蔡傳：「淫，過也。」周頌有客：「既有淫威。」毛傳：「淫，大也。」左傳昭公元年：「六氣曰陰、陽、風、雨、晦、明也，分爲四時，序爲五節，過則爲菑：陰淫寒疾，陽淫熱疾，風淫末疾，雨淫腹疾，晦淫惑疾，明淫心疾。」過其中正之常度，故有菑疾也。國語魯語載敬姜論勞逸：「夫民，勞則思，思則善心生；逸則淫，淫則忘善，忘善則惡心生。沃土之民不材，淫也；瘠土之民，莫不向義，勞也。君子勞心，小人勞力，先王之訓也。自上以下，誰敢淫心舍力？」孔子聞之，直稱：「季氏之婦不淫」，並訓勉其弟子志之。則所謂「淫」，乃指人之行爲過度或放縱耳，與淫於女色之「婬」，亦不相干。陳啓源曰：

夫子言鄭聲淫耳，曷嘗言鄭詩淫乎？聲者樂音也，非詩詞也。淫者，過也。非專指男女之欲也。古之言淫多矣：於星言淫，於雨言淫，於刑言淫，於游觀田獵言淫，皆言過其常度也。樂之五音十二律，長短高下皆有節焉，鄭聲靡曼幼眇，無中正和平之致，使聞之者，導欲增悲，沈溺而忘返，故曰淫也。朱子以鄭聲爲鄭風，淫過之淫，爲男女淫欲之淫，遂舉鄭風二十一篇盡爲淫奔者所作。（毛詩稽古編）

其言明確，切中肯綮。則所謂「淫」，實指其泛濫過度，失其中正平和之致，非所謂「婬於女色」之意也。

職是言之，則孔子所謂「鄭聲淫」者，實指當時淫濫之新樂，非三百篇之鄭詩也。夫子慮其狹邪靡濫，淆亂雅樂，故曰「放鄭聲」也。

第三節　朱子淫詩說之淵源

荀子雖稱國風好色，（大略篇）左傳亦以靜女意在彤管，（定公九年杜注）然好色，聖人所不免也，故孔子曰：「如好好色。」彤管，杜預謂爲「女史記事規誨之所執。」固未可以爲淫詩說之濫觴也。然左傳成公二年載：「使屈巫聘於齊，且告師期，巫臣盡室以行。申叔跪從其父將適郢，遇之，曰：『夫子有三軍之懼，而又有桑中之喜，宜將竊妻以逃者也。』」左氏以桑中有竊妻之意，則爲續序所本，而朱子詩集傳從之，❸此朱子淫詩說相承之統緒也。

詩古序於鄭衛之篇祇言「刺」而已，而續序則直言其「淫」，茲表列如下：

國風篇名	古序	續序
邶風雄雉	刺衛宣公也	淫亂不恤國事
匏有苦葉	刺衛宣公也	與夫人並爲淫亂
谷風	刺夫婦失道也	淫於新昏
鄘風君子偕老	刺衛夫人也	夫人淫亂
桑中	刺奔也	衛之公室淫亂
蝃蝀	止奔也	淫奔之恥

❸ 古序曰：「桑中，刺奔也。」未坐實何事，而續序申之：「衛之公室淫亂，男女相奔，至於世族在位，相竊妻妾，期於幽遠。政散民流，而不可止。」朱熹詩集傳從之：「衛俗淫亂，世族在位，相竊妻妾。」此朱子淫詩說之脈絡也。

衛風氓	刺時也	淫風大行男女無別
王風大車	刺周大夫也	男女淫奔
鄭風溱洧	刺亂也	淫風大行莫之能救
齊風雞鳴	思賢妃也	荒淫怠慢
東方之日	刺衰也	男女淫奔
南山	刺襄公也	鳥獸之行淫乎其妹
敝笱	刺文姜也	使至淫亂
載驅	刺襄公也	與文姜淫
陳風宛丘	刺幽公也	淫荒昏亂
東門之枌	疾亂也	幽公淫荒
東門之池	刺時也	疾其君之淫昏
株林	刺靈公也	淫乎夏姬
澤陂	刺時也	君臣淫於其國
檜風隰有長楚	疾恣也	國人疾其君之淫恣

表列續序言其「淫」者二十篇，其中除邶風雄雉刺衛宣公淫亂不恤國事，匏有苦葉刺衛宣公與夫人並爲淫亂，鄘風君子偕老刺衛夫人淫亂，齊風南山、載驅刺襄公淫乎其妹文姜，敝笱刺文姜淫亂，陳風宛丘刺幽公淫荒昏亂，株林刺靈公淫乎夏姬，爲個案特例外，其餘續序皆直斥其「淫」，或刺淫，或止淫，或疾淫，不一而足，雖類皆就其人、其地、其時而刺之，然實啓朱子淫詩之說也。

鄭箋以序皆子夏所自爲，故說詩亦篤守續序，遂爲朱熹淫詩說之導源。陳啓源曰：「東門之墠，鄭以爲女欲奔男之詞，遂爲朱傳之濫觴矣。」（毛詩稽古編）魏太常王肅解衛風氓「秋以爲期」，曰：「娶妻之時，秋以爲期，此淫奔之詩。」（周禮媒氏賈公彥疏引聖證論）朱熹亦以此詩爲「淫奔從人」。凡此，皆可謂爲朱子淫詩說之遠源也

至若朱子淫詩說形成之近因，實導源於宋人歐陽修及鄭樵也。歐陽氏詩本義，勇斷不惑，改正先儒注疏百餘條，宋人說詩之風，由是大變，四庫提要云：「自唐以來，說詩者莫敢議毛鄭。雖老師宿儒，亦謹守小序。至宋而新義日增，舊說幾廢。推原所始，實發於修。」（詩類毛詩本義）而宋人之倡言國風有淫篇者，蓋亦自歐陽修詩本義始：

衛俗，淫風大行，男女務以色相誘悅，雖幽靜難誘之女亦然。（靜女）

陳俗，男女喜淫風，以相誘悅，因道其相誘之語。（東門之枌）

故陳啓源曰：「(詩)集傳祖歐陽修本義，指(靜女)爲淫奔期會之詩。」(毛詩稽古編)詩本義之後，直斥某詩爲淫篇者，厥爲鄭樵之詩辨妄，曰：

> 此實淫奔之詩，無與於莊公、叔段之事。(辨將仲子序)

朱熹從之，曰：「莆田鄭氏曰：『此淫奔者之辭。』」(詩集傳將仲子篇)而其詩序辨說亦云：「然莆田鄭氏曰：『此實淫奔之詩，無與莊公、叔段之事。』序蓋失之，而說者又從而巧爲之說以實其事，誤亦甚矣。今從其說。」故其三傳弟子王柏遂謂：「將仲子，序固妄矣。而莆田鄭氏，謂此實淫奔之詩，而朱子從之。」(詩疑)又謂：「朱子黜小序，始求之於詩。而直指曰：『此爲淫奔之詩。』予反覆玩味，信其爲斷斷不可易之論。」黃震亦曰：「晦庵先生因鄭公之說，盡去美刺，探求古始。」(黃氏日鈔)則朱熹淫詩說之形成，蓋有由矣。

是故朱子之黜小序，求詩之大訓，而直指某詩爲「淫奔期會之詩」，(邶風靜女)某詩爲「淫奔者相命之辭」，(王風大車)其脈絡統緒，皆斑斑可考。元馬端臨訂朱子所目爲淫詩者二十四篇，(文獻通考經籍詩序)近人何定生則訂爲二十七篇，(詩經今論)今參酌詩集傳及詩序辨說，擬朱熹所訂淫詩三十二篇：

國風篇名	解說
邶風靜女	此淫奔期會之詩。（詩集傳）
鄘風桑中	此詩乃淫奔者自作。（詩序辨說）
衛風氓	淫婦爲人所棄，而自敍其事以道其悔恨之意也。（詩集傳）
有狐	有寡婦見鰥夫而欲嫁之。（詩集傳）
木瓜	疑亦男女相贈答之辭，亦靜女之類。（詩集傳）
王風大車	淫奔者相命之辭也。（詩集傳）
采葛	此淫奔之詩。（詩序辨說）淫奔者託以行。（詩集傳）
丘中有麻	此淫奔者之詞。（詩序辨說）
鄭風將仲子	莆田鄭氏曰：此淫奔者之辭。（詩集傳）
叔于田	或疑此亦民間男女相悅之詞也。（詩集傳）
遵大路	此亦淫亂之詩。（詩序辨說）淫婦爲人所棄。（詩集傳）
有女同車	此疑亦淫奔之詩。（詩集傳）
山有扶蘇	淫女戲其所私者。（詩集傳）

蘀兮　此淫女之詞。（詩集傳）

狡童　此亦淫女見絕而戲其人之詞。（詩集傳）

褰裳　淫女語其所私者。（詩集傳）

東門之墠　識其所與淫者之居也。（詩集傳）

丰　此淫奔之詩。（詩序辨說）

風雨　淫奔之女言當此之時見其所期之人而心悅也。（詩集傳）

子衿　此亦淫奔之詩。（詩集傳）

揚之水　淫者相謂。（詩集傳）

出其東門　是時淫風大行，而其間乃有如此之人。（詩集傳）

野有蔓草　男女相遇於野田草露之間。（詩集傳）

溱洧　此淫奔者自敘之辭。（詩集傳）

齊風東方之日　此男女淫奔者所自作。（詩序辨說）

陳風東門之枌　此男女聚會歌舞，而賦其事以相樂也。（詩集傳）

東門之池　此淫奔之詩。（詩序辨說）

東門之楊　此淫奔之詩。（詩序辨說）

防有鵲巢　此男女之有私而憂或間之之辭。（詩集傳）

月出　此男女相悅而相念之辭。（詩集傳）

株林　蓋淫乎夏姬。（詩集傳）

澤陂　此與月出相類。（詩集傳）

上列朱子所訂淫詩三十二篇，雖有其源由所自，然亦多屬主觀，蓋其時道學盛行，禮教漸密，於男女言情之作，輒視之爲淫篇穢辭而絕之。朱子雖亦醇儒莊士，歸宗道學，嚴守禮教，然其斥戀歌爲淫泆，反失宗經徵聖之微旨，故其倡言淫詩之說，亦不無過當之譏。其後王柏亦自訂淫詩三十二篇，且力主放黜之，其詆淫詩之說，較之朱子尤爲嚴苛；而其所訂淫篇，亦與朱子不盡相同，如木瓜、采葛、揚之水、叔于田四篇，王柏即不以爲淫；而另補召南野有死麕、唐風綢繆、唐風葛生、秦風晨風四篇，故仍爲三十二篇。王柏研幾圖謂：「野有死麕，淫詩也。」（二南相配圖）此蓋本於歐陽修詩本義之說也。野有死麕「吉士誘之」之「誘」字，永叔訓爲「挑誘」，遂啓後世詆二南亦有淫奔之詩。王柏又以正常婚姻不得稱「邂逅」（綢繆），而葛生稱「予美」，亦不類妻之稱其夫者，其意應與防有鵲巢同，而訂綢繆、葛生爲淫篇。又晨風詩有「未見君子，憂心欽欽。」以爲似於鄭風風雨之「既見君子，云胡不夷。」亦訂其爲淫篇。凡此，皆失聖賢之教，而違詩人本旨，固非通儒之學也。

第四節　朱子淫詩說辨疑

朱子淫詩之說，雖前有所承，然非的論，故其爲人所詬病者，亦復不尠；其時即先有呂祖謙兄弟之問難，❹其後葉紹翁四朝聞見錄亦載：「考亭先生晚注毛詩，盡去序文，以彤管爲淫奔之具，以城闕爲偷期之所，陳止齋得其說而病之，謂以千七百女史之彤管，與三代之學校，爲淫奔之具，偷期之所，竊所未安。」陳傅良責朱子以彤管爲淫奔之具，雖未知何據，然詩集傳謂：「彤管，未詳何物，蓋相贈以結慇懃之意耳。」又以「此淫奔期會之詩也。」則其以彤管爲淫奔之具，固昭昭然明白，宜乎陳止齋之病也。其後之學者，歷朝皆有發揮，（詳後）則朱子詩集傳之所以爲世人群加指謫者，自無過於淫詩說一節也。

嘗細考朱子淫詩說誤立之由，或可歸結爲三項：其一，源於對孔子言論之誤解：即以「鄭聲淫，放鄭聲」爲鄭詩淫，黜鄭詩；及謂「思無邪」正以其爲「有邪」。其二，不信詩大

---

❹ 呂祖謙兄弟謂：「變風止於禮義。」爲先儒之教，且以淫詩爲詩人所作以刺淫者。朱熹責之：「呂伯恭堅要牽合，恐無此理。」（朱子五經語類卷五十一、二）「謂變風止於禮義，其失甚明，亦見子約專治小序而不讀詩。」（朱子大全卷四十八）此呂、朱之問難也。

序謂「變風止於禮義」之說。其三，誤以所謂「淫詩」，皆「淫人自道其辭」之作。茲爲辨析如後：

一　源於對孔子言論之誤解

朱子以「鄭聲淫，放鄭聲」爲鄭詩淫，黜鄭詩；蓋鄭衛桑濮，里巷狹邪之所歌者，故夫子深惡而欲絶其聲也。朱子語類曰：

> 某今看得鄭詩自叔于田等語之外，如狡童、子衿等篇，皆淫亂之詩，而說詩者誤以爲刺昭公、刺學校廢耳。衛詩尚可，猶是男子戲婦人，鄭詩則不然，多是婦人戲男子，所以聖人尤惡鄭聲也。（朱子五經語類卷五十一）
>
> 鄭衛詩，多是淫奔之詩。鄭詩如將仲子以下，皆是鄙俚之言，衹是一時男女淫奔相誘之語。如桑中之詩云：衆散民流而不可止。故樂記云：「桑間濮上之音，亡國之音也。其衆散，其民流，誣上行私而不可止也。」鄭詩自緇衣之外，皆鄙俚，如采蕭、采艾、青衿之類是也。故夫子放鄭聲。（五經語類卷五十二）

孔子所謂「鄭聲」，非指國風之「鄭詩」；詩與聲異，「鄭聲」實當時之新興樂曲，而所謂

「淫」，乃淫濫過度之意耳。則夫子所謂「鄭聲淫」，不過指當時流行之靡靡音樂，如齊人餽女樂之類，亦猶今之所謂「歌舞樂團」也。夫子慮其淫濫過度，失其中和之聲，而欲黜之，所謂「放鄭聲」也。（辨詳上節）朱子以「鄭聲淫」爲「鄭詩淫」，又以「淫」爲「婬」之意，是望文生義也。

朱子又不信孔子「思無邪」之説，謂孔子之稱「思無邪」者，正以其有邪也。且變風中多淫亂之詩，其不止於禮義者正多，則作詩者非皆思之無邪也。朱子曰：

> 孔子之稱「思無邪」也，非以作詩之人所思皆無邪也。（朱子大全卷七十）
>
> 凡言善者足以感發人之善心，言惡者足以懲創人之逸志；而諸家乃專主作詩者而言，何也？曰：詩有善有惡，頭面最多，而惟「思無邪」一句足以該之。上至於聖人，下至於淫奔之事，聖人皆存之者，所以欲使讀者知所懲勸。其言「思無邪」者，以其「有邪」也。（詩傳遺説卷二）

論語載孔子云：「詩三百，一言以蔽之，曰：思無邪。」（爲政）明明是以三百之篇，爲「思無邪」之作，焉得强辨以夫子之言「思無邪」爲其「有邪」耶！原夫子之意，以爲詩人以其誠摯之情，純潔之思爲詩，一出於至誠，而歸乎中和，即所謂「思無邪」也。詩人既能修辭立其誠，則讀者亦當心存敦厚之念，乃可得其溫柔之教也。故呂祖謙曰：「詩人以無邪之思作之，學者亦以無邪之思觀之，閔惜創懲之意，隱然自見於言外矣。」（呂氏家塾讀詩記桑中）其言特爲有見。然朱子卻謂：「今必曰彼以無邪之思鋪陳淫亂之事，而閔惜創懲之意自見於言外；則曷若曰彼雖以有邪之思作之，而我以無邪之思讀之，則彼之自狀其醜者，乃所以爲吾警懼懲創之資耶？」（讀呂氏詩記桑中）朱子曲爲訓說，巧爲辨數，其無益於聖教也明矣。李迂仲曰：「此一言，蓋學者之樞要也；夫喜怒哀樂未發謂之中，發而皆中節謂之和。方喜怒哀樂之未發，則無思也，及喜怒哀樂之既發，然後有思焉；其思也正，則喜怒哀樂發而中節而和矣。其思也邪，則喜怒哀樂發而不中節而不和矣。故詩三百，雖箴規美刺之不同，而皆合於喜怒哀樂之中節，以其思之正故也。孔子又嘗舉一隅以告學者矣，曰關雎樂而不淫，哀而不傷。樂之與哀，出於思矣；不淫不傷，思之無邪也。樂而淫，哀而傷，則入於邪矣。」（李黃毛詩集解周南關雎訓詁傳）其言於孔子論詩之旨，最爲有合。

二　以爲變風非皆「止於禮義」

朱子謂人心之所感，有正有邪，故形之於言，亦有是有非；則詩大序所謂變風「發乎情，止乎禮義」者，不足憑也。故謂「自邶而下，則其國之治亂不同，人之賢否亦異，其所感而發者，有邪正是非之不齊。而所謂先王之風者，於此焉變矣。」（詩集傳序）遂謂詩大序以

「變風止乎禮義」，其失甚明。朱子曰：

林子武問「詩者，中聲所止。」曰：這衹是正風、雅、頌是中聲，那變風不是。呂伯恭堅要牽合說是，然恐無此理，今但去讀看，自有那輕薄底意思在了。如韓愈說：「數句其聲浮且淫」之類，正是如此。……且如「止於禮義」，果能止於禮義否？桑中之詩，禮義在何處？王德修曰：「他要存戒。」曰：此正文中無戒意，衹是直述他淫亂事耳。（朱子五經語類卷五十二）

而「止於禮義」，則又信大序之過者。若桑中、溱洧，則吾不知其何辭之諷，而何禮義之止乎？（朱子大全卷七十）

變風之詩，其述列國之事，固多淫亂，如衛宣公上烝其庶母夷姜，下奪其子媳宣姜；而其子昭伯又强烝宣姜，以至於相竊妻室，遂致淫風大行。而齊襄公淫乎其妹文姜，陳靈公淫乎夏姬，皆使其國之風俗頹敗，倫常道喪。詩人鋪陳其事，以爲鑒戒，所謂閔惜懲創也。故詩古序以爲「刺淫」，夫子錄之亦所以「識淫」也。是知詩大序之所謂「變風發乎情，止於禮義」者，乃專主於旁觀之詩人而言，「發乎情」，即所謂思也；而「止於禮義」，則所謂無邪也。與聖人之言，吻合無間。朱子嘗言：「夫子之於鄭衛，蓋深惡其聲於樂以爲法，而嚴立其詞於詩以爲戒。如聖人固不語亂，而春秋所記，無非亂臣賊子之事，蓋不如是，無以見當時風俗事變之實，而垂鑒戒於後世，故不得已而存之，所謂道並行而不相悖者也。」（詩序辨說桑中）其論亦以詩之功能可以存戒，固無可疑也。然其又以鄭衛桑濮，爲里巷狹邪之所歌，淫詩爲淫人所自道，則詩歌之作，乃幾於勸淫，何得「垂鑒戒於後世」哉？而於聖人所謂「溫柔敦厚」之教，得無相悖乎？夫讀詩不可字字求解，句句斟酌；讀二雅之篇，求之則小雅怨悱而及於亂；讀國風之篇，強之則「蟲飛薨薨，甘與子同夢」，雖後世艷詞，尚不能說至此！（說見陳澧讀詩日記雞鳴條）故讀詩但從涵泳吟哦，諷誦上下，悟其大意即可，不必句句紬繹，字字精解。劉安世與馬永卿論詩至國風曰：「讀詩者當求其意，不當求其義。若求其義，或失之穿鑿；若求其意，則或見古人用心處。」（元城語錄卷一）讀詩求其意，乃能得古人用心處，則聖人錄其詩，正所以存戒也。今朱子以「淫詩」皆「淫人所自道」，則是舉變風之詩人個個無恥，而此等無恥之徒，又皆精通於詩作，豈不怪哉？其無益於存戒，不足爲後世鑒，亦已明矣。則朱子之言，其不愜人意，概可知也。（詳後）

三　誤以「淫詩」多「淫人自道之辭」

朱子以爲淫詩乃里巷狹邪之所歌，爲「淫人自道之辭」，且以有邪之思，鋪陳淫亂之事，而自狀其醜者，非詩序所謂詩人「刺淫」之作，蓋「溫柔敦厚，詩人之教也；使篇篇皆是刺人，安得溫柔敦厚。」（五經語類統論經義）朱子曰：

> 李茂欽問：「先生曾與東萊辯論淫奔之詩，東萊謂詩人所作，先生謂淫奔者之言，至今未曉其說。」曰：「若是詩人所作，則婺州人如有淫奔，東萊何不作一詩刺之。」茂欽又引他事問難。先生曰：「若人家有隱僻事，便作詩訐其短譏刺，此乃今之輕薄子好作謔詞嘲鄉里之類，爲一鄉所疾害者，詩人溫醇，必不如此。如詩中所言，有善有惡，聖人兩存之，善可勸，惡可戒。」（五經語類卷五十二）

> 又況此等之人，安於爲惡，其於此等之詩，計其平日，固已自口出而無慚矣。又何待吾之鋪陳，而後知其所爲之如此；亦豈畏我之閔惜，而遂幡然遽有懲創之心耶？以是爲刺，不惟無益，殆恐不勉鼓之舞之，而反以勸其惡也。（詩序辨說）

朱子每以其所訂淫詩之「我」爲淫者，而其詩即爲淫者自道，如邶風靜女有「我」字二、鄘風桑中有九、衛風氓有五、木瓜有三、鄭風將仲子有九、遵大路有二、蘀兮有二、狡童有四、褰裳有四、丰有六、東門之墠有一、子衿有四、揚之水有二、野有蔓草有一、齊風東方之日有六，故朱子於桑中謂：「此詩乃淫奔者自作。」（詩序辨說）氓謂：「淫婦爲人所棄，而自敘其事以道其悔恨之意也。」（詩集傳）大車謂：「淫奔者相命之辭也。」（詩集傳）蘀兮謂：

「此淫女之詞。」（詩集傳）狡童謂：「此亦淫女見絶而戲其人之詞。」（詩集傳）褰裳謂：「淫女語其所私者。」（詩集傳）風雨謂：「淫奔之女言當此之時見其所期之人而心悅也。」（詩集傳）揚之水謂：「浮者相謂。」（詩集傳）溱洧謂：「此詩淫奔者自敍之辭。」（詩集傳）東方之日謂：「此男女淫奔者所自作。」（詩序辨說）然此等踰禮犯分，傷風敗俗之事，人必諱匿隱祕，豈敢直告人以其人其地乎？馬端臨曰：「夫恥惡之心，人皆有之，而況淫妷之行，所謂不可對人言者。市井小人，至不才也，今有與之語者，能道其宣淫之狀，指其行淫之地，則未有不面頸發赤，且慚且諱者。未聞其揚言於人曰：『我能姦，我善淫』也。」（文獻通考經籍考詩序）設身處地，借口代言，詩歌之常例也。故方回曰：「竊謂桑中、溱洧，必非淫奔者自爲之詩，彼淫奔者有此事，而旁觀者有恥惡之心，故形爲歌詠以刺譏醜惡。」（可言集）此即所謂閔惜懲創，而欲聞之者足以戒。否則，如朱子所言，非特不足以鑒戒，乃幾於勸淫矣，其何益於世道，而於聖人「溫柔敦厚」之旨，得無相悖乎？清人崔述雖亦附會朱子，然於其「淫人自道」一節，亦不苟同，其讀風偶識云：「然其詩亦未必皆淫人所自作，蓋其中實有男女相悅而以詩贈遺者，亦有故爲男女相悅之辭，如楚人之高唐神女者。又或君臣朋友之間，有所感觸而託之於男女之際，如後世之冉冉孤生竹之類，蓋亦有之。賦之者既可以斷章取義，作之者獨不可以假事而寓情乎？不然何以女贈男者甚多，男贈女者殊小，豈鄭之能詩者皆淫女乎？」（鄭風）其言頗爲有見。詩經時代，教育未普及，一般百姓，知識水平低下，里巷草莽，焉能人人作詩，而作詩者又皆爲淫女，豈不怪哉？則朱子以淫詩爲「淫人自道」之說，其不愜人意，亦可知也。

職是言之，朱子淫詩說之爲誤立，可無疑也。既爲誤立，則其解詩自多膠柱鼓瑟，不明不白而强爲之說者，如「風雨淒淒」，（鄭風風雨）原爲懷人之最雅者，而朱子以爲淫詞；❺「終鮮兄弟」，（揚之水）謂其人於物無親，而朱子以兄弟爲昏姻之稱，遂以爲淫者相會之辭。❻不亦太過乎？而其中猶有甚者，則莫如衛風木瓜，此詩極言投贈之微，以形往報之厚，亦見其苞苴之禮行也。詩古序謂：「美齊桓公也。」恐非後居而揣度者所能及，或有所傳也。即退一步言，亦不過酬贈、問遺之詩耳，先施之者雖薄，而後報之者常過厚，亦忠厚之情也。況此詩全不見男女之辭，雖未必即齊衛結同盟之好，然焉知其非朋友投報，結道同盟？豈必爲男女之辭乎？而又必爲如靜女「淫奔期會」，相贈以爲淫奔之詩乎？

---

❺ 清毛奇齡：「例如『風雨淒淒』，懷人之最雅者。二南原有『既見君子』一例，此在三百本文所自有者，而一爲后妃之德，一爲淫奔。何以爲說？豈『風雨淒淒』八字中有淫具耶？」（白鷺洲主客說詩）此朱子難以圓通而毛氏質之也。

❻ 清胡承珙：「案：以兄弟爲昏姻，非獨首章二句難通，即本句亦自不協，兄弟可以多寡言，若夫婦而曰終鮮，此可言乎？」（毛詩後箋）此朱說不通而胡氏疑之也。

第五節　結　語

孔子既曰：「詩三百，一言以蔽之，曰：思無邪。」則其所選三百之篇，必無淫邪之詩，固昭昭明白。則其所謂：「鄭聲淫，放鄭聲。」必當時淫濫之新樂，即所謂靡靡之音而無疑也；亦猶今所謂「歌舞樂」或「流行曲」，以其淫靡散渙，易使人心放失，流而不返，故孔子欲放絕之，非謂詩經之雅樂也。朱子不達斯旨，而一以爲即今三百五篇之鄭詩衛詩，其謬誤又可待辨哉？宋人固多不以朱說爲然，而又惑於所謂「淫詩」者，遂以爲詩經中之淫詩，乃漢興之後，淺儒取熟習邪人口中之邪詩，以補秦火之餘，非夫子之原本也。其說以宋人車似慶❼、方岳❽導其源，其後則王柏揚其波，❾其詩疑曰：

---

❼ 台州車似慶著五經詩論，首創淫詩乃漢儒所補掇，非夫子所刪三百之全文。王柏教授台州之時，詩論已梓行，則柏得接聞車氏遺論，又可知也。

❽ 徽州方岳有秋崖小稿，成書在車氏之後，在王柏之前，亦謂淫詩乃漢儒所亂，如牆茨諸詩，決在夫子所刪之列。程敏政輯其說，並更名爲「詩疑」編入新安文獻志。

❾ 朱熹三傳弟子王柏著詩疑，謂三百篇之詩，非盡出於夫子所刪，漢儒取夫子已放之鄭聲以足數耳。其說與方岳詩疑酷似。

> 今日三百五篇者，豈果爲聖人之三百五篇乎？秦法嚴密，詩無獨存之理，竊意夫子已刪棄之詩，容有存於閭巷浮薄者之口。蓋雅奧難識，淫俚易傳；漢儒病其亡逸，妄取攛雜，以足三百之數，愚不能保其無也。

且欲刪棄之，以求合於夫子之原本。影響所及，若明王守仁、茅坤、程敏政等，⑩則是逐其流者，皆以今本詩經，非孔子之舊，而其中之所謂淫詩，實漢興淺儒之所掇拾。其欲宗經徵聖，護持名教，用心可謂良苦，然以今三百所錄淫詩盡出漢儒，亦不無失之過迂也。西漢經師所讀今文，雖屬口誦之本，然與毛詩古本無異，且與左氏、國語吻合，安見其爲出於漢人所補掇？若漢儒淺人以其私意補之，則學官王臣，其孰信而從之？故姚際恆非之，曰：「集傳紕謬不少，其大者，尤在誤讀夫子『鄭聲淫』一語，妄以鄭詩爲淫，且及於衛，且及於他國。是使三百篇爲訓淫之書，吾夫子爲導淫之人，此舉世之所切齒而歎恨者。予謂若止目爲淫詩，亦已耳，其流之弊，必將併詩而廢之。王柏之言曰：『今世三百五篇，豈盡定於夫子之手！所刪之詩，容或存於閭巷游蕩之口，漢儒取以補亡耳。』於是以爲失次，多所移易，復黜召南

---

⑩ 王守仁陽明全書卷一以「長淫導奸」之淫詩，爲世儒附會。茅坤鹿門文集讀鄭風謂鄭衛褻狎不經之辭，則學士大夫各采所傳。程敏政篁墩程先生文集詩考以邪僻淫蕩之辭，爲漢儒所湊合。凡此，皆王柏之餘波也。

野有死麕，及鄭衛風集傳所目爲淫奔者；其說儼載於宋史儒林傳。明程敏政、王守仁、茅坤，從而和之。嗟乎！以遵集傳之故，而至於廢經；集傳本以釋經，而使人至於廢經；其始念亦不及此。爲禍之烈，何致若是！安知後之人，不又有起而踵其事者乎？此予所以切切然抱杞、宋憂也。夫季札觀樂，與今詩次序同，而左傳列國大夫所賦詩，多集傳目爲淫奔者，乃以爲失次，及漢攙入，同於目不識丁，他何言哉！」（詩經通論自序）朱、王之失，宜乎姚氏之斥也。

再者，男女之自由交往，是否即爲淫奔；蓋古者禮教未密，尤不若宋人之嚴立藩籬。周禮載仲春之月，令會男女，於時奔者不禁，固掌判於媒氏；即鰥寡合獨，亦所稱善，豈有所謂淫奔之議哉？中國之婚配嫁娶，由血緣婚而亞血緣婚，而群婚，而對偶婚，有其歷史之漸進，故不可以今日之夫妻制度，而推論古人之不然者爲淫亂。「天命玄鳥，降而生商。」（商頌玄鳥）「厥初生民，時爲姜嫄。」（大雅生民）此初民婚姻，唯知有母之例也。故春秋大姓：姜、姬、姒、姚、姞、媯、嬴等之皆從女爲姓，概有由也。即以春秋左傳所載，如桓公十六年衛宣公上烝其庶母夷姜，下奪其子媳宣姜；閔公二年齊人使昭伯烝於宣姜；莊公二十八年晉獻公烝於齊姜；僖公十五年晉侯烝於賈君；宣公三年鄭文公報鄭子之妃；而公羊傳亦載叔術妻嫂之事。凡此，若衡諸今日禮法，皆所謂亂倫也。上淫曰烝，淫季父之妻曰報，納嫂爲轉房，皆難見容於世；然春秋不譏，左傳亦無微辭，豈非有其時代意義？顧頡剛嘗統計左傳之「烝」與「報」，謂其記載始於春秋前期，終於春秋後期，而歸結「烝」、「報」制度之流行，當遠在春秋之前。（詳見其由烝報等婚姻方式看社會制度之變遷）由是言之，烝、報之制度，或可經由某種典禮使之合度，而爲社會認可之行爲。是知其時之婚姻嫁娶，男女交往，當較自由，則詩經所錄「刺淫」之作，其時或不以爲淫，故季札觀樂，而曰美哉；列國賦詩，不避其淫；夫子選之以爲教，亦不以爲邪也。且孔子選詩爲教，亦所以存列國之風，有美有刺，有善有不善，兼而存之；正以二者之並陳，可以觀可以聽也。顧炎武曰：「世非二帝，時非上古，固不能使四方之風，有貞而無淫，有治而無亂也。」（日知錄孔子刪詩）是以桑中、溱洧之篇，所以志淫風也；揚之水、椒聊之什，所以著亂本也；此正聖人選詩教授之深意也。後世拘儒，惑於豔體宮詞之妖冶狹邪，戲曲小說之淫辭豔語，遂以爲鄭衛之詩，不當錄於聖門之經，豈不謬哉！

第八章　總結——孔子之詩義精神

第一節　前言

漢初言詩者即有齊魯韓毛，班固藝文志又列舉凡六家，自鄭箋申毛而毛獨盛，三家遂先後亡佚。魏太常王肅獨揚毛抑鄭，而荊州王基又申鄭難王，由是毛鄭是非生焉。唐孔穎達取傳箋作正義，自此六百年經無異辭；宋學反動，疑古風盛，朱子集反序之大成，學者掩從，紛紛棄詩序，詆傳箋，漢學、宋學異幟，固距而不相容，齦齦焉未有已也，其間亦有六百年。雖元明朱學獨盛，而乾嘉之際，閎儒輩出，訓詁博辨，度越昔賢，屏棄雜學，直挹詩序毛傳，漢學復興，今文亦盛，朱學式微。五四以來，新義日出，離奇怪誕者有之，背理失常者有之，言人人殊，莫衷一是；如鮑昌謂〈殷其雷〉爲奴隸抗議勞役而逃亡之歌；高亨以〈麟之趾〉爲孔子獲麟歌，〈騶虞〉爲奴隸牧童被壓迫之勞歌；孫作雲以〈式微〉爲情人在露中幽會之歌；皆難自圓。而尤有怪誕不經者，如謂召南爲招男，十四篇皆爲招男子入贅之詩；〈第二屆詩經國際論文發表討論意見）雎鳩爲天鵝，因雎鳩爲王雎，王雎應作王雎，王雎應如英語作雎王，雎王即ＳＷＡＮ，亦即中譯天鵝也。（同上）如此者不勝枚舉。詩義之紛沓難明，概有如是者；然則未選之詩，並亡於秦火，而已選之詩，則亡於論說之多歧。不亡而亡者，良可痛也。

詩三百之作，上自周之興，下迄陳靈之亂，距今二、三千餘年，時代湮遠，文獻短缺，則詩人之詩意難明，概亦可知也；魏源謂：「夫詩者有作詩者之心，而又有采詩編詩者之心焉；有說詩者之義，而又有賦詩引詩者之義焉。」（詩古微齊魯韓毛異同論中）頗有所見。詩人之詩意，雖不可得而聞焉，然孔子選詩、編詩以教，豈遂無深義存乎其中？就今本論語所載孔子施教之項目，有「子以四教，文行忠信。」（述而）「子所雅言：詩書執禮。」（述而）「興於詩，立於禮，成於樂。」（泰伯）故史記稱「孔子以詩書禮樂教。」若詩書禮樂爲課程，則文行忠信乃目標。漢儒以孔子爲教育家，教育之道，性情爲先，而詩之本質又尚情性，則孔子之特重於詩教，蓋有以也。論語述詩者一十九條，而其中屬孔子引詩論詩者則多達一十六條，後之經傳載其引詩言詩者，更不勝枚舉，祇禮記一書即多達近百次❶，而門人弟子之言詩論詩者，且凡百數，故夫子雅言，以詩爲首。時或切磋之，或琢磨之，或論述

❶ 禮記載孔子引詩六十二條，言詩七條，尤以坊記十三條，表記十八條，緇衣二十二條爲特多。此三篇分章記事，皆以「子云」、「子曰」、「子言之」發端，形式與論語相仿。

之，不一而足。其獨重於詩教，於此可見。無怪乎姚際恆稱：「詩之爲教獨大，而夫子之獨重於詩，豈無故哉？」（詩經通論自序）

詩人之詩義固已難明，孔子雖有闡述，亦無以觀其全體❷，惟孔子所揭示之詩義精神，似或可得而述也。孔子之獨重詩教，已如上述，而史記、漢書、正義又明言孔子選詩❸，而論語亦載孔子曰：「吾自衛反魯，然後樂正，雅頌各得其所。」（子罕）又謂：「誦詩三百，……雖多亦奚以爲？」（子路）劉大白即以此「多」字，正指三百篇以外多出之詩篇而言（中國文學史），則詩經三百五篇，乃孔子所選編以教其弟子者，應屬可信。其未被選錄而亡者，非所謂刪詩，亦非孔子所能預見，尤非孔子之責任，此不可不察也。（詳拙作孔子選詩不刪詩辨）

孔子既選詩、編詩以教，則其對詩義之精神，必有所闡述；今就論語所言，其或有可得而述者：一、就其大義言，則極於事父事君；而漢人言詩偏於政教，固有其時代意義，未可予以否定。二、就其用情言，則曰思無邪；三百篇皆出於至誠，故朱學以國風多淫詩者，不

---

❷ 論語雖述詩十九條，然牽涉今本詩經者共有關雎、碩人等十首，其中出自孔子者七首而已，故難以得其全體大觀。

❸ 司馬遷云：「古者，詩三千餘篇，及至孔子，去其重，取可施於禮義，三百五篇，孔子皆弦歌之，以求合韶武雅頌之音。」（史記孔子世家）班固因之曰：「孔子純取周詩，上采殷，下取魯，凡三百五篇。」（漢書藝文志）孔穎達亦謂：「先君宣父，釐定遺文，緝其精華，褫其煩重，上從周始，下既魯僖，四百年間，六詩備矣。」（毛詩正義序）

足取也。三、就其常理言，則不語怪力亂神；大凡牽合五行災異，春秋雜說，神話虛誕者，皆當廢棄。夫然，乃不背聖人之教也；若準此以言詩，其或庶幾乎？茲述之後：

第二節　興觀群怨與事父事君

孔子曰：「詩可以興，可以觀，可以群，可以怨；邇之事父，遠之事君，多識於鳥獸草木之名。」（陽貨）此乃明言詩人興詩，恆藉鳥獸草木以託其忠君孝親之思；故讀詩者，首須博識物性，乃可以興、觀、群、怨，而得事父事君之義。

一　興觀群怨

此讀詩者之所得也。詩以導達情志，陶冶性靈爲本，具溫柔敦厚之旨，懇誠惻款之質；讀詩者旦旦而學之，自能潛移默化，反躬而誠。故朱子謂：「興者，感發志意；觀者，考見得失；群者，和而不流；怨者，怨而不怒。」（論語集註）興、觀、群、怨四者，非有等差；方其興也，其觀、群、怨亦自在其中，一齊呈現，細觀瞭然。如孔子與子貢子夏論詩，是群相切磋也；而各有啓發，則是興矣。夫子喟然與於商、賜，則是怨也。而各有悟門，則亦可以觀其志矣。毛詩正義序云：

夫詩者，論功頌德之歌，止僻防邪之訓，雖無爲而自發，乃有益於生靈，六情靜於中，百物蕩於外，情緣物動，物感情遷，若政遇醇和，則歡娛被於朝野；時當慘黷，亦怨刺形於詠歌。作之者所以暢懷舒憤，聞之者足以塞違從正，發於情性，諧於律呂，故曰：「感天地，動鬼神，莫近於詩。」

王夫之亦曰：

於所興而可觀，其興也深；於其所觀而可興，其觀也審。以其群而怨，怨愈不忘；以其怨者而群，群乃益摯。出於四情之外，以生起四情；遊於四情之中，情無所窒。作者用一致之思，讀者各以其情而自得。人情之遊也無涯，而各以其情遇，斯所貴於有詩。（船山遺書詩繹）

是知詩人興發不一，而讀者仁智有別，則詩文之偏切，與夫領略之深淺，自各有異耳。

二　事父事君

此夫子賦予三百篇之大義也。「邇之事父，遠之事君」，與論語「事父母能竭其力，事君能致其身。」（學而）同爲學詩之最終目標。後之言詩者，如孟子謂：「凱風，親之過小者也；小弁，親之過大者也。」（告子）大序：「先王以是經夫婦，成孝敬，厚人倫，美教化，移風俗。」皆承孔子「事父事君」之意立言。蓋人倫之道，詩無不備，故資於詩以事父，可以廣孝思；資於詩以事君，可以廣忠藎。焦循毛詩補疏序云：

夫詩，溫柔敦厚者也；不質直言之，而比興言之；不言理而言情，不務勝人而務感人。故示諸於民，則民從；施諸於僚友，則僚友協，誦之於君父，則君父怡然繹，不以理勝，不以氣矜，而上下相安於正。

蓋其依違諷諫，不指切事情，故言之者無罪，聞之者足以戒，是以學詩可以得事父事君之大義。漢書儒林傳載：

王式，字翁思，東平新桃人也。事免中徐生及許生，爲昌邑王師。昌邑王廢，繫獄，當死。治事吏責問曰：「師何以亡諫書？」式對曰：「臣以詩三百五篇朝夕授王，至於忠臣孝子之篇，未嘗不爲王反復誦之也。至於危亡失道之作，未嘗不流涕爲王深陳之也。臣以詩三百五篇諫，是以亡諫書。」（王式條）

則詩之有關於君父之義，不亦較然彰明乎？詩人託感於物，最多家國之思，詩緯詩含神霧曰：「詩者，持也。在於敦厚之教，自持其心，諷刺之道，可以扶持邦家者也。」朱熹亦曰：「察之情性隱微之間，審之言行樞機之始，則修身及家，平均天下之道，其亦不待他求而得之於此矣。」（詩集傳序）則詩教之極於君父，奚待言乎？

詩歌之詠，依違不直諫，委婉而含蓄，使言之者無罪，聞之者足以戒，具寬恕包容之感染力。是夫子以詩爲教，可以移風善俗，用之鄉人，用之邦國，以化天下也。孔子謂：「邇之事父，遠之事君。」（陽貨）既可教忠教孝，復可止僻止邪，雖無爲而自發，乃有益於性靈。

明末鹿善繼據孔聖興、觀、群、怨，事父、事君之家法，謂：

> 五倫爲天下大經，詩、書、禮、樂、易、春秋亦稱經，爲其大經之也。詩以道性情，而性情，正大經之所以爲用。興、觀、群、怨，性情備矣，歸之事父、事君，則詩之本義可知。然事父、事君，常道也，而必曰興，復曰觀，更曰群，且曰怨者，忠孝之道固常，臣子遭際多變；變之乘人，震撼擊撞，反覆奇幻，時出情理之外。歷變而不失其常，非感動激發，如箭在弦上，不能自已，則強作之氣易竭；非考古驗今，層金鉞於繡譜，則不學未免無術。非寓規於隨，就因爲易，如不避污泥之月魄，則作用不

圓；非憂憤迫切，如見其兄射人者涕泣以道，則精神不透。天下何子不爲事父，何臣不爲事君，而必先以興、觀、群、怨；則詩之實用可知。（三歸草一）

是故讀詩者能透徹興、觀、群、怨之旨，乃能得忠孝之大也。此夫子揭詩之大義也。漢人沿此以言詩，是以偏於政教，固有其脈絡可尋，何可否定之耶？

第三節　放鄭聲與思無邪

一　鄭聲淫與放鄭聲

論語載顏淵問爲邦，孔子曰：「行夏之時，乘殷之輅，服周之冕，樂則韶舞。放鄭聲，遠佞人。鄭聲淫，佞人殆。」（衛靈公）孔子答顏淵者，不過爲邦治國之道，其與鄭詩淫否何干？舉鄭聲與韶舞，不過就其樂舞言耳，其與詩義何涉？且夫子嘗謂：「惡紫之奪朱也，惡鄭聲之亂雅樂也，惡利口之覆家邦也。」（陽貨）鄭聲與雅樂對舉，其非鄭詩，尤昭昭明白矣。而所謂「淫」字，亦非淫於女色之「婬」意，既就其樂聲言，則何「婬」之有？其爲浮濫太過亦可知也；孔子以其樂聲太過淫濫，故欲放之禁之。禁絕淫濫之樂聲，歷代皆有，周禮大司樂：「凡建國禁其淫聲、過聲、凶聲、慢聲。」即如中華民國臺灣，其於六十年代，禁絕之流行歌曲，如《今天不回家》等亦甚夥，以其浮濫散渙，放失人心，皆所謂靡靡之音也。孔子嘗言：「關雎樂而不淫，哀而不傷。」（八佾）關雎，詩經首篇，爲風教之端，王化之基，得性情之正，而可謂之「婬」乎？乃知不淫不傷，爲得樂聲之中和也。夫子不亦云乎：「師摯之始，關雎之亂，洋洋乎盈耳哉！」（泰伯）關雎合樂而終，美盛中和，故夫子樂在洋洋。亦皆就其音樂言也。

魏文侯以鄭衛之音爲新樂，與古樂不同，正合乎孔子所謂「惡鄭聲之亂雅樂。」以鄭衛之音爲新樂而與古樂對舉，則所謂古樂者，雅樂是也；而所謂鄭聲者，實當時泛濫之新樂，非詩三百之鄭風也。

姚際恆以聲者爲音調，詩者屬篇章，迴不相合；其言特爲有見。季札觀樂，且在夫子選詩之前，其于鄭衛猶曰美哉，未嘗言其淫，焉有選後之詩，反劣於未選者乎？則詩之與聲，其必不相同，概可知也。

鄭聲淫之「淫」字，亦非古「婬」字之義，說文：「婬，厶逸也；從女婬聲。」段注：「厶，音私，姦邪也；逸者，失也；失者，縱逸也。婬之字，今多以淫代之，淫行而婬廢矣。」古「淫」字之義，乃「淫過」，「淫濫」，爲「過也」，「大也」，即逾越常度之意。尚書無逸、周頌有客、左傳昭公元年等所言，皆謂過其中正之常度，故有菑疾也。國語魯語載敬姜論勞逸：「夫民，勞則思，思則善心生；逸則淫，淫則忘善，忘善則惡心生。沃土之民不材，淫也；瘠土之民，莫不向義，勞也。君子勞心，小人勞力，先王之訓也。自上以下，誰敢淫心舍力？」孔子聞之曰：「季氏之婦不淫」，並訓勉其弟子志之。則所謂「淫」，乃指人之行爲過度或放縱耳，與淫於女色之「婬」，亦不相干。

是知「聲」與「詩」不同，「鄭聲」非「鄭詩」。「淫」與「婬」亦異，「鄭聲淫」非「鄭詩婬」也。

二　思無邪

夫子曰：「詩三百，一言以蔽之，曰：思無邪！」（爲政）此孔聖教人讀詩之法，謂讀詩之人，當存無邪之念，此即司馬遷之所謂「禮義」，亦即程子之所謂「誠」也。（朱子四書集註引）讀詩可以使人心靈清淨，思想純一，其本即在正人心。思者，聖功之本；是人心發念處，思入於正則正，思入於邪則邪，人品之邪正，皆係於思。包咸謂夫子以詩可教人「歸於正」，（何晏論語集解引）即通過詩教，可使人思想純正健康。孔子引魯頌駉篇語以評詩經，雖斷章取義，卻一語中的，符合儒家倡導之道德準則。是則詩三百，乃詩人純潔真摯之所感也。詩人既能修辭立誠，則讀者自當心存無邪之念，乃能得詩之敦厚也。李迂仲云：

孔子嘗教學者以學詩之法矣，曰：「詩三百，一言以蔽之，曰：思無邪。」此言，蓋學者之樞要也。夫喜怒哀樂未發謂之中，發而皆中節謂之和。方喜怒哀樂之未發，則無思也。及喜怒哀樂之既發，然後有思焉；其思也正，則喜怒哀樂發而中節而和矣。其思也邪，則喜怒哀樂發而不中節而不和矣。故詩三百篇，雖箴規美刺不同，而皆合於喜怒哀樂之中節，以其思之正故也。孔子又嘗舉一言以告學者矣，曰：「關雎樂而不淫，哀而不傷。」樂之與哀，出於思矣，不淫不傷，思之無邪也。樂而淫，哀而傷，則入於邪矣。（李黃集解關雎第一）

李迂仲以此言爲學詩者之樞要，蓋三百之篇，雖箴規美刺之不同，而皆合於喜怒哀樂之中節，以其思之正故也。若關雎篇，孔子謂樂而不淫，哀而不傷。樂之與哀，出於思矣；不淫不傷，思之無邪也。樂而淫，哀而傷，則入於邪矣。詩譜序曰：「論功頌德，所以將順其美；刺過譏失，所以匡救其惡。」則詩所呈現之真誠，固可以勸人棄惡，導人從善。朱子論詩，亦特重聖人所謂「詩可以觀」，及春秋所謂「命太師陳詩以觀民風」，蓋詩可以「考見事跡之得失，因以警自己之得失。」（詩傳遺說卷二）又謂：

此詩之立教如此，可以感發人之善心，可以懲創人之逸志。（朱子語類卷二三）

故言善者，感觸夫人，使善心生，固欲防其未發之邪思也。言惡者，懲創夫人，使惡心息，亦欲銷其未發之邪思也。總教人發乎情，止乎禮義，而歸於無邪也。

則朱熹及其弟子之謂國風多淫篇者，既違夫子之道，亦非詩之本旨，皆不足取也。（詳拙著〈孔子放鄭聲及朱子淫詩說辨微〉《第三屆詩經國際學術論文集》）

第四節　漢學偏於政朱學得其邪

一　漢學四家之說

漢書藝文志：「漢興，魯申公爲詩訓詁，而齊轅固、燕韓生皆爲之傳。或取春秋，採雜說，咸非本義。與不得已，魯最爲近之。」此與儒生喜引經證事之習性有關，故所言偏於政教，如史記外戚世家：「自古受命帝王及繼體守文之君，非獨內德茂也，蓋亦有外戚之助焉。夏之興也以塗山，而桀之放也以妹喜；殷之興也以有娀，紂之殺也嬖妲己；周之興也以姜原大任，而幽王之禽也淫於褒姒。故易基乾坤，詩始關雎，夫婦之際，人道之大倫也。」劉向列女、說苑，尤多演繹，此魯詩之說也。

匡衡疏云：「孔子論詩，以關雎爲始，言太上者民之父母，后夫人之行，不侔乎天地，則無以奉神靈之統，而理萬物之宜。故詩曰：『窈窕淑女，君子好逑。』言能致其貞淑，不貳其操也。情欲之感，無介乎容儀；宴私之意，不形於動靜；夫然後可以配至尊而爲宗廟主。此綱紀之首，王教之端也。」（戒妃匹勸經學威儀之則疏）其論尚稱中肯，此齊詩之說也。

韓詩則博采眾義，廣納各家，故其說多襲魯詩，今所見外傳，與劉向列女、新序、說苑多有相同，而所引雜說，亦多儒家之言，陳喬樅謂：「今觀外傳之文，記夫子之緒論與春秋雜說，或引詩以證事，或引事以明詩，使爲法者章顯，爲戒者著明。雖非專於解經之作，要其觸類引伸，斷章取義，皆有合於聖門商賜言詩之義也。考風雅之正變，而知王道之興衰。」此則韓詩之說。

毛詩亦子夏所傳，毛亨與浮丘伯同師，皆出荀子之門，且上承子夏一脈，得聖人之精微特多，且謂：「卜商子夏，親受業於孔子之門，遂隱括詩人本志，爲三百十一篇作序。故讀詩不讀序，無本之教也。」（陳奐詩毛氏傳疏敘錄）序是否子夏所作，固多疑義，然詩義賴之而明者，實不可勝言；是則詩序爲讀詩之津梁，又可想見也。故曰：「學詩而不求序，猶入室而不由戶也。」（程頤語）古序每言「刺時也」、「刺亂也」、「刺奔也」、「刺學校廢也」、「惡無禮也」、「刺宣公也」、「美召伯也」、「美王姬也」、「美孝子也」、「美媵子也」、「美武公之德也」……等，不一而足。凡此，皆與春秋之書法同，孟子謂「王者之迹息而詩亡，詩亡而春秋作。」春秋繼詩作，而古序則繼春秋作，其寓意甚明。故范處義云：

> 人以爲詩之美刺與春秋相表裏，而詩之美刺，實繫於序，有聖人之遺，可考而知。文中子曰：「聖人述書，帝王之制備。述詩，興衰之由顯。述春秋，邪正之迹明。」聖人于春秋，既因魯史之舊，而明其邪正之亦；于書又各冠於篇首，而備帝王之制；于書苟不據序之所作，亦何自而見其興衰之由，而知其美刺之當否哉？今觀春秋之褒貶與詩序相應，詩序所書，皆無曲筆，宜爲聖人之所取也。又考論語「周有大賚」，此夫子記周之政也；而與賚之序同。緇衣曰：「長民者衣服不貳，從容有常。」記禮者稱「子曰」以實之，而與都人士之序同。孔叢子記夫子之讀詩曰：「於周南召南，見周道所以盛也；於柏舟，見匹夫執志之不可易也。……」其言皆與今序同其義。由是言之，使詩序作於夫子之前，則聖人之所錄；作於夫子之後，則是反諸夫子之遺言也。庸可廢也。（詩補傳）

聖人選詩編詩，所以謹世變之始也。（呂祖謙語）其後詩亡而春秋作，是春秋之寓褒貶，明善惡，蓋夫子有所取於是焉。古序繼春秋後作，頌美譏過，正春秋餘義也，其得詩人作詩之旨，聖人編詩之意者，又可知也。其言關雎曰：「后妃之德也。是以關雎，樂得淑女以配君子，憂在進賢，不淫其色，哀窈窕，思賢才，而無傷善之心焉。」此則毛詩說也。

三家固多有可取，然齊詩亡於魏，魯詩亡於晉，韓詩亡於北宋，今皆無以觀其詳，而今獨存者惟毛傳，必其有優於三家者，可以斷言。今文學者雖不信毛傳，然其每引古逸之學，而晏子春秋、賈誼新書亦已多次援引毛傳，則其源遠流長，固無可疑也。且毛傳依古序說詩，得春秋筆法；釋義平實，與群經荀子合，崇實徵信，不信神奇荒誕之言；獨標興體，示詩義所趣，鄭玄捨三家而取毛，蓋有以也。

二　朱子之說

然論語載夫子之言，一則曰：「鄭聲淫。」再則曰：「放鄭聲。」後世遂以爲鄭詩多淫篇，而朱子詩集傳、詩序辨說及語類所言淫篇更多達三十二首，並直斥其爲：「淫奔者自敘之辭。」（溱洧）「淫奔之女言當此之時，見其所期之人而悅也。」（風雨）「淫女語其所私。」（褰裳）「淫女之辭。」（蘀兮）「淫女戲其所私。」（山有扶蘇）且更進而曰：

> 孔子之稱詩無邪也，以爲詩三百勸善懲惡，雖其要歸無不出於正，然未有若此言之約而盡者耳；非以作詩之人所思皆無邪也。今必曰彼以無邪之思，鋪陳淫亂之事，而閔惜懲創之意自見於言外；則曷若曰彼雖以有邪之思作之，而我以無邪之思讀之，則彼

之自狀其醜者，乃所以爲吾警懼懲創之資耶？而況曲爲訓説，而求其無邪於彼，不若反而得之於我之易也。巧爲辨數，而歸其無邪於彼，不若反而責之於我之切也。（讀呂氏詩記桑中）

自是而後，學者遂以爲國風多淫篇。然而，夫子所謂「鄭聲淫」者，實當時流行之新樂，所謂「靡靡之音」也。以其過分散渙，萎靡人心，故夫子放之，與國風中之「鄭詩」及「淫於女色」之意，似不相干。（詳拙著〈孔子放鄭聲及朱子淫詩説辨微〉《第三屆詩經國際學術論文集》）再者，朱子又惑於「淫人自道其詞」，「淫者自狀其醜」之説，遂以爲淫篇皆淫者所自敘。然而此等逾禮敗俗之事，人必諱匿隱秘，雖至不肖者，亦未必肯直告人以其人其地也。設身處地，借口代言，詩歌常例。若男子之作閨人語，婦人之作男兒相思語，蓋亦多見。方回可言集云：「竊謂桑中溱洧，非淫奔者自爲之詩，彼淫奔者有此事，而旁觀之人有羞惡之心，故形爲歌詠以刺譏醜惡。」刺惡規善，兼作後人鑑戒，詩人之心也。是故思想純潔，感情真摯，想像切至，雖或美或刺，或正或變，而皆可以爲「思無邪」之詩也。呂祖謙曰：「詩人以無邪之心作之，學者亦以無邪之思觀之，閔惜懲創之意，隱然自見於言外矣。」（呂紀桑中）夫子聖之時者，獨能預憂於千百年後必有如朱熹者流，惑於文字之蔽，胡亂推敲，謂詩人以有邪之思作之，想入非非，故特標櫫「思無邪」以示警戒。周樹人謂朱熹等之所以如此者，實己心之不淨，而外物隨之。（詳漢文學史綱要）其與詩何干哉？

第五節　孔子不語怪力亂神

一　陰陽災異之說

三家詩多言政教，固有其時代意義，其得性情之正者固多，然齊詩牽合陰陽五行災異之說，亦不足取，尤以翼奉所創之四始五際六情，最爲偏頗，如「大明在亥爲水始，四牡在寅爲木始，嘉魚在巳爲火始，鴻雁在申爲金始。」「易有陰陽，詩有五際，春秋有災異。」（漢書翼奉傳）又云：「五際：卯、酉、午、戌、亥也。陰陽終始際會之歲，于此則有變改之政。」（齊詩內傳）又謂：「察其所由，省其進退，參之六合五行，則可以見人性，知人情。故詩之爲學，性情而已。五性不相害，六情更興廢，觀性以歷，觀情以律，明主所宜獨用，難與二人共也。」（漢書翼奉傳）「五行在人爲性，六律在人爲情，性者仁義禮智信也。情者，喜怒哀樂好惡也。五性處內御陽，喻收五臟；六情處外御陰，喻收六體。故情勝性，則亂；性勝情，則治。性自內出，情自外來，情性之交，間不容系。」（陳喬樅齊詩翼氏學疏證五行大義引翼氏說）故後人頗以怪異不經視之，徐復觀即謂：「翼奉四始五際六情之說，乃受夏侯始昌以陰陽五行傅會洪範言災異的影響，以成怪異不經之說，既無與於詩教，亦非轅固之所及料。史記孔子世家中所稱四始，與毛詩四始之義相合，史公不習毛詩，蓋此乃諸家的通義；可知翼奉以『水始、木始、火始、金始』爲四始，史公時尚未出現。乃有的清儒竟以此爲齊詩的特徵，可謂誣妄之甚。」（中國經學史的基礎）說詩而牽合五際六情災異之說，非徒走火入魔而何？則齊詩早亡於魏代，不亦宜乎！

二　神話不經之論

詩經牽涉神話之詩篇，有履跡〈生民〉，降商〈玄鳥〉，此小說家所津津樂道者，甚者以〈大東〉言牛郎織女，〈信南山〉〈閟宮〉〈長發〉之言大禹者，皆荒誕不經之論也。褚先生曰：「詩言契生于卵，后稷人跡，欲見其有天命精誠之意耳；鬼神不能自成，須人而生。」（史記三代世表）故詩書凡言天帝而假人事言之者，皆形容之辭，不必執其跡也。況世代湮遠，文獻乏徵，傳聞異辭，莫可窮詰；故履跡而生之事，計有：華胥之生皇羲；（見孝經鉤命決）陳鋒生帝嚳；（見路史）合后稷而三焉。至呑卵而生者亦二見：簡狄之生契；女修生大業也。（見秦本紀）至若白虎通謂禹姓姒氏，乃以薏苡生；殷姓子氏，以玄鳥子生；周姓姬氏，以履跡生。（姓名篇）亦不過據傳聞異辭，以神其事耳！要之，欲顯其祖之異於尋常也。姚際恆曰：「自呂覽創爲異說，以爲呑鳦卵而生，而史記承之，諸緯書亦並爲其言，鄭氏乃以之說經，不可從也。此詩實無吞卵而生之文義，不必爲之好異也。」（詩經通論）歐陽修亦云：「無人道而生子，與天之自感於人而生之，在於人理爲必無之事，可謂誣天也。」（詩本義）嚴粲詩緝亦謂：「至謂姜嫄無人道而生子，謬於理而妨於教。」陳啓源毛詩稽古編亦曰：「巨跡之說，近於誕罔。」故感天履跡吞卵之事，特呂氏異說，列子異端，史遷好奇，鄭君信緯說之所造也。毛公之學，遠紹荀子不求知天，尼父不語怪神之義，故以帝爲高辛氏帝，傳云：「后稷之母，配高辛氏帝。」又曰：「古者必立郊媒焉，玄鳥至之日，以太牢祠於郊媒，天子親往，后妃率九嬪御。」則所謂「履帝武」，爲姜嫄隨高辛氏帝之後，助祭於郊媒之所也。敏，疾也，不敢怠慢也；言其禋祀之恭謹也。鄭君信三家緯說，以爲實有大神之跡，而疏復引河圖、中侯以申之，皆非詩義。黃焯云：「惟毛公獨標神識於秦漢之前，於此（生民）既以帝爲高辛，於玄鳥則謂『玄鳥至日生契。』辭皆平實，絕不虛荒之論，視鄭君生居漢世，猶篤信讖緯者，其爲識之高下，幾無等級以寄言矣。」（毛詩鄭箋評議）其言得之。

其他如周南漢廣一詩，劉向列仙傳以游女為江妃二女，易林萃之漸、文選嵇康琴賦注等，皆以爲漢水女神，近人聞一多詩經通義即崇其說，謂：「三家皆以游女爲漢上女神，即相傳鄭交甫所遇漢皐二女。」是亦以相傳爲事實，其不足信，又可待辨哉？是故，凡誕幻之論，虛荒之說，皆宜屏棄之也。

第六節　今人以意逆志而忽於知人論世

夫子之論詩，固有其大義，而於修身教化功能，尤爲著重，故門人弟子，皆能言詩，如子夏彈琴以詠先王之風，有人亦樂，無人亦樂，（詳韓詩外傳）曾子歌商頌，聲滿天地，若出金石。（詳莊子讓王）其醉心於詩之溫柔敦厚，蓋可知也。曾子有疾，恐致毀傷，故召弟子開衾而視之。其引小雅小旻三句，蓋極言其戒慎恐懼，謹守其身而不敢毀傷如此也。並藉以訓誡弟子，欲使聽識。故邢昺曰：「曾子言此詩者，喻己常戒慎，恐有所毀傷。『而今而後，小子』者，言今日之後，自知免於患難矣。呼弟子者，欲使聽識其言也。」則曾子已能遵孔子之教，以詩爲修身教化之用。及至孟子，更以詩爲「王道」之事，以與春秋爲「霸道」而作，相對爲言：

> 王者之迹熄而詩亡，詩亡然後春秋作。其事則齊桓晉文，其文則史，孔子曰：「其義則丘竊取之矣。」（離婁下）

趙岐謂「大平道衰，王迹止熄。」是詩之亡，乃亡於王道之既衰也。而春秋之起，乃仿於詩「事父事君」之大義也；寓褒貶，明善惡，故書成而亂臣賊子懼。孟子法先王，言必堯舜，其以詩爲王道之事，正所以闡明先王堯舜之道也。

孟子論詩，亦有「以意逆志」，與「知人論世」之言，惟後人每以詩爲純抒情之作，而只著眼於「以意逆志」，以爲人之感情，有其共通，以己意迎取作者之志，乃可得之。故朱子目鄭風爲淫僻，邪意不莊，乃欲去聖賢於千百年後，妄臆先聖之志，毋乃以今之似，而亂古之眞。且弁冕車旂之制，鼐鼎俎豆之儀，朝會燕享之規，禘祫郊丘之議，至於山川陵谷，屢易其形，草木禽魚，不恆厥性，故必須即古以言古，乃能免於鑿空也。王國維：「意逆在我，志在古人，果何修而能使我之所意，不失古人之志乎？此其術孟子亦言之，曰：『誦其詩，讀其書，不知其人可乎？是以論其世也。』是故由其世以知其人，由其人以逆其志，則古詩雖有不能解者，寡矣。」（觀堂集林玉谿生詩年譜會箋序）則孟子「知人論世」一語，實爲「以意逆志」之基礎也。章璜曰：

> 誦詩讀書，當論其世；或時所難言，或勢不敢言，每借虛以爲實，託此以言彼，而說詩者不悟其意；本婉言也，反直言之；本託言也，反質言之；本微言也，反顯言之。中間凡託爲婦人女子之辭者，則信爲實言；而假游女靜女爲比喻者，又皆指爲淫詞；使作者之志意，咸晦塞而不達矣。蓋惟不能以意逆志，故遂不免逐響尋聲，而詩人之旨無復存也。又安望如商、賜告往知來以起予哉！（圖書編詩經原始引）

焦循亦云：

然則所謂逆志者何？他日謂萬章曰：「誦其詩，讀其書，不知其人可乎？是以論其世也。」正爲有世可論，有人可求，故吾人之意有所措，而彼之志有可通。今不問其世爲何世，人爲何人，而徒吟上下，去來推之，則其所逆，乃文辭而非志也。此正孟子所謂害志者，而烏乎逆之，而又烏乎得之。夫不論其世，欲知其人，不得也。不知其人，欲逆其志，亦不得也。孟子若預憂後世將秕糠一切而自以其察言也，特著其說以防之。故必論世知人，而後逆志之說可用也。（孟子正義）

其說確切，可謂深於孟子者也。是孟子預憂後世不達「以意逆志」之旨，而特著「論世知人」以防之；亦猶孔子預憂後世不達「鄭聲淫」、「放鄭聲」之意，而特著「思無邪」以防之也。然孟子之「知人論世」，尤特重於「王道」之意與「天子之事」，此其承孔子「事父事君」之大義，而更以「先王堯舜」之事，以彰明「王道」之跡，仁義之政也。

是故觀詩、論詩者，能透澈聖人之教，又能配合孟子「知人論世」、「以意逆志」之旨以言詩，則古詩雖有不能解者，寡矣。

第七節　結　語

孔子選詩編詩，一準至誠，合乎禮義，故曰：「思無邪。」此溫柔敦厚之原，人性中和之本。詩人直抒性靈，敷陳物象，上關廟謨，下敘家常，近取諸身，遠取諸物，莫非款惻誠懇，自然感發。學者感興反躬，修身立誠，藹如仁人，此詩教之功也。何有所謂「淫邪」哉？是故詩可以興觀群怨，修養品德；可以事父事君，孝親愛國；可以博識物性，增廣見聞；可以能言專對，論學取友；可以居官受任，協和上下。故美刺時君，褒貶善惡，固詩之功能，又可否定哉？是以溫柔敦厚而不愚，乃可謂之深於詩教者也。至於怪力亂神之說，陰陽災異之學，則夫子所不語，固宜捨之可也。學記曰：「善歌者，使人繼其聲；善教者，使人繼其志。」（禮記）則古之化民成俗，其教莫大乎是矣。孔子云：「視其所以，觀其所由，察其所安，人焉廋哉？人焉廋哉？」（爲政）則孟子教人以意逆志，須根於知人論世，蓋有所見矣。孟子又曰：「君子深造之以道，欲其自得之也；自得之則居之安，居之安則資之深，資之深則取之左右逢其原；故君子欲其自得之也。」（離婁下）以此讀詩，詩可得也；以此教授，功莫大焉。

附錄一　詩經南風雅頌探原

一　前　言

把「風、雅、頌」看作詩的體裁，是傳統而普遍的；但周禮春官載：「大師教六詩：曰風、曰賦、曰比、曰興、曰雅、曰頌。」詩大序也說：「詩有六義焉：一曰風、二曰賦、三曰比、四曰興、五曰雅、六曰頌。」似乎是六種平行的詩歌體裁，所以鄭玄便以爲：「比、賦、興，吳季札時已不歌也。孔子錄時，已合風、雅、頌中，難復摘別。」（答張逸）近代大儒章太炎先生仍堅持這種看法，他說：「此謂比、賦、興各有篇什。……新宮、祈招、河水、轡柔諸名，時時雜見於春秋傳，今悉散亡。則比、賦、興被刪不疑也。」（檢論六詩說）比、賦、興是否被刪？文獻不足，難於詳究；而孔穎達則從另一角度來解釋鄭玄這段文字，並力辨「賦、比、興」是詩之用，「風、雅、頌」才是詩之體。（詳詩經正義）

但「風」之名，並不見於論語，所以宋人程大昌便懷疑古無國風，他的詩議說：「詩有南雅頌，無國風；其風曰國者，非古也。夫子嘗曰：『雅頌各得其所。』又曰：『人而不爲周南召南。』未嘗有言國風者，予於是乎疑此時無國風一名。」又說：「春秋戰國以來，諸侯卿大夫賦詩道志，凡詩雜取無擇，至考其入樂，則自邶至豳，無一在數；享之用鹿鳴，鄉飲酒之笙由庚、鵲巢，射之奏騶虞、采蘋。諸如此類，未有或出南雅之外者，然後知南雅頌之爲樂詩，而諸國之爲徒詩也。」並且還想删去「國風」名目。程氏以南雅頌爲樂詩，「二南」獨立於國風之外，其言可取。但想删去「國風」的作法，則又未免矯枉過正，因爲二南以外一百三十五篇的詩，究竟該歸屬何處？顧炎武雖曾提出「南豳雅頌」爲四詩的論述，但仍難令人滿意。

「風」的名目，雖然非古，但左傳襄公二十九年（西元前五四四）載季札聘魯觀樂已經出現，當時孔子祇有八、九歲，所以後人還是相信「風」爲「詩之體」的說法，鄭玄在周禮六詩條下注引鄭司農說：「古而自有風、雅、頌之名，故延陵季子觀樂於魯時，孔子尚幼，未定詩書，而因爲之歌邶、鄘、衛，曰：『是其衛風乎？』」即使退一步言，季札觀樂的這段文字未必合乎事實❶，但荀子大略篇所記載「國風」一詞，卻是明白而確實的，所以「國風」一詞的出現，最晚也在先秦，那是毫無疑問的。

❶ 近人朱東潤、傅棣樸等皆以爲季札觀樂一段文字，除「通嗣君」句外，餘皆作偽杜撰。

自從左傳說「風有采蘩、采蘋」，史記也說「關雎之亂以爲風始」，後人便混二南二十五篇於國風之中，這似乎是不正確的，因爲「南」必須獨立於「風」之外，茲條述其理由如下：「南」見載於論語，孔子一再提及，可見其重要性；「風」則祇記載於晚出的左傳、荀子，是「南」之較「風」爲古，這是其一。「南」與「雅頌」都是樂器（詳後），而轉爲樂歌之名，屬於樂詩；南爲鄉樂，房中之樂，與國風之爲土調，徒歌之詩是不同類的，這是其二。二南詩所呈現的氣象風格亦不同於國風，二南詩和平中正，敦厚溫柔；而國風卻是動蕩不安，淫亂篡弒，迥然有別，這是其三。又二南詩之內容，具有勸義向善，屬個人修身養性之內容。國風多列國史實，及其地人民之風尚習性，有強烈地方色彩。這是其四。國風祇是各國的土調，有她的地域範圍；二南詩則南迄江漢，北至黃河，東臨汝墳，西達終南，地域橫跨列國，實不可以某國的詩視之，這是其四。顧炎武說：「周南、召南，南也；非風也。自周南至豳，統謂之國風，先儒之誤也。」（日知錄）鄭浩若在詩之雅解也說：「詩之有南、有風、有雅、有頌，用之鄉人、邦國，秩然一定，不容紊亂。南之不可移於風，猶風之不可以移於雅頌。」（經義叢鈔）所以南、風、雅、頌應是「古之四詩」，近人梁啓超亦持此論，可謂確不可易。

二　風雅頌略說

南、風、雅、頌雖是「古之四詩」，但彼此有何不同？自來也紛紜眾說：或就篇章的長短論、或就詩歌的體裁論、或就教化的美刺論、或就雅俗的風格論、或就作者的貴賤論、或就用途的深淺論、或就事理的大小論；諸如此類，論說紛如，尤以風、雅、頌爲甚，茲就前人之說，綜述如下：

㈠以「道德盛衰」說

左傳襄公二十九年載季札適魯觀樂一事，其中季札對樂歌的評論，往往牽涉到道德的準則：

> 使工爲之歌周南、召南，曰：「美哉！始基之矣，猶未也，然勤而不怨矣。」爲之歌邶、鄘、衛，曰：「美哉淵乎！憂而不困者也。吾聞衛康叔、武公之德如是，是其衛風乎！」爲之歌王，曰：「美哉！思而不懼，其周之東乎！」爲之歌鄭，曰：「美哉！其細已甚，民弗堪也，是其先亡乎！」爲之歌齊，曰：「美哉，泱泱乎！大國之風也哉！表東海者，其大公乎！國未可量也。」爲之歌豳，曰：「美哉，蕩乎！樂而不淫，

其周公之東乎！」爲之歌秦，曰：「此之謂夏聲，夫能夏則大，大之至也，其周之舊乎！」爲之歌魏，曰：「美哉，渢渢乎！大而婉，險而易行，以德輔此，則明主也。」爲之歌唐，曰：「思深哉！其有陶唐氏之遺民乎！不然，何其憂之遠也？令德之後，誰能若是？」爲之歌陳，曰：「國無主，其能久乎！」自鄶以下無譏焉。爲之歌小雅，曰：「美哉！思而不貳，怨而不言，其周德之衰乎，猶有先王之遺民焉。」爲之歌大雅，曰：「廣哉，熙熙乎！曲而有直體，其文王之德乎！」爲之歌頌，曰：「至矣哉！直而不倨，曲而不屈，邇而不逼，遠而不攜，遷而不淫，復而不厭，哀而不愁，樂而不荒，用而不匱，廣而不宣，施而不費，取而不貪，處而不底，行而不流，五聲和，八風平，節有度，守有序，盛德之所同也。」

歷代學者對這段文字的解讀，雖然不盡相同，但季札的評論標準放在「道德」層面上，卻是非常明顯的，如「吾聞衛康叔、武公之德如是！」「以德輔此，則明主也。」「令德之後，誰能若是？」「其周德之衰乎。」「其文王之德乎！」「節有度，守有序，盛德之所同也。」這種評論，類多偏向於內容方面，對風雅頌體式之別，除二雅外，其他都沒有明確指出，自然難以令人滿意。

㈡以「政教功能」說

這種說法，最早見於詩序，詩大序說：

> 故詩有六義焉，一曰風、二曰賦、三曰比、四曰興、五曰雅、六曰頌。上以風化下，下以風刺上，主文而譎諫，言之者無罪，聞之者足以戒，故曰風。至於王道衰，禮義廢，政教失，國異政，家殊俗，而變風變雅作矣。……故變風發乎情，止乎禮義。……是以一國之事，繫一人之本，謂之風。言天下之事，形四方之風，謂之雅。雅者，正也。言王政之所由廢興也。政有小大，故有小雅焉，有大雅焉。頌者，美盛德之形容，以其成功告於神明者也。

續序也說：

> 風之始也，所以風天下而正夫婦也。故用之鄉人焉，用之邦國焉。風，風也；教也。風以動之，教以化之。

詩序對風的解釋最詳細，卻也是最駁雜的，共有風化、風刺、風俗、風也、教也、動也等六種說法，對雅、頌倒是簡單明瞭，總的來說，似乎都著眼於政教上，所以鄭玄箋便說：「風，是諸侯政教也。雅，正也，言今之政者，以爲後世法。頌之言誦，容也。誦今之德，廣以美之。」而孔穎達疏更以爲：「風雅頌者，皆是施政之名也。」這種說法影響最深遠，因爲那是繼承了孔子的興、觀、群、怨、事父、事君的實用功能，是有其時代意義的。但他的駁雜與反複，卻也令人無法完全接受。所以宋朝之後，這種權威性的說法，也就慢慢被動搖了。

㈢以「地域作者」說

此說起於宋人，鄭樵詩辨妄即以爲風者，出於風土，大概小夫賤隸，婦人女子之言。雅則出於朝廷大夫，頌惟鋪陳勛德，以示有所尊。朱熹詩集傳繼承這一說法，認爲風是民俗歌謠之詩，雅是朝廷正樂之歌，頌是郊廟樂歌之辭。他的楚辭集註也說：

> 風則閭巷風土男女情思之辭；雅是朝會燕享，公卿大夫之作；頌則鬼神宗廟祭祀歌舞之樂。

這種說法也是有問題的，因爲風詩中仍保有相當比例屬於朝廷上層的作品，而魯頌小雅的詩中，也有相當分量屬於風體的作品，所以這種說法也祇能說出個大概而已。

㈣以「辭體格式」說

此說起於宋人嚴粲論大小雅之別的言論中，他的詩緝說：

竊謂雅之大小，特以其體之不同耳。蓋優柔委曲，意在言外，風之體也；明白正大，直言其義者，雅之體也。純乎雅之體，謂之雅之大；雜乎風之體，謂之雅之小。

清人方玉潤繼承此一說法，他在詩經原始上說：

歌體近乎風者，則風之體；近乎雅者，則雅之體也；近乎頌者，則亦頌之體而已矣。故詩之體象焉，曰風者，諷也，有類乎春風之風人也。雅者，大也，有類乎夏風發揚，與秋令之廣大而清明也。頌則隆冬收閉，萬物盡藏，一歲長養，可告成功矣。

此說仍有缺失，因爲魯頌非常接近風體，大雅的詩中，也有雜乎風體的，而小雅中也不乏明白正大，直言其義的詩篇，所以何楷即反駁說：「棫樸、旱鹿、靈臺、鳧鷖，非雜乎風者耶？

何以載於大？天保、六月、車攻、吉日，非純乎雅者耶？何以載於小？。」（詩經世本古義）此說的不能令人信服，就可想而知了。

㈤ 以「樂歌音調」說

朱熹認爲「風雅頌之所以分者，皆以其篇章節奏之異而別之也。」（楚辭集註）這與他在詩集傳說：「風是民俗歌謠；雅是正樂之歌，小雅燕享之樂，大雅朝會之樂；頌則是郊廟樂歌。」是一致的。所以清惠周惕就乾脆說：「風雅頌以音別也。」（詩說）王國維也說：「竊謂風雅頌之別，當於聲求之。」（觀堂集林說周頌）這種說法是比較進步的，也比較切合事實，因爲孔子曾經正樂，弦歌三百，並使雅頌各得其所。雖然如此，但仍非命名的原始義，因爲樂調的產生，是跟他所用的樂器有關，如管樂、弦樂、金奏、革奏，所以樂調說，也不過是後人歸納所得罷了！

三　風雅頌探原

以上僅就古人所說，列述其大概，雖然也有一得之見，但似乎都不是本義。因爲事物名稱的流傳演進，也會隨著時空的變化而豐富了它的含義，甚或失去原義；四詩南、風、雅、頌的名稱，距今已二千餘年，它所蘊含的意義，自不一而足，所以纔造成後儒的論說紛紜。明人陸深說：「大雅小雅，猶今言大樂小樂云，嘗見古器物銘識，有筦曰小雅筦，有鐘曰頌鐘，乃知詩之篇名，各以聲音爲類，而所被之器，亦有不同，後人失之聲，而以名義求，非詩之全體也。」（詩經世本古義引）這是非常有見地的說法。因此，如果從原始義來探究，南、風、雅、頌的分別，實起於樂器與聲調的不同。在這方面，近人倒是有相當的突破。

㈠ 原風

顧頡剛大膽提出的「風爲聲調」的說法，是相當引起共鳴的，他所著的論詩經所錄全爲樂歌一文說：

> 大雅崧高篇：「吉甫作誦，其詩孔碩，其風肆好。」又左傳成九年說：「鍾儀操南音。」范文子說：「樂操土風。」則風字的意義似乎就是聲調。聲調不但是諸國之風所具，雅頌也是有的。所以風的一名，是把通名用成專名的。所以國風，猶之乎說「土調」。

這是較被接受的說法，所以國風就是諸國的聲調、音調、腔調，或土調，孔子說：「放鄭聲。」鄭聲便是鄭風，亦即鄭音、鄭調，楊惲報孫會宗書不也說：「家本秦也，能爲秦聲。」秦聲也就是秦腔，所以衛風即衛國的聲調，齊風即齊國的土調，猶如今天所稱的秦腔、崑腔。但須要注意的，這所謂風、聲、音、腔，祇就其調而言，與詩的內容無關。

其他對風的解釋，有陳夢家的「風即缶的瓦製樂器。」（歌謠週刊風謠釋名）也有解作「鳳笙」、「風琴」、風笛一類的樂器。這大概是想配合四體詩都是樂器罷，可惜證據不足，當然這種隨文附會，也是沒有必要的。

風的原始義既是聲調，而「後人卻失之聲，而以名義求」，看到風詩的內容有美刺教化，於是有「教也、化也、刺也」之說。其中也載有各地風土習俗，於是便有「風土、風俗」之說。其後形成詩體，於是又有「詩體」之說。雖各有一得之見，也不過是「餘義」。總之，聲調才是風的原始義。

㈡原　雅

雅，據陳暘以為是「法度之器，所以正樂」的，何楷、章太炎都贊成此一說法，詩經世本論二雅：

> 愚意樂器中有所謂雅者，周禮笙師職云：「舂牘應雅，以教祴樂。」祴夏之樂，先王之所以示戒也。「舂牘應雅」四者，所以節之也。陳暘云：「雅者，法度之器，所以正樂者也。」賓以雅，欲其醉不失正也。工武以雅，欲其訊疾不失正也。賓出以雅，

用祴夏以示戒，則工舞以雅可知。先儒謂狀如漆桶而弇口，大二圍，長五尺六寸，以羊韋挽之，旁有兩紐疏畫，武舞，工人所執，所以節舞也。

章太炎大疋小疋說上一文，亦有類似的論述，都認爲雅是樂器，狀如漆桶而弇口，大二圍，長五尺六寸，以羊韋挽之，有兩紐疏畫。且詩經鼓鍾篇有「以雅以南，以籥不僭。」樂記也有「治亂以相，訊疾以雅。」南（詳後）、籥（見說文）、相（見盧文弨朱師轍）三者都是樂器，以文意句法來推論，雅當然也就是樂器了。宋史樂志云：「以舞訊疾，以雅節之，故曰雅鼓。」這可能是樂器蛻變的跡象。

雅得名的原始義既爲樂器，而後人失之聲，以名義求，也不過是一得之見罷了。至於有人說雅是夏聲，以與十五國風並列，這是因爲周人嘗自稱夏人，而雅夏於古又可以相互通轉，才有的誤解；（詳孫作雲從讀史方面談詩經的時代和地域性）把雅看作地域的這種說法，恐怕不是事實，也有違反常理的，因季札觀樂時也說秦是夏聲呢？至於推論雅爲中原正聲，那是就詩的內容體裁而言，也不是雅的原始義。

大小雅之別，亦頗紛紜，有主政事，有主道德，有主辭體，而蘇轍更以小雅言政事之得失，大雅言道德之存亡；鄧元錫則以小雅王事，大雅天道；小雅麗乎則，大雅通乎命；小雅親臣，大雅格君。這些解釋，各有所偏，似乎仍未透澈大小雅之別，唯獨以「聲分」之說爲最可取，因爲雅的得名，是來自樂器。程大昌詩議說：

均之爲雅，音類既同，又自別爲大小，則聲度必有豐殺廉肉，亦如十二律然，既有大呂也，又有小呂也。

惠周惕詩說引證得更爲詳細：

樂記師乙曰：「廣大而靜，疏達而信者，宜歌大雅。恭儉而好禮者，宜歌小雅。」季札觀樂，爲之歌小雅，曰：「美哉！思而不貳，怨而不言。」爲之歌大雅，曰：「廣哉，熙熙乎！曲而有直體。」據此，則大小雅當以音別之。

這都是信而有徵的，不過大小雅用樂的場合，恐怕還是有規定的，就左傳對大小雅用樂的情況來看，大雅似乎用於較重大的「大雅之堂」，或以「姬姓」國君爲主的場合。而小雅則祇用於一般諸侯國之間的會盟及宴享，所以孔穎達正義說：「小雅所陳：有飲食賓客，賞勞群臣，燕賜以懷諸侯，征伐以強中國，樂得賢者，養育人材，於天子之政，皆小事也。大雅所陳：受命作周，代殷繼伐，荷先王之福祿，尊祖考以配天，醉酒飽德，能官用士，澤被昆蟲，仁及草木，於天子之政，皆爲大事也。」二者應有其深淺輕重的不同，這是值得注意的。

㈢原　頌

頌是屬於西方鐘磬一類的樂器，即鏞、庸，較鐘爲大。金鶚在經義叢鈔有釋庸一文：

> 庸又通鏞，書益稷「笙鏞以閒」，鄭氏「鏞」作「庸」，注云：「西方之樂謂之庸。」庸，功也；西方物熟有成功。庸又通頌，大射儀：「西階之西，頌磬東西。」注云：「言成功曰頌。」西爲陰中，萬物之所成，是西方鐘磬謂之頌。古文頌爲庸，頌古容字，與庸同聲，故通用。

阮元釋頌也說：

> 鐘磬分笙鐘笙磬、頌鐘頌磬者，笙在東方，專應風雅之歌；頌在西方，專應夏頌之舞。

案大射儀有「頌磬東西」，周禮眡瞭有「擊頌磬笙磬」，那麼，頌是一種樂器，是毫無疑問的，而且頌即「鏞」，大雅靈臺詩又有「虡業維樅，賁鼓維鏞。」包世榮毛詩禮徵釋那篇的

「庸鼓有斁」說：

案「庸」當作「鏞」，說文「庸」與「鏞」異，毛本作「庸」，字之省也。皋陶云：「笙鏞以閒」，鏞亦名鎛，大射儀云：「樂人宿縣於阼階東，其南鎛；西階之西，其南鎛。」注云：「鎛如鐘而大。」

據此，頌即是鎛一類的樂器，較鐘爲大，設在西方；西爲陰中，萬物所成。所以「頌」便是專用於宗廟祭祀的樂器了。公是先生七經小傳上：

「笙鏞以閒，鳥獸蹌蹌」，何謂也？曰：「古者制樂皆有所法也。或法於鳥，或法於獸，其聲清揚而短，聞者皆法於鳥也。其聲宏濁而遠，聞者皆法之獸也。則此言笙鏞之器，各得其法而盡其聲，則鳥獸蹌蹌然也。」

由此亦可知「鏞」的聲音是「宏濁而遠」的，王國維觀堂集林有釋頌一文，以爲「頌之所以異於風雅者，雖不可得而知，今就其著者言，則頌之聲較風雅爲緩也。」❷這正是所謂「其聲宏濁而遠」的意思。頌是宗廟樂器，即是大鐘，在祭祀時，樂必以鐘爲主，這是古今中外一樣的。古人以爲神人居於西方，所以頌鐘一定設於西階之西的。近人張西堂也認爲頌就是鏞，是祭祀時所用的樂器❸，應該是正確的。（詳所著詩經六論）

頌的原始義即是大鐘「鏞」一類的樂器，但後人因看到祂的內容，大都是稱揚讚美之辭，所以便孳乳爲「誦美盛德之形容」；而在祭祀之時，賓主及歌者皆須爲舞容，於是又孳乳爲形容之「容」，雖然都有一得之見，但樂器之稱，才是得名的根由。

四　原南

清人崔述讀風偶識說：「南者，詩之一體；蓋其體本起於南方，北人效之，故名以南。若漢人效楚辭體，亦名之爲楚辭然。故小雅云：『以雅以南。』」（通論二南）梁啓超釋四詩名義也說：「詩鼓鍾篇『以雅以南』，南與雅對舉，雅既爲詩之一體，南自然也是詩之一

❷ 王國維列舉頌之所以較風雅爲緩證據有四：曰頌詩無韻，曰頌詩不分章，曰頌詩字句簡短，曰頌詩簡短而禮文繁重。

❸ 張西堂亦以頌爲鏞，爲祭祀時的樂器，並列舉四例證：曰從文字通假上來看，二從頌詩本身詩文來看，曰宗教儀式多用鐘爲樂器，曰古代歌舞也用鐘爲樂器。但前人對此已有充分說明。

體。禮記文王世子說『胥鼓南』、左傳說『象箾南籥』，都是一種音樂的名稱，都是指這一種詩歌。」（釋南）南是詩之一體，起於南方，這是毫無問題的，但文體的興起，卻不是一天的事，而創作之初，也不曾有體，所以「南」命名的原始取義，是有待探究的。茲就歷代學者對「南」字命義的解說，略作說明如下：

㈠以南爲「方位」說

這種說法最爲分歧，有南化、南國、南面、南夷之樂、南音等，都著眼於方位來說，如詩續序：

> 南，言化自北而南也。

這是「南化」說。崇毛鄭學者，多持此說，但文王之化，廣被天下，又豈是南方獨得呢？既然是同被文王之化，何以又分周南爲王者之化，召南爲諸侯之風呢？崔述甚至說：「江沱汝漢，皆在岐周之東，當云自西而東，豈得言自北而南乎？」可見這種說法未能使人滿意。

逸周書：

南，國名。南氏有力臣，力鈞勢敵，用分爲二南之國。（汲冢周書亦有類似的記載）

這是「南國」說。「南國」見於詩經有小雅四月：「滔滔江漢，南國是紀。」大雅松高：「于邑于謝，南國是式。」大雅常武：「既敬既戒，惠此南國。」總計三處，而二南言及南方地望的，也祇有漢廣、汝墳、江有汜三篇，但關雎、草蟲、殷其雷、何彼襛矣四篇卻在北方；因此，這種說法也是令人疑惑的。

劉克詩說：

南之爲言，無他義也；易曰：「聖人南面而聽天下，鄉明而治。」義止於此。

這是「南面」說。南方爲陽氣所集，高明溫暖，易於長養，所以帝王坐必南面，取向明之意，劉氏大概附會「南化」之說而引申，於是便自創新論，但卻是毫無根據的。

薛君韓詩章句：

南夷之樂曰南。四夷之樂，惟南可以和於雅者，以其人聲音及籥不僭差也。（後漢書陳禪「以雅以南」條注引）

這是「南夷之樂」說。但詩鼓鍾有「以雅以南」，左傳季札觀樂有「舞象箾南籥」（襄公十九年），禮記文王世子有「胥鼓南」，都是王朝古樂，況且韓詩鍾鼓篇「南」、「任」並舉，又那會是南夷之樂呢？

呂氏春秋音始篇：

> 禹行功，見塗山氏之女，禹未之遇，而巡省南土。女乃作歌，歌曰：「候人兮猗。」實始作南音，周公召公取風焉，以爲周南召南。

這是「南音」說。呂氏論四方之音，除以二南爲南音外，又以邶風爲北音，秦風爲西音，豳風爲東音，這自然是牽強附會。

總之，把「南」著眼於方位說，仍多滯礙，更何況作爲方位的東、南、西、北，據甲骨文專家的考證，都一致認爲是假借字❹；那麼，「南」字的原始命義，當另有本義可說。

---

❹ 新五二〇所列四方風（圖九），據近代甲文專家考證，一致認爲乃武丁時代文字，可見假借爲方位之名，殷初已有，則南字之出現當更早。

(二) 以南爲「樂歌」名

王質詩總聞：

南，樂歌名也。見詩「以雅以南」，又見禮「胥鼓南」，鄭氏以爲西南之樂，又以爲南夷之樂。見春秋傳「舞象箾南籥」，杜氏以爲文王之樂。其說不倫，大要，樂歌名也。

程大昌詩論二：

詩曰：「以雅以南，以籥不僭。」季札觀樂有舞象箾南籥者，詳而推之，南籥，二南之籥也；箾，雅也；象舞，頌之維清也。其在當時親見古樂者，凡舉雅頌，率參以南。其後文王世子又有所謂「胥鼓南」者，則南之爲樂古矣。

考諸儀禮的燕享，左傳的賦詩道志，舉凡入樂的，誠如程大昌所說，「凡舉雅頌，率參以南。」南是樂歌之名，應是比較接近事實。但樂名的由來，揆其初度，實源於所奏的樂器，所以樂

歌之名，不過是孳乳的名稱罷了。（詳後）

㈢以南爲「楚風」說

認爲二南是楚風，可以章太炎爲代表，他的檢論詩終始論：

> 詩傳曰：「國君有房中之樂」，而譜以爲周南召南。凡樂，樂其所自生，禮不忘本，高祖樂楚聲，故房中樂楚聲也。明二南爲荊楚風樂，周秦漢相傳，皆知其本。是故十五國風，不見荊楚，楚者，周南召南之聲也，已在正風中矣。

以二南爲楚風，似乎有乖史實，小雅采芑：「蠢爾蠻荊，大邦是讎。」魯頌閟宮：「戎狄是膺，荊舒是懲。」商頌殷武：「撻彼殷武，奮伐荊楚。」周楚是敵國，二南又怎會是楚風呢？二南若爲楚風，則是南夷之樂，又怎能拿來教世子呢？論語多次提到二南，孔叢子也載孔子讀詩說：「吾於周南召南，見周道所以盛也。」（記義第三）季札觀樂時亦已明載周南召南了。更何況楚的興起，已是昭王以後的事，當時還被目爲夷狄，春秋經莊公十年：「荊敗蔡師於莘。」「荊」始見；二十三年：「荊人來聘。」始稱「荊人」；僖公元年：「楚人伐鄭。」開始稱楚，則楚的興起當較晚，而二南的詩，絕大部分都是西周初期的作品，又怎會是楚詩呢？章太炎大概是看到屈宋之後，騷客詞人多生於江漢，於是便根據史記：「房中祠樂，高祖唐山夫人所作也。周有房中樂，至秦名曰壽人。高祖樂楚聲，故房中樂，楚聲也。」便誣二南爲楚詩，實想當然耳。

(四)以南爲「樂器」說

把「南」具體解釋爲樂器的是郭沫若與唐蘭，郭氏歸納甲骨文所出現的「南」字，訂定它是鐘鎛的象形，乃「鈴」的初文。唐氏則認爲是瓦製之器，可以作爲樂器。郭氏在甲骨文研究釋南一文中提出四個證據，茲提挈其重點如下：

甲　從「南」之孳乳爲「𣪘」，與「声」之孳乳爲「殸」，「壴」之孳乳爲「鼓」爲同類，可定「南」爲樂器。

乙　從詩「以雅以南，以籥不僭。」雅、籥既爲樂器，就文義語氣，亦可定「南」爲樂器。

丙　從文王世子「胥鼓南」，南之言鼓；儀禮鄉飲酒「堂下磬南」，南之言磬；詩「以雅以南」，以猶言奏，則南之爲樂器，無疑。

丁　「南」殆「鐘鎛之象形」，與「林」一聲之轉，古人之鐘亦謂之「林」，更變爲

「鈴」。

郭氏論證「南」是樂器，是很正確的，但他又以爲「南」殆「鐘鎛之象形」，更變而爲「鈴」，則有待商榷。因爲「凡金爲樂器有六：曰鐘，曰鎛，曰錞，曰鐲，曰鐃，曰鐸。」（古今樂錄）而鈴不在數，此其一。詩周頌載見明曰：「和鈴央央。」則南與鈴不同，否則何不直言「以雅以鈴。」此其二。在甲骨文「南」的字形，都是中空作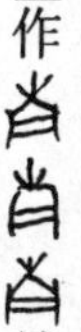等二十餘種（附圖一），無有作形者，明其無舌；鈴則有舌，則鈴形與南形不同，鐘鼎文才有作形的，這是形變而來的形聲字，此其三。「鼓鍾欽欽」，明已有鐘，若南爲鐘鎛，則疊床架屋（此唐氏所證），此其四。鈴，郎丁切，段玉裁古音十二部；章太炎六部。南，那含切，段氏古音七部；章君十七部。聲韻皆不可通，此其五。有這五個反證，「南」不是「鈴」，已經很明白了。

唐蘭也有他的看法，他認爲：「南」本即「青」字，是瓦製的樂器，由「青」孳乳爲「㱿」，再孳乳爲「磬」，「罄」爲瓦器，故以石缶爲形，易離九三「不鼓缶而歌。」詩宛丘「坎其擊缶。」瓦缶爲樂器，「罄」即是「缶」，殆象瓦器而倒置，口在下，其中空，故擊之碚然㱿然，可以爲樂。（詳所著的殷虛文字記）唐氏以爲「青」的原形是瓦製的土樂器，應以「」形爲最原始，其説可信。但是他又以「罄」即是「缶」，則似嫌武斷。因爲「罄」祇是個孳乳字，而且「磬」與「缶」與「南」聲韻皆不合。因此，唐氏以「靑」的原形爲瓦製樂器，是可以的，若定爲「缶」，則理由尚有不足，與詩經「南」之爲樂器，似亦無關。

㈤「南」即是「鐃」的樂器

「南」是一種樂器，已證之如上，應無疑問，且郭、唐二氏亦以爲確不可易，但二氏所釋，一以爲「鈴」，一以爲「缶」，皆未得其正解。個人以爲「南」殆「鐃」之象形，蓋即「鐃」字，爲金奏六樂器之一。茲條述其證據如下：

甲　說文：「鐃，小鉦也。」段注：「鉦鐃一物，而鐃較小，渾言不別，析言則有辨也。周禮言鐃不言鉦，詩言鉦不言鐃。」

羅叔言古器物識小錄：「鐃與鉦，不僅大小異，形製亦異，鉦大而狹長，鐃小而短闊；鉦柄實，故長，可手執；鐃柄短，故中空，須續以木柄，乃便執持。」

「鐃」始見於周禮，大司馬所謂：「退鳴鐃且卻。」「鉦」則已載於詩經，采芑：「鉦人伐鼓。」傳云：「鉦以靜之，鼓以動之。」那麼，詩的「鉦」與周禮的「鐃」作用是一樣的，可見周禮之所以言鐃不言鉦，實混鉦於鐃，故大司馬所言，實「退鳴鉦且卻。」詩經之所以言鉦不言鐃，實以鉦鐃有別，而「鐃」即「南」的後起之稱。所以詩鼓鍾：「以雅以南」，實即「以雅以鐃」。禮記文王世子：「胥鼓南」實即「胥鼓鐃」。周禮乃後行的書，所以不知鉦鐃有別，詩經乃古書之最可珍可信的，所以較爲精審。今鐃爲軍樂之器，所謂軍法長執鐃，此實後世據周禮誤認鉦之爲鐃的緣故。段玉裁雖然知道有別，但也不知所以然，一直到近代羅叔言才辨正明白。

乙　說文：「鉦，鐃也。似鈴，柄中上下通。」段注：「按鐃即鉦，鄭說鐃形與許說鉦形合。」義證：「宣四年左傳：『著於丁寧。』注云：『丁寧，鉦也。』晉語：『戰以錞于丁寧，儆其民也。』吳語：『鳴鐘鼓，丁寧韋。』注云：『丁寧，鉦也。』」又云：「徐鉉古鉦銘序云：『建陽有越王餘城，城臨溪，村人於溪獲一器，狀如鐘，長八寸，徑六寸，柄一尺，柄中有雙魚相向。』御覽引風俗通：『鈴柄施縣魚，魚者，欲君臣沉靜如魚入水。』」

據此可知：

（甲）鉦聲丁寧，鉦形較鐃大，其音是必亦宏大；鐃較鉦爲小，其音必更爲清脆悅耳。

（乙）鉦聲丁寧，取意丁寧，有儆民之意。鐃的古意，雖不可得聞，但後世用以節鼓，其意或有所本，今二南詩，正多儆民戒民的詩，如關雎之戒人無傷善之心；葛覃之勸人勤於女工，孝敬父母師氏；殷其雷之勸以義；野有死麕之惡無禮；皆有節制之意。則鐃的取義也正如是。

（丙）其形如鐘，有柄，柄端有雙魚相向，正與甲文「南」字字形相似。鉦有柄上下通，乃便於軍法長搖動之用。鐃有柄，不下通，因爲鐃是打擊樂器，看甲骨文「南」字字形便可知（圖一）。字形二十餘種，雖然繁雜，但都沒有作柄下通的，所以鐃形狀鐘，有柄，不下通，柄有雙魚類的裝飾，一便於執持，一取義於欲君臣沉靜如魚之義，以「殳」擊鼓上當口處，聲音清脆悅耳，古時合樂歌二南之詩，用以節拍，引領眾樂合奏。近代出土有陶鐃（圖二）、有銅鐃（圖三、四）、有編鐃（圖五、六），尤以編鐃，很明顯較編鐘（圖七、八）來得古，其當口處，有方形鼓起，便是打擊的地方。

丙

說文：「南，那含切。」章太炎古韻第十七部。

說文：「鐃，女交切。」章太炎古韻第二十一部。

那、女雙聲，古娘紐日紐歸尼紐。章君十七部與二十一部，則是宵侵旁對轉，所以南、鐃聲韻不殊，於古聲近，也可能是同音。

即是言之，南、鐃一物，似應較郭、唐二氏所言，更爲合理。至於「南」字的初造及其演進，就今存古史料，或可得而說，唐氏以爲「殆象瓦器而倒置，口在下也，其中空，故擊之碚然，可以爲樂也。」可知「南」始造爲瓦器，或用以盛酒漿黍稷，後來敲擊其聲音碚然殼然，故以之爲樂器。這種樂器在始造之時，恐非各地皆有，或祇出產於某地，因而便成了當地的特產，外地人遂用以稱其地，這或許是地名「南」的緣由。古代因方立姓，故有南（男）氏之國，這或許是姓氏名「南」之始。後來又因其土地和暖，萬物生長茂盛，於是便假借爲方位之稱，這便是「南」字字義演進的過程了。

「南」爲樂器，即所謂「鐃」，是金奏六樂器之一，其始可能用以祀神，今釋氏猶有用之，後轉爲燕享、祭射、鄉飲、房中之樂，作用也因而擴大。南樂器的聲音「丁丁」，用以節拍，引領眾樂，其詩用此種樂器的，稱之爲「南」，亦猶後世所謂管樂、絃樂、金奏、革奏等，爲曲終合樂所歌，內容多爲儆民勸民之語，在樂終時歌唱，大概用以警惕人民不要樂而忘形，流而不反罷。王質、程大昌見其爲入樂的詩，於是就認爲是樂歌之名。鄭玄、朱熹見其載錄了南方江、漢、汝墳之地，於是就說成南國，南方諸侯之國。崔述見其體起於南方，故有詩之一體之說，其實都是餘義。而詩序南化之說，劉克南面之論，章太炎楚風之談，更因後人失之聲，而以名義求，都不是南的本義。

五　結語

南、雅、頌，揆其初度，當以樂器而得名，既然是以樂器得名，所以這些都是樂詩。但它們在合樂而歌的時候，並非祇是獨奏南、奏雅、奏頌，有時也配合鐘、磬、琴、瑟、壎、篪、柷、敔、笙、管等樂器，祇是以南、以雅、以頌爲主樂罷了。至於國風的詩，祇是各國的土聲、土調，不過是一種「徒歌」，是不入樂的，大概就如今日的所謂「清唱」。因此，南雅頌是樂詩，風是徒詩；在春秋三禮入樂歌唱的詩，也都是南雅頌，沒有國風。程大昌說：「蓋南雅頌樂名也，若今樂之在某宮者也。」（詩議）列國的風詩，大多曠男怨女之辭，桑林濮上之音，都是些隨口吟詠的作品，奚遑入樂？桑間濮上，更沒有設樂之理了。所以，當蒐集之初，列國之風，必是不入樂的徒歌，也就很明顯了。元吳澂校定詩經序說：「國風乃國中男女道其情思之辭，人心自然之樂也；故先王采以入樂，而被之管絃。朝廷之樂歌曰雅，宗廟之樂歌曰頌，於燕饗焉用之，於享祀焉用之。因是樂之施於是事而作爲辭也。然則，風因詩而爲樂，雅頌因樂而爲詩，詩之先後於樂不同，其爲歌辭一也。」所以國風是因詩而爲樂的，雅頌是因樂而爲詩的；這沒提到二南，但儀禮鄉飲鄉射有「鄉樂爲欲」句，朱熹以爲：

「二南正風，鄉樂也。」二南是鄉樂，也稱房中之樂，那麼，南雅頌是古樂，不是很明白嗎？魏源詩古微說：「詩有爲樂作，不爲樂作之分。且同一入樂，有正歌散歌之別，古聖人因禮作樂，因樂作詩之始也。欲爲房中之樂，則必爲房中之詩，而關雎鵲巢等篇作焉。欲爲燕享祭祀之樂，則必爲燕享祭祀之詩，而正雅及諸頌作焉。」梁國珍詩之雅解也說：「所謂隨其事而按譜爲之也，鹿鳴以下，所陳多飲食勞賞之事，故按小雅之譜爲之，而即名小雅。文王以下，多陳文王之德，武王之功，其事大，故按大雅之譜爲之，而即名大雅。」（經義叢鈔）可見南雅頌是爲樂而作的樂詩，可能還有譜可按；而原始的十三國風則是徒詩，可歌而不入樂的。但今本詩經所錄全爲樂歌，乃是太師比音，夫子正樂所得的結果，也即吳澂所說的「風因詩而爲樂」，此不可不辨。

附圖：

圖一　甲骨文「南」之字形

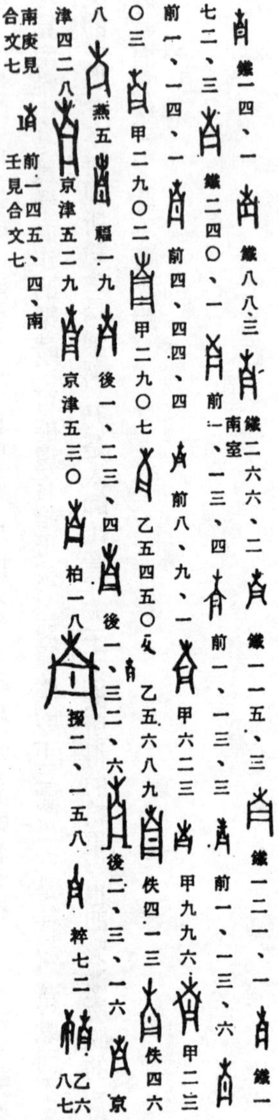

圖二　陶鐃（陝西長安縣客省莊龍山文化遺址出土）

圖三　[illegible]鐃

圖四　恆鐃

圖五　商代亞弜編鐃（河南安陽殷墟婦好墓出土）

圖六　商代編鐃（河南輝縣出土）

圖七　戰國編鐘（湖北隨縣曾侯乙墓出土）

圖八　春秋時代雷篙編鐘（河南信陽長台關一號墓出土）

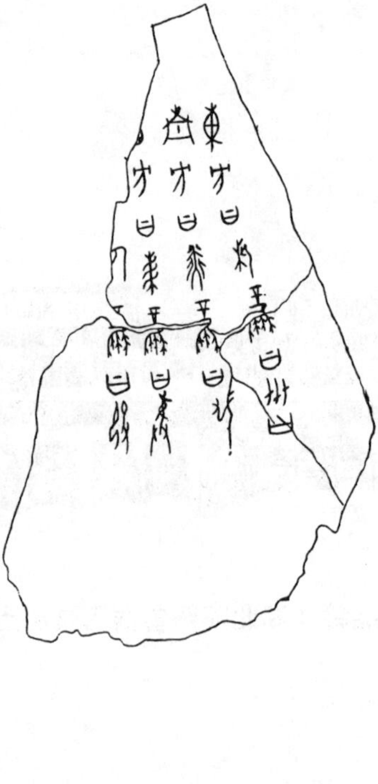

圖九　新五二〇

附錄二　女也不爽士貳其行

——從詩經兩首棄婦詩〈谷風〉〈氓〉析論古代婦女的社會地位與現代省思

臺灣師大　文幸福

不伸成説愧初衷，偕老寒盟怨斷鴻。古處同心宜黽勉，敬其所異愛其同。

一　前言

今年（二〇〇三）二月報載臺灣地區每天離婚八十四對，而中國大陸想必更甚，令人咋舌，此種現象的發生，恐怕是夫婦間「逝不古處」（邶風日月）所造成的吧！因此「我思古人，俾無訧兮」、「我思古人，實獲我心」（邶風綠衣），這古夫婦相處之道，就有重新被重視的必要了。本文擬透過兩首棄婦詩去探討古代婦女的社會地位，及其被棄的原因，從而省思現代的男女關係。

〈邶風・谷風〉、〈衛風・氓〉都是衛國境內的詩歌❶，在三百篇中是較無爭議的，後人多據古序「谷風，刺夫婦失道也」、「氓，刺時也」的意思，而認爲都是棄婦詩。

衛國多棄婦，韓非子已談到，説林上載：「衛人嫁其子而教之曰：『必私積聚；爲人婦而出，常也；其成居，幸也。』其子因私積聚，其姑以爲多私而出之；其子所以反者倍其所嫁，其父不自罪於教子之非也，而自知其益富，今人臣之處官者皆是類也。」這段文字的重點雖不在棄婦，而是透過棄婦這故事來斥責那些貪污官僚，但仍可以説明衛地多棄婦的現象。至於婦人因多積私房錢而被棄，是否恰當？在中國傳統禮教下，這是可能的，大戴禮記本命篇説婦有七出❷，其中有「竊盜，去。」一條，多積私房錢，嚴格來説也是竊盜行爲。古代婦女有工作能力，卻沒有經濟自主權，所有收入都歸丈夫，因此積點私房錢，也是應該的，而卻被拿來作出婦的理由，這無疑是一種不幸，同時也反映出當時社會的不平等現象。至於衛國多棄婦的真正原因，一般以爲跟地理環境有關。漢書地理志：「衛地有桑間濮上之阻，男女亦亟聚會，聲色生焉。」呂紀引張子曰：「衛地濱大河，沙地土薄，故其人氣輕浮；

---

❶ 三家詩以三國同風，王國維亦持此説。

❷ 大戴禮記本命篇説：「婦有七出：不順父母，去。無子，去。淫，去。妒，去。有惡疾，去。多言，去。竊盜，去。無順父母者，爲其逆德也。無子，爲其絕祀也。淫，爲其亂族也。妒，爲其亂家也。有惡疾，爲其不可與共粢盛也。口多言，爲其離親也。竊盜，爲其反義也。」

其地平下，故其人質柔弱；其地肥饒，不費耕耨，故其人心怠墮；其人情性如此，其聲音亦然，故聞其樂，使人如此懈慢也。」有這種環境，自然會產生淫靡的風氣，男女相奔，往來無別，妻妾相竊，期於幽遠，棄婦正是這種色情社會中的產物。

其實婦人也有三不去：「有所娶無所歸，不去。與更三年喪，不去。前貧賤後富貴，不去。」（大戴禮記本命篇）韓非子中被出的婦人，因爲竊盜，固然有可說。但詩經中的棄婦，皆不在七出之例，且多有不可去的條件，除〈王風・中谷有蓷〉爲凶年饑饉，夫婦違離外，如本文所論〈谷風〉、〈氓〉二詩，皆前貧賤，後富貴，應不可去的，卻硬被拋棄。這固然是丈夫的花心善變，以婦人花落色衰，而另結新歡所造成的。但與周朝實行宗法制度，父權社會，男人獨大，而形成男尊女卑的不平等現象，脫離不了關係。即以上述二詩所言：「薄送我畿」、「以我爲讎」、「比予于毒」、「以我御窮」。（谷風）「女之耽兮，不可說也。」「女也不爽，士貳其行。」「三歲爲婦，靡室勞矣。言既遂矣，至于暴矣。」（氓）可謂俯拾皆是。由此可知，傳統中國婦女無論是在家庭、社會，地位都是低落的，沒有自主的權利，婚姻的離合也都操之男子手上，確實是不公平的。今天已是平權時代，男女平等，但離婚率卻越來越高，而且是女性主導的居多，大有風水輪轉的架勢，婦人動輒以個性不合而訴諸離婚，這無疑是社會人倫上的另一種危機，所以〈邶風・谷風〉、〈衛風・氓〉二詩，就有拿出來重作檢討、省思的必要了。

二　士之耽兮，反以爲讎——詩義述微

〈邶風·谷風〉：

習習谷風，以陰以雨。黽勉同心，不宜有怒。采葑采菲，無以下體。德音莫違，及爾同死。

行道遲遲，中心有違。不遠伊邇，薄送我畿。誰謂荼苦，其甘如薺。宴爾新婚，如兄如弟。

涇以渭濁，湜湜其沚。宴爾新婚，不我屑以。毋逝我梁，毋發我笱。我躬不閱，遑恤我後。

就其深矣，方之舟之。就其淺矣，泳之游之。何有何無，黽勉求之。凡民有喪，匍匐救之。

不我能慉，反以我爲讎。既阻我德，賈用不售。昔育恐育鞫，及爾顛覆。既生既育，比予于毒。

我有旨蓄，亦以御冬。宴爾新婚，以我御窮。有洸有潰，既貽我肄。不念昔者，伊余來塈。

〈衛風・氓〉

氓之蚩蚩，抱布貿絲；匪來貿絲，來即我謀。送子涉淇，至於頓丘。匪我愆期，子無良媒；將子無怒，秋以爲期。

乘彼垝垣，以望復關；不見復關，泣涕漣漣。既見復關，載笑載言。爾卜爾筮，體無咎言；以爾車來，以我賄遷。

桑之未落，其葉沃若；于嗟鳩兮，無食桑葚。于嗟女兮，無與士耽。士之耽兮，猶可說也；女之耽兮，不可說也。

桑之落矣，其黃而隕；自我徂爾，三歲食貧。淇水湯湯，漸車帷裳。女也不爽，士貳其行；士也罔極，二三其德。

三歲爲婦，靡室勞矣；夙興夜寐，靡有朝矣。言既遂矣，至于暴矣。兄弟不知，咥其笑矣；靜言思之，躬自悼矣。

及爾偕老，老死我怨；淇則有岸，隰則有泮。總角之宴，言笑晏晏，信誓旦旦；不思其反。反是不思，亦已焉哉。

茲就上列二詩，略述其意：〈谷風〉、〈氓〉二詩，都是透過回憶與對比的方法，來呈現婦人在被拋棄後內心的掙扎與悲情，由於對比的運用鮮明，氣氛的營造成功，而比興的手法又那樣精確，敘述的過程更是活潑生動，實在很具吸引力，在三百篇裡，可說都是非常出色的作品。

〈谷風〉中的棄婦，在詩中的言語表現較委婉含蓄，情緒平靜而溫柔。她對失敗的婚姻，不能接受，不敢面對，也不肯相信，「行道遲遲，中心有違」，徘徊於道上，不忍遽然離去，她這種「望夫之情」，令人低徊不已。可惜丈夫早已變心，早就「無恩無義」，在違背誓言，用情不專之初，就常常借故大發雷霆，毫無溫潤之色；當然在另結新歡之後，更是一腳把她踢出門外。可憐的她，還心不甘，情不願的依戀不已，她在詩中撫今追昔，表現的卻仍是那樣無怨無悔，無恨無尤，癡情一片，淒涼無限。可是她那薄情負心的丈夫，此時祇見新人笑，又那聞舊人哭呢！

至於〈氓〉這首詩，在詩中的言語表現就較爲激烈，可謂痛心疾首；她大聲疾呼，不單祇敘述個人的悔恨痛苦，還要別人記取她的教訓，以她的遭遇爲戒，氣憤怨怒之情，溢於言表。所以詩一開始，便用帶有鄙視口吻的「氓」❸來稱呼他，又說她「蚩蚩」，無知癡昧，

---

❸ 氓，毛傳：「民也。」朱集傳：「蓋男子不知其誰何之稱也。」釋文引韓詩云：「美貌。」或以爲棄婦對丈夫的一種鄙稱。皆非其義，孟子：「天下之民，皆悅而願爲之氓矣。」又滕文公：「遠方之人，聞君行仁政，願受一廛而爲氓。」段注：「蓋自他歸往之民，則謂之氓。」即從外地來的人，今所謂外省人，具有鄙視的口吻。其後如唐石經引作「甿」，說文：「田民也。」周禮遂人：「以下劑致甿。」鄭注：「變民曰甿，異內外也。」淮南子修務篇高注：「野民曰甿。」遂又有所謂流氓也。似非本義。

嬉皮笑臉，一副無賴死相的樣子。事實上他們早就認識，也已經私訂終身，祇是男方並未積極的派人提親罷了。這次藉著「抱布貿絲」而來，一方面固然是爲了親近她，另一方面也是爲了談論結婚的事；因女子堅持名媒正娶，男子沒辦法，祇好聽她的，約定「秋以爲期」了。第二章描述女子的相思苦情，「乘彼垝垣，以望復關；不見復關，泣涕漣漣。既見復關，載笑載言。」在這種悲喜的變化中，使人想見熱戀中少男少女的纏綿意態。可是在重逢之後，女子就等不及了，馬上便「爾卜爾筮，體無咎言；以爾車來，以我賄遷。」草率的完成人生大事。而這種完全以感情爲導向的結合，也容易造成迷失，於是結婚後的生活，就沒有預期的那樣愉快、幸福、美滿；反而可能是墜入痛苦悲哀的深淵裡。所以第三章便是棄婦在經歷婚變後所體認出來的道理，她以幾近吶喊般的呼喚，提出她的金玉良言，勸告那些少女，尤其正在熱戀中的情人，要記取她的痛苦教訓，無疑是當頭棒喝，大有振聾發聵的架勢。第四章以後，也是透過對比與回憶，敘述被拋棄的經過，及被棄後內心掙扎與悲怨的感受，她以莊重的口吻，嚴肅的態度，有力地訴說她的不滿，她的孤單、落寞、凄涼、痛苦、哀愁、怨恨。最後也表現出與負心漢一刀兩斷，澈底決裂的果斷抉擇。

從這兩首詩的內容看來，似乎也表現詩人對當時社會壓逼婦女的不滿，提出控訴，在今天讀來，都還覺得辛辣有力，鞭辟入裡，且富有深刻的社會教育意義。

從兩首詩所呈現的內容看，主題可說都是「女也不爽，士貳其行」，而所謂「女也不爽」，是說婦人在出嫁之初，直至被拋棄的這段時間裡，女子的心意、行為，都沒有改變，沒有過失，沒有行差踏錯。在意念上，她依然矜持「黽勉同心」、「及爾偕老」的執著；夫婦本應一體，自然應同心同德。同時，女子也總希望能從一而終，白頭偕老，正如卓文君在白頭吟詩上所說：「願得一心人，白頭不相離」。而在行為上，婦人自始至終，都盡心盡力，「何有何亡，黽勉求之」；「三歲為婦，靡室勞矣，夙興夜寐，靡有朝矣。」她都想盡辦法讓丈夫家的物質生活不虞匱乏，從來沒有以室家之勞為苦；不僅如此，就是敦親睦鄰的事，「凡民有喪，匍匐救之」，也都很盡心。甚至被丈夫遺棄，她也還惦記著以前賴以操持家計的場所與工具，而說出了：「無逝我梁，無發我笱」的矛盾心理，她擔憂夫家生活的情懷，真是始終如一。至於所謂「士貳其行」，就是說男子在婚後，不管是心態、言語、行為，都起了變化，出了差錯，違背誓盟。「貳」，據王引之經義述聞以為是「貣」字之訛，即「忒」的假借字❹。與「爽」同義，也是過失、差錯、改變之義。從詩中「采葑采菲，無以下體」、「桑之落矣，其黃而隕」，可知男子在婦人花落色衰之後，便「二三其德」，三心兩意；「以陰以雨」、「有洸有潰」，暴怒無常，在「德音已忘」，違背誓言之後，更是另結新歡。凡

❹ 王引之經義述聞：貳與二通，既言「士貳其行」，又言「士也罔極，二三其德」，文義重沓，非其原本也。貳當為貣之訛，貣音他得切，即忒之借字。洪範「衍忒」，史記宋微子世家作「衍貣」；管子正篇「如四時之不貣」，即易之「四時不忒」也；爾雅「爽，差也」，「爽，忒也」，鄭注豫卦彖傳曰：「忒，差也。」是忒與爽同訓為差，「女也不爽，士貳其行」，言女也不差，士則差其行耳。

此，在在都顯示了男子的花心善變。究其主因，當然都根緣於女子的年華老去，容顏衰逝，不正所謂「如花美眷，逝水年華」嗎？❺

三　士也罔極，老使我怨——婚變始末

這兩首詩在內容上，無疑是棄婦的作品，而且在取材上，亦有若干相似；至於寫作的技巧，如比興的運用，意象的經營，對比的突顯，表現手法都很接近，如果把這些相同相似的材料，加以分類、串連、整合，去說明他們夫婦之間婚變的始末，想必可擬出一個動人心魄的故事來的。二詩所呈現的相同材料，包括：

(一)女子色衰，男子愛弛

采葑采菲，無以下體。（〈谷風〉）

❺古夫婦離異，大概有三：一緣於容色者，如谷風、氓、卓文君白頭吟等是。二緣於家庭婆媳者，如上山採蘼蕪、孔雀東南飛等是。三緣於經濟勢利者，如杜甫佳人之類。後世丈夫以戰亂、貧窮、家道中衰而趨炎附勢者，如戲曲中的陳世美等，更爲普遍。

桑之未落，其葉沃若；桑之落矣，其黃而隕。（〈氓〉）

葑，蔓菁；一年生草本，塊根多肉。異名甚多，毛：「須也。」陸疏：「幽州人謂之芥。」曹氏：「本草圖經云：蔓菁生北土，四時皆有，春食苗，夏食心，秋食莖，冬食根。」自古農家多種之以爲常食，品種甚多。劉禹錫嘉話錄：「諸葛亮所止，令士兵獨種蔓菁者，取其纔出甲，可生啖，一也；葉舒可煮食，二也；久居則隨以滋長，三也；棄之不惜，四也；回而易尋可採，五也；冬有根可食，六也；比諸蔬其利甚溥，至今蜀人呼爲諸葛菜。」菲，蔔類；一或二年生草本，塊根肥大圓形，莖高一公尺餘，塊根自古供蔬食用，生熟皆可啖。異名亦甚多，毛：「芴也。」陸疏：「莖粗葉厚而長，有毛；三月中蒸鬻爲茹，滑美可作羹；爾雅謂之葸菜，今河內人謂之蓿菜。」冬日在暖窖中，用小蒲簍水泡浸種子，使發牙，名曰：「蘿菔菜。」拌食最爲鮮美。下體指它的塊根，毛：「根莖也。」二句以葑菲之葉喻色，根莖喻德，謂祇採葑菲表面之葉，而不用蘊藏地下的塊根；比喻人祇重視婦人表面的容色，而忽略她內在的美德，謂不可因婦人容顏衰老，而並棄其內在美德及往昔恩情。鄭箋：「喻夫婦以禮義合顏色相親，亦不可以顏色衰，棄其相與之禮。」左傳僖公三十三年，禮記坊記皆引是詩，云：「君采節焉可也。」韓詩外傳亦引本詩，謂：「勿思其小怨，而忘其大德。」

沃若，言桑葉柔嫩潤澤；歐陽修詩本義：「喻男情義盛時可皈。」朱熹詩集傳：「以比始者容色美盛，情好歡洽之時。」桑之落矣，其黃而隕，便是指女子色衰，男子愛弛。

㈡ 行爲差忒，暴怒無常

習習谷風，以陰以雨；黽勉同心，不宜有怒。（〈谷風〉）

有洸有潰，既詒我肄。（〈谷風〉）

言既遂矣，至於暴矣。（〈氓〉）

習習，猶颯颯；嚴緝引錢氏：「連續不斷貌。」谷風，大風，來自谷中的大風。錢氏：「谷中之風也。」這是比喻丈夫的盛怒。大雅桑柔詩：「大風有隧，有空大谷。」宋玉風賦：「大風盛怒於土囊之口。」注：「土囊，谷口也。」小雅谷風：「習習谷風，維山崔嵬；無草不死，無木不萎。」夫婦一體，理應同心同德，不應暴怒無休，終日陰雨雲霾，沒有清明開朗之時。洸洸然，潰潰然，如水流洶湧咆哮，毫無溫潤之色，正比喻婦人處於一個惡劣反覆的環境中。丈夫雖常常橫加武暴忿怒，但婦人卻逆來順受，習以爲常，不以爲意；奈何丈夫竟在言既遂矣之後，以婦人色衰而遽施暴力。

㈢ 花心善變，另結新歡

宴爾新昏，如兄如弟。（〈谷風〉）

宴爾新昏，不我屑以。（〈谷風〉）

士也罔極，二三其德。（〈氓〉）

丈夫另結新歡，安享他的第二春，與新婚夫人恩愛如兄弟，並祈於結髮如連理，人合如天親。沒想到新婦入門，工讒見嫉，丈夫樂其新婚，迷失理智，竟以婦人爲不潔而離棄她，朱傳：「不以舊室爲潔而與之。」其實都是男子三心兩意，用情不專所致。

㈣ 誓言苦勞，都付流水

德音莫違，及爾同死。（〈谷風〉）

言既遂矣，至於暴矣。（〈氓〉）

就其深矣，方之舟之。就其淺矣，泳之游之。何有何無，黽勉求之。（〈谷風〉）

昔育恐育鞫，及爾顛覆。（〈谷風〉）

三歲爲婦，靡室勞矣；夙興夜寐，靡有朝矣。（〈氓〉）

自我徂爾，三歲食貧。（〈氓〉）

不念昔者，伊余來塈。（〈谷風〉）

不思其反，反是不思，亦已焉哉！（〈氓〉）

既阻我德，賈用不售。（〈谷風〉）

男子變心，固然是違背了昔日相與爲夫婦，誓言同甘共苦，白頭偕老，至死不分的盟約；而婦人昔日的辛勤苦勞，盡心治家的事，也都因而付諸流水。程氏：「就其深矣以下，陳其躬所爲治家之事，隨事盡其心力而爲之，深則方舟，淺則泳游，不計其有與無，強勉求爲之耳。」家務無大小難易，都盡心竭力，對夫家可謂勞苦了！然而在既生既育之後，竟不念昔者恩情、三歲食貧的那段日子；這不就是既阻我德，而賈用不售嗎？往者已矣，夫後何言！

㈤飽暖思淫，無恩無良

既生既育，比余於毒。（〈谷風〉）

我有旨蓄，亦以御冬；宴爾新昏，以我御窮。（〈谷風〉）

不遠伊邇，薄送我畿。（〈谷風〉）

士也罔極。（〈氓〉）

夫家在婦人苦心經營下，有了生計，有了生活，物質亦漸趨富裕，而竟在「既生既育」之後，反視婦人如毒螯而要拋棄她。小雅谷風：「將安將樂，女轉棄予；將安將樂，棄予如遺。」一飽暖思淫，另結新歡，而棄婦人如敝屣。其實，丈夫祇不過在貧困之時，視婦人如泡菜，猶如冬天物質缺乏，拿來湊合湊合；一旦時蔬新鮮，旨蓄自然被捐棄。因此，婦人並不是相攜以偕老的，祇是姑以禦窮罷了。鄭玄詩箋謂：「送我裁於門內，無恩之甚。」毛傳：「極，中也。」「罔極，沒準則；即失其中正之心，專一之德，故屈萬里詩經釋義歸納出詩經凡言罔極者，皆「無良」之義，直斥丈夫沒良心。我們一般人，縱使行於道路，素昧平生，一旦逆旅相逢，至於將別，尚且舒行，徘徊不捨，心有惻焉，更何況是夫婦呢？宜乎後人斥之爲無恩無良了。

㈥痛苦無限，哀傷不已

誰謂荼苦，其甘如薺。（〈谷風〉）

及爾偕老，老死我怨；淇則有岸，隰則有泮。（〈氓〉）

靜言思之，躬自悼矣。（〈氓〉）

丈夫無恩無良，致使婦人見棄，內心痛苦有甚於荼菜，所謂「人人盡道黃蓮苦，我比黃蓮苦十分。」當初祈於偕老的心意，如今竟不能遂其初衷，致使婦人怨恨不已，痛苦無限！「淇則有岸，隰則有泮」，正反襯婦人被棄後，哀痛無邊無際，生活無依無靠的苦況。

從以上資料題材的歸納來看，可以知道故事的本末：婦人因年華逝去，容顏衰老，丈夫對她的愛，便開始起變化，從低落到疏遠，甚至對她愈看愈不順眼，時時氣湧如山，暴怒無常，一天到晚沒好臉色看。有時借故外出，深夜不回，久而久之，自然容易拈花惹草，另結新歡。而以前對舊室所説的山盟海誓，當然就忘得清光；婦人以往所做的種種，盡心盡力於夫家的功勞苦勞，使夫家生活富裕好轉的善德，都拋諸腦後，毫不放在心上。沒想到婦人辛苦操持，苦心經營所得的財富與美好的生活，卻成了丈夫飽暖思淫欲的資源；故事發展到最後，自然就是把婦人看著是毒害而拋棄了。可憐這被棄的婦人，在心不甘，情不願下，祇落得個淒涼無訴，獨自哀傷，痛苦不已，而成了不平等社會裡的犧牲品。

四　夙興夜寐，旨蓄御窮——古代婦女之社會地位

從這兩首詩的字裡行間，似乎也發現了些蛛絲馬跡，可提供作爲探索古代婦女的社會地位及問題的資料。試列述如下：

㈡ 人合不如天親：

宴爾新婚，如兄如弟。（〈谷風〉）

中國人傳統重視血緣關係，即所謂親親之殺。錢鍾書管錐篇：「初民重血族之遺意也。就血胤論之，兄弟，天倫也。夫婦，則人倫耳。是以友於兄弟之親，當過於刑於室家之好。新婚而如兄如弟，是結髮而如連理枝，人合而如天親也。」人合不如天親，在古人行爲中多見，如三國演義劉備說：「兄弟如手足，妻子如衣服，衣服破尚可縫，手足斷安可續？」敦煌變文孔子項託相問書小兒答夫婦、父母孰親之問，曰：「人之有父母，猶樹之有根；人之有婦，猶車之有輪；車破更造，必得其親。」又古人每視「媳婦兒是牆上泥皮」，遇艱危時，遺不親者犧牲，媳婦往往首當其衝。這正可以說明婦人在家庭中地位低微，此種不正確觀念，

自然容易造成很多社會問題。

㈡棄婦不被社會同情：

兄弟不知，咥其笑矣。（〈氓〉）

婦人當從一而終，所謂願得一心人，白頭不相離，執子之手，而期於偕老，這才是婦人希望的。今見棄而歸，羞見家人，而兄弟的譏笑不諒，那祇好躬自悼矣。見暴被出，得不到家人的諒解，自然也得不到社會的同情；朱熹還說：「此淫婦爲人所棄，而自敘其事，以道其悔恨之意。」被拋棄已夠可憐，還落得個如朱老夫子「淫婦」的惡名，眞是個可悲的社會！

㈢男女不平等與貞潔之重視：

士之耽兮，猶可說也；女之耽兮，不可說也。（〈氓〉）

淇水湯湯，漸車帷裳。（〈氓〉）

涇以渭濁，湜湜其沚。宴爾新婚，不我屑以。（〈谷風〉）

傳統女子要從一而終，若然被棄，會被罵作淫婦，男子則可以三妻六妾，可以功過相抵。這樣的士可耽而女則否，不正是男女不平等的現象嗎？而男子要拋棄婦人，還要捏造她的不忠，竟「不以舊室爲潔而與之。」（朱傳）而婦人之被棄，車過淇水沾其帷幔，而感傷自己深陷無法自拔，她這樣重視名節，應與當時社會觀念有關。鄭箋：「士有百行，可以功過相除。至於婦人無外事，惟以貞信爲節。」朱傳則說：「婦人惟以貞信爲節，一失其正，則餘無可觀爾。」不正是這種觀念嗎？

㈣ 婦人要負責家計並須兼具謀生能力：

三歲爲婦，靡室勞矣；夙興夜寐，靡有朝矣。（〈氓〉）

就其深矣，方之舟之。就其淺矣，泳之游之。何有何無，黽勉求之。（〈谷風〉）

既阻我德，賈用不售；昔育恐育鞫，及爾顛覆。既生既育，比予于毒。（〈谷風〉）

婦人有工作、謀生的能力，能使貧困的家庭致富，卻沒有經濟的自主權，一切操諸丈夫之手，一旦男子反目，不祇往昔的努力白費，且被看作是毒害而棄之，這種飽暖思淫，正是薄情郎的通病。可憐的棄婦，因爲沒有積蓄，便頓時陷入生活困難。相對於今日的婦女，不僅經濟獨立，且掌控大權，真不可同日而語。

㈥婦人棄留，取決男子之愛憎。

行道遲遲，中心有違。不遠伊邇，薄送我畿。誰謂荼苦，其甘如薺。（〈谷風〉）

宴爾新婚，以我御窮。有洸有潰，既詒我肄。不念昔者，伊余來塈。（〈谷風〉）

不我能慉，反以我爲讎。既阻我德，賈用不售。（〈谷風〉）

及爾偕老，老死我怨；不思其反。反是不思，亦已焉哉。（〈氓〉）

女子初嫁人婦，總是生活在貧窮恐懼之中，「昔育恐育鞫，及爾顛覆。」（〈谷風〉）

但是在既生既育之後，又往往被看作是毒害，所以婦人的去留，完全取決於丈夫的愛憎，這正是宗法制度，父權社會的悲哀。丈夫在變心之後，對往昔的盟誓與恩情，一點也不在意；對婦人所付出的勞苦，一點也不感恩。「不念昔者，伊余來塈」，既然是「不思其反，反是不思」，一個弱女子又能怎樣呢？

五　餘論

讀完這兩首詩之後，我們似乎有必要重作體認與省思：

㈠男尊女卑，社會不倫

士之耽兮，猶可說也；女之耽兮，不可說也。（〈氓〉）

古代對婦女的要求：在家從父，出嫁從夫，夫死從子；白虎通三綱中亦有：「夫爲妻綱。」女子沒有獨立自主的權利與地位；而貴族婦女婚嫁儀式中的「媵妾制」，更是一種滿足男性好色的「習俗」，從〈衛風碩人〉的「庶姜孽孽」，〈邶風泉水〉的「孌彼諸姬，聊與之謀。」

〈大雅韓奕〉的「諸娣從之，祁祁如雲。」等，就可以清楚看到這種將女人物化的不合理的「陪嫁」現象，還妄稱是爲了「正嫡妾，廣繼嗣，息妒忌，防淫慝，塞禍亂也。❻」真是鬼扯蛋。那麼宮廷裡上演后妃爭寵的戲碼，大戶人家的大紅燈籠高高掛的妻妻妾妾，又哪能和平共處呢？這不正是現代女性寧願擁有單身貴族的自由，也不肯和姊妹或姪女共侍一夫的原因！即使是一夫一妻制的當代也少不了偶爾的「婆媳戰爭」，看來這種「媵妾制」所造成的怨，應予徹底淨化。

被歷史家、詩經學者視爲淫婦的「宣姜」，其實是位可憐的女子，她從齊國接受婚事安排後，就像隻誤闖黑森林的小白兔，陷溺在衛國公室的不倫漩渦中，先遭到衛宣公的大魔爪，後來又使自己不道德讒害、殘殺公子伋，並間接害死自己的親兒子壽；及衛惠公繼位後，宣姜想要從良的機會也都不被允許，又掉落與公子頑的不倫深淵裡，這種烝報❼現象被衛國人民所不恥。（詳〈邶風新臺〉、〈邶風蝃蝀〉、〈鄘風牆有茨〉、〈君子偕老〉、〈鶉之奔奔〉等。）若從〈鄘風蝃蝀〉來看待解詩者的敘述，詩序：「止奔也。衛文公能以道化其民，淫奔之恥，國人不齒也。」《韓詩序》：「刺奔女也。」朱熹詩集傳：「此刺淫奔之詩。」

❻ 語見《金史·后妃傳》，並參照《白虎通·嫁娶篇》。

❼ 所謂烝報，《小爾雅》〈廣義〉：「上淫曰烝，下淫曰報，旁淫曰通。」烝是指下輩收繼上輩直系親屬的妻妾，即上淫曰烝；報是指上輩男子收繼下輩旁系親屬的寡母，即下淫曰報。見顧頡剛〈由烝報等婚姻方式看社會制度的變遷〉（上）（下），《文史》第十四、十五輯，一九八二年。

顯然這些解詩者毫不考慮宣姜的處境，大多從女子不合禮制、大無信、不知命來逆解詩旨，一介弱女子再怎樣高聲疾呼，恐怕也改變不了暗夜的威脅，衛宣公好色無德引發一連串內亂外患，才該要用針砭之筆痛快批判一番，好比〈新臺〉譏諷衛宣公：「籧篨不鮮」、「籧篨不殄」的行貌醜怪！方玉潤說：「〈蝃蝀〉代衛宣姜答〈新臺〉也。」以「蝃蝀」象徵衛宣公，霓爲天地之淫氣，忽雨忽晴，東西無定，巧譬衛宣公的強橫無德舉止，「蝃蝀在東，莫之敢指」只因宣公身居王位，女子心有畏懼，其出嫁有不得不然的苦衷。無怪王國維將「不淑」解作「不幸」，真是「子之不淑，云如之何！」（〈君子偕老〉）

宣姜之外，其他如夷姜、文姜、夏姬等處於那種淫亂的宮闈，到底是自願呢？還是完全被強迫？實在無法得知，史冊或列女傳都給了最窄的空間、最嚴格的評價，朱善直斥：「衛之亂，至於〈牆有茨〉而極，於是有狄入衛之禍；陳之亂，至於〈株林〉而極，於是有楚入陳之禍。然則狄非能入衛也，宣姜實召之也；楚非能入陳也，夏姬實召之也。此所謂女戎也。比事以觀，可以爲淫亂者之戒也。」（詩解頤）把這些美女冠上「女禍」、「女戎」亡國罪名，無疑太沉重了。即歷史上的妹喜（夏桀妃）、妲己（商紂妃）、褒姒（周幽王妃）、驪姬（晉獻公妃），以至後來像楊貴妃與唐玄宗等，歷史的譴責，都讓美人承擔了。這不正是男尊女卑所造成的社會不倫現象嗎？

(二) 自由戀愛，男女相期

「此淫婦爲人所棄，而自敘其事，以道其悔恨之意。」（朱熹說〈氓〉）

從民俗學的角度來看所謂「淫婦」，就不難發現朱熹對男女自由戀愛、約會、投瓜擲果、贈佩定情等活動的有所曲解。因爲周代尚未完全脫離原始社會，仍處於禮制發展的初期。如〈庸風桑中〉所呈現祭祀高禖的遺風，由於祀典場所大多在「山川秀麗」之地或「蒼鬱的叢林」中，因此社壇的四周必然花樹扶疏，即所謂的「社木」，如殷人的社叫「桑林」，相傳湯曾禱雨於桑林之社。因爲殷人把桑樹當做神樹，在社的四周廣植之，因此他們的社叫做「桑林」，「社」爲地神之祀，但後來也變成男女聚會之所。〈鄘風桑中〉：「期我乎桑中」，這「桑中」即衛地的「桑林之社」。從民俗學的角度說：「實際上，社就是地母神，因其化生萬物，與女性生孩子的現象，在古人看來是很相像的，地母神也就是女性生殖神的象徵。而社木就是桑林，按遠古人『互滲律』的觀念看，桑林即男性生殖器的象徵。因此，社壇周圍茂密的桑林便成了上古時代曠男怨女們自由性交的場所。」（詳楊政文、馬成俊中國古代民俗學）

周代社會禮俗，男女婚姻固然要經由「父母之命，媒妁之言」，但未婚男女並不禁止交往，男女可以一同郊遊，這些詩可考見當時男女交往的習俗。〈衛風木瓜〉：「投我木瓜，報之以瓊琚。匪報也，永以爲好也！」聞一多《詩經通義》：「疑初民習俗，於夏日果熟之時，有報年之祭，大會族人於果園之中，恣爲歡樂。於時士女分曹而坐，女競以新果投其所悅之士，中焉者或解佩玉以報，即相與爲夫婦。」我國擁有以佩玉定情、女以瓜果投男之俗，其來甚古，如左傳莊公二十四年、禮記曲禮、韓詩外傳七、陳饒對宋燕曰等等都有記載。晉書潘岳傳：「岳美姿儀，少時常挾彈出洛陽道，婦人遇之者，皆連手縈繞，投之以果，遂滿載而歸。」反映六朝時民間婦女尚有以瓜果投男的遺俗。可惜在當時熱情主動的女子多半是負面評價，這可能是道學派的解詩，忽略了人之常情。〈邶風靜女〉：「靜女其姝，俟我於城隅。愛而不見，搔首踟躕。」男子等待文靜美好的女孩前來赴約，女孩故意躲藏不見，害他在城上角樓焦灼難耐。屈萬里《詩經釋義》解釋爲：「此男女相悅之詩。」王靜芝《詩經通釋》也認爲：「此男女期會之詩。」所以這些「淫女」、「淫婦」行爲並不過分，尤其相較於現代的「壞女人」守則❽：「『好女孩』是容易『過度付出』的女子，而『壞女人』是『和善而堅強』的女人——她不放棄自己的生活，也不讓男人認爲她『很好掌控』；不委屈自己，但又善解風情，懂得生活情趣；『壞女人』的力量，就在於『獨立思考』的能力。」

---

❽《壞女人有人愛》（*Why Men Love Bitches*），作者爲美國電台節目主持人雪莉·亞戈芙（Sherry Argov）著，陳嘉慧譯，台北：小知堂，二〇〇三年八月。

衛國女性在婚前自由談戀愛，應是正常的社交往來。對於婚姻愛情的付出，是執著無悔型，儘管有怨懟，但絕多時候是希望挽回負心漢，「行道遲遲，中心有違」。進入後現代的台灣社會，對「愛欲解放」觀念，仍持一種浮躁、一知半解的態度，與西方性革命的倡導，給每一個人重新審視性權利和性道德的機會，有一定距離。依「以時會男女，相奔不禁」的古俗來評判，衛女又怎算是違規呢？因此，「淫女」、「淫婦」該從讀者閱讀經驗裡刪除！

(三) 愛情長跑，婚姻保證

不見復關，泣涕漣漣；既見復關，載笑載言。（〈氓〉）

于嗟鳩兮，無食桑葚；于嗟女兮，無與士耽。（〈氓〉）

這是作者提出讓人們省思、體認婚前的行爲，前四句活現了熱戀中的女兒情懷，描寫得極其活潑生動而又自然，捕捉到熱戀中少男少女的普遍意象；後四句，則是在婚變後所提出的警告，發人深省。

戀愛，真有些像流行歌曲所說的：「愛像一把火，燃燒著整個心窩。」心中充滿對愛的幻想與憧憬。因此，如果在預期能與心愛的人會面，而對方卻黃牛，她（尤其女孩）必然會傷心難過，「不見復關，泣涕漣漣」，不正是在預期心理落空後，所呈現的情緒反應嗎？一日不見，已如隔三秋，更何況是久別的約會呢？當然焦急，而就在這傷心失望之餘，他（氓）卻又突如其來的站在面前，她那種喜出望外的歡欣、愉悅心情，當也可以想見，「既見復關，載笑載言」，這種情隨事遷，悲喜變化，確實寫得生動傳神。

在經過這失落傷心之後，她再也不能放過他，熾熱的感情，再也等不及，一頭便栽進這愛的漩渦裡，這種草率的行爲，自然容易迷失，就像斑鳩吃桑葚一樣，吃多了，是會醉的呢！沈迷在愛情中的少女，當然也會像喝了愛情之酒一樣，醉眼矇矓，迷惘不清，糊糊塗塗的，就連對方的行爲個性，也都不管了，就算對方有時不經意的現出一些壞的、不好的性格或行爲，她都察覺不出，就算發現了，也會給予合理化的解釋（像衛靈公與彌子遐），一點也不在乎！當然對方極力掩飾的部分，更看不出了。於是便「爾卜爾筮，體無咎言」，先完成世俗婚前的傳統儀式，再「以爾車來，以我賄遷」，步向地毯的另一端，完成人生的大事。這種全然以感情用事，而未經理智深思的結合，自然就在「言既遂矣」之後，而「至於暴矣」，在「三歲食貧」之後，婚姻很快便結束了。最後就祇落得「誰謂荼苦，其甘如薺」、「及爾偕老，老死我怨」的無限痛苦中。這種失敗的婚姻，自然是因爲彼此互愛的基礎薄弱，互信互諒不足，及草率錯誤的愛情抉擇。這不就是作者大聲疾呼「于嗟鳩兮，無食桑葚；于嗟女兮，無與士耽」，要人記取她的教訓嗎？人（不管男女），對於太容易得到的東西，包括愛情，總不會滿足，也不太去珍惜，所謂「輕於合者，輕於離。」因此，愛情似乎有必要讓他來個「長跑」，畢竟放「長線」才能釣到「大魚」嘛！

㈣夫婦一體，敬異愛同

采葑采菲，無以下體。（〈谷風〉）

黽勉同心，不宜有怒。（〈谷風〉）

這是揭示婚後夫婦相處之道的真諦，人來自於不同的社會與家庭，接受不同的教養與薰陶，總免不了有個性上的差異，長短優劣的不齊，因此夫婦相處，必須多體諒對方，不能一味祇挑剔他（她）的缺點，而應當多注意對方的優點才是，左傳僖公三十三年、禮記坊記皆引到這兩句詩，說：「君采節焉可也。」韓詩外傳也引本詩，說：「勿思其小怨，而忘其大德。」真是金石良言呀！如果夫婦間都能學會去欣賞對方的優點，「黽勉同心」，不過分去計較那些小缺點，彼此自然能和樂相處，又怎會「有怒」？又怎會衝突呢？沒衝突又那來分手呢！

今天，「棄婦」這名詞，已成歷史，近二、三十年來，婦女的地位權力，已逐漸高漲，甚至後來居上，尤其在幾個女強人相繼主政之後，就更神氣了。甚麼「婦女聯誼會」、「婦女協進會」等，紛紛成立，聲勢高漲，男人被壓得有一點抬不起頭來。在不甘壓迫下，也就做出若干相對的反制行動，他們也組織起來，可是，他們所組成的，卻是甚麼「ＰＴＴ聯誼會」，或甚麼「氣管炎俱樂部」的。因此，他們轉而羨慕「內在美」，而最希望的，是要成爲「太空人」。當然，他們也開始存私房錢了，而以往號稱「一家之主」的大男人，現在，幾乎個個寄人籬下，也委實可悲啊！

從〈谷風〉、〈氓〉，以色爲取向的失敗婚姻，到〈上山採蘼蕪〉、〈孔雀東南飛〉，雜有婆媳矛盾的不幸婚姻，再到杜詩〈佳人〉的勢利婚變，當然是不正常的，無疑也是社會的不幸；但今天，婦人動輒就以個性不合而訴諸離婚，對社會所造成的「棄夫」問題，不能不說是另一種危機。物極必反，難道真的像外國人所說的，活在這世上，就是「男人跟女人的戰爭」嗎？爲甚麼非要造成對方的傷害呢？難道真的不能找到彼此能共同容忍的平衡點嗎？「百年修得同船渡」，這難道不值得珍惜嗎？〈邶風日月〉：「逝不古處」，點出了夫婦決裂的原因是不以古夫婦之道相處，因此，「我思古人，實獲我心」（邶風綠衣），便是夫婦相處之道。但這古道又是甚麼呢？除了「采葑采菲，無以下體」、「黽勉同心，不宜有怒。」（邶風谷風）之外，恐怕是捨禮義無由了。陳立夫先生有兩句至理名言：「愛其所同，敬其所異。」應是點出了夫婦相處之道罷！好好愛惜彼此共同的理念與嗜好，並且要尊重對方相異的個性、習慣與興趣，讓對方也能保有他獨特的性格與尊嚴，這是很重要的。所以，讓他喝點小酒，抽根小煙，打個小牌，那又何妨呢！相信這是促進夫婦和諧、融樂的其中一途。最後，就讓我們以「愛其所同，敬其所異」，這兩句話來共勉罷。

附錄三 〈野有死麕〉淫詩乎？

文幸福

一 前言

國文天地九卷五期（八十二年十月號）登載了一篇題爲「〈野有死麕〉淫詩也」的文章，是國立藝專魏子雲教授作的，內容無非是要證明〈野有死麕〉是一首淫詩。當然懷疑〈野有死麕〉爲淫詩的，從宋人歐陽修詩本義、朱熹詩集傳等，便已經開始，及至朱熹的徒孫王柏才直斷其爲淫篇。民國以來，學者大多從此說。這本不足爲奇，自然也不值一辨；奈何它是登載在國文天地，而國文天地又是國中小學師生經常閱讀的優良讀物，其影響不可謂不大，爲避免孔老夫子選詩授徒，教化世俗，卻被誤認爲是在宣淫。因此，不得不略作辨誣，以正視聽，並就教於魏教授暨諸君子。

二　論辨

爲便於論辨說明，茲先將召南野有死麕原詩鈔錄如下：

野有死麕，白茅包之。有女懷春，吉士誘之。

林有樸樕，野有死鹿，白茅純束。有女如玉。

舒而脫脫兮，無感我帨兮，無使尨也吠。

〈野有死麕〉的「死」字，是否即可以直接認爲是「囮」字字形的訛變，即「⿴囗繇」字的異體呢？恐怕仍有疑問的。首先四家詩無異文，先秦典籍也找不到彼此可以互用的例證。其次，班固說詩經是諷誦流傳，不獨於竹帛，所以音轉聲訓，對詩義的尋繹，便益形重要。「死」字，段玉裁息姊切十五部。「囮」字，小徐本有聲字是，五禾切十七部。「⿴囗繇」字，從口繇聲，音由，三部。音韻皆不可通。魏教授也認爲「讀書識字，音乃先鋒。」因此，「死」、「囮」二字，在這裡也就沒有必然可相通的關係了。

以白茅包紮的「死麕」、「死鹿」，與下文「有女懷春，吉士誘之」，是否會大煞風景，這是要看讀者以甚麼心態來讀，以及對這首詩的理解的程度。把這詩看作野外苟合，而旁邊卻放了隻死鹿、死麕，當然是會有點煞風景。如果把這「死鹿」、「死麕」看作是獵人在野外獵獲回來的，然後拿來對他心愛女孩的炫耀，表達他的謀生能力，以達致追求的目的時，這不但不煞風景，而且值得傳頌。何況還有更深一層義意呢！因爲古人以得鹿爲福，所以在獵獲麕鹿之後，會祭拜天地，感謝神明賜福；古「祿」字，黃季剛先生即認爲應從鹿作「鹿」。不然，臺灣大拜拜賽豬公的風俗，排了一大排死豬，不是很煞風景嗎？鄉下的新嫁娘三日歸寧時，前面也一定抬著一頭死豬，難道也煞風景嗎？

白茅的用法，在古人有一定的習慣，但似不拿來作掩護誘鹿之用。毛傳：「白茅，取其潔清也。」陸疏：「古用包裹禮物，以充祭祀。」它是一種蘭根，性質高尚，古人用來包裹禮物，以充祭祀；或用來包裝朝貢的貢品。周禮天官甸師：「祭示（祀）共（供）蕭茅。」史記管晏列傳：「桓公實怒少姬，南襲蔡；管仲因而伐楚，責包茅不入貢於周室。」因此，白茅包紮麕鹿，不是用來祭祀，便是用來送禮，那是無庸置疑的。

「懷春」，是人到了適婚的年齡而想結婚的意思，不管男女，這是人之常情。嚴緝：「春者，天地交感，萬物孳生之時，聖人順天地萬物之情，令媒氏以仲春會男女，故女之懷昏姻者，謂之懷春。」王質：「女至春而思有所歸，吉士以禮通情，而思有所耦，人道之常也。」（詩總聞）因此，那些以「懷春」爲春心淫蕩的學者，或到了適婚年齡而不懷春（不想結婚）的人，那才真是心理有問題呢！

毛傳：「誘，道也。」鄭箋：「吉士使媒人道成之。」原是指吉士應當備妥禮儀，循一定禮儀程序來完成這人生大事。古書多有此訓詁：儀禮有「誘射」之禮，戴記有「誘賢」之文，論語亦有「善誘」之語，都明明白白的有這樣的記載；但一念之差，「誘道（導）」便被曲解成「挑誘」、「誘惑」、「誘拐」，而詩的原意便完全走樣了，又豈是詩人始料所及的呢？誠如魏教授所說的「益證識字之難」啊！

古詩裡談及嫁娶的事時，也往往涉及「柴薪」這東西，這可能跟古代婚姻禮俗有關。因爲古時的婚嫁不是兩人的事，也不是一家的事，而是整個家族，整個聚落的喜事。人們的慶祝飲宴，也往往數天，需要大量的柴火；因此，左鄰右里，都會不約而同上山爲他們打柴，一方面是守望相助，一方面又可作爲禮物。這也就是爲甚麼「樸樕」還要「白茅純束」的原因咧。我小時侯居住在鄉下，還很常看到這優良的傳統習慣呢！那麼，呂記：「以樸樕爲禮，意其若致薪芻之饋之類。」也就不無道理了。魏教授似乎不知道「白茅純束」，是兼「林有樸樕」、「野有死麕」而言，這可能是緣於斷句的錯誤，於是也就不明白爲甚麼白茅會從「包」變成「束」了。

中國人對玉一向偏愛，不僅是因爲玉質堅硬，更重要的是它溫潤潔淨，君子所以常佩戴它，便是希望能「溫其如玉」。它具有高貴品質的象徵，所以，天子的聲音稱爲玉音，天子的印鑑稱作玉璽，美好的食物叫玉食；自然具有冰清玉潔，貞靜溫煦的人便是玉人了，女的是玉女，男的也被稱作玉郎。這是玉的傳統高貴形象，如今卻被魏教授解釋成是女子赤裸的酥潤身軀，直教人想入非非。

魏教授倒也引到禮記內則篇上的話：「子生，男子，設弧於門左；女子，設帨於門右。」但他不取用此說，卻硬把這「帨」解釋爲是一塊遮髀布，是用來遮下體的。這就完全偏離本義了。古代婦女沒褲子穿是對的，韓詩外傳中便載有一則孟子出婦的故事，就是因爲他太太在房中踞坐，而讓他看到她沒褲子穿的地方，所以嚷著告訴他娘說婦無禮，要休棄她。既然當時還沒發明褲子，人人概不著褲，又何來遮髀布呢！因此，內則篇的記載資料，便益形重要了。帨，拭物之巾，女子佩戴於左邊胸前，以示常自潔清之意。內則篇又說：「子事父母，婦事舅姑，皆左佩紛帨。」那麼，帨，已然是女子名節的象徵；「無感我帨兮」，便是「不要損我名節」的意思了。所以鄭箋說：「奔走失節，動其佩飾。」最爲知言。如果照魏教授所說的，既然已經是將衣服一件又一件，慢慢的脫下來，又怎麼會不撼動到那條佩巾呢？左傳昭公元年（西元前五四一）夏四月，記載晉國執政大夫趙孟到鄭國去，鄭伯設宴招待他。席間，子皮賦此詩之卒章。杜預注說：「義取君子徐以禮來，無使我失節，而使狗驚吠。喻趙孟以義撫諸侯，無以非禮相加陵。」趙孟也賦棠棣詩作爲回應，並且說：「吾兄弟比以安，尨也可使無吠。」這是詩意的最好說明。

尨，是長毛犬；見怪異的事輒吠，如同蜀犬之吠日。比喻世俗常因怪異的事，或偏離傳統禮儀的行爲，而投以異樣眼光，甚或出之以流言謾罵。現在粵人還稱那些無理取鬧的爲犬吠，即所謂犬聲犬影。鄭風將仲子：「父母之言，亦可畏也。」「諸兄之言，亦可畏也。」「人之多言，亦可畏也。」正以人言可畏呀！不然，幽會怎麼會帶條狗同去呢？還是那條狗偶然聞到了死鹿的氣味，而破壞好事？

所以末章應是比體的作法，「舒而脫脫兮」，是責男子之辭，因爲禮儀未備。並告戒他不可急於一旦，而應循禮慢慢而來，才可以「無感我帨兮」，保我名節；「無使尨也吠」，不致招人的閒言閒語！

三　正　解

古序說：「野有死麕，惡無禮也。」基於上述的辨正，那是無可置疑的。詩的前二章是「反興」的作法，最後一章是「比」的作法。所以全詩的解釋應是：

人民從野外獵獲回來的死麕，還知道用潔清的白茅包裝，薦於神明上帝，感謝賜福。今遇有長成適婚想嫁的女子，吉士難道不知道要循禮而來，道成人生大事，以告於先祖宗室。（一章）

人民有的從野外挑了一擔柴薪，有的獵獲了一頭死鹿回來，他們還知道用潔清的白茅包裝起來，作爲禮物，或薦於神明上帝，感謝賜福。何況那是一位堅貞溫煦，冰清如玉的女子呢！（意謂吉士難道不知道要循禮而來，道成人生大事，以告於先祖宗室。）（二章）

你應該慢慢的妥備禮儀來提親，不可因失禮而損毀我的名節，更不可引起旁人的流言是非呀！（三章）

經這麼解說，一個凜然不可犯的貞潔女子，不就在我們的眼前嗎？李迂仲說：「孟子曰：『人能充無欲害人之心，而仁不可勝用也。人能充無穿窬之心，而義不可勝用也。』嘗以謂：人能充無感我帨之心，而禮不可勝用矣。」（毛詩李黃集解）這可說是讀詩有得了。但自從朱傳以「賦」來解釋卒章，後世便把〈野有死麕〉目之爲淫詩，把詩解釋成像《肉蒲團》裡的幹啞事，遂致聚訟莫辨，豈非「邑犬之群吠」？而孔子的所謂：「詩三百，一言以蔽之，曰：思無邪。」便無人理會，遑論二南爲詩的正風了。

四　餘　論

顧炎武說：「文之不可絕於天地間者，曰明道也，紀政事也，察民隱也，樂道人之善也。若此者有益於天下，有益於將來，多一篇多一篇之益矣。若夫怪力亂神之事，無稽之言，勦襲之說，諛佞之文；若此者有損於己，無益於人，多一篇多一篇之損矣。」（日知錄集釋卷十九）因此，我們做學問寫文章，除了要求真象之外，還要考慮這是否有益於天下。詩人的年代浩渺，文獻乏徵；因此，上述的解釋，雖不一定合乎原詩人的心意，但卻與孔子、左傳、古序、漢儒所說的詩義吻合。既平易近人，而且合於禮義，對社會善良風俗，世道人心，都有正面的教化功能及意義。可是，民國以來的詩經學者，喜歡屏棄舊注，自求新說，偶有創意，固然亦足會心；若祇知一味的嘩眾悅俗，以求炫惑，不但無益於世道人心，抑且有害，此則顧氏所不取。至於那些視毛傳、古序爲毒瘡惡瘤，矢志掃除的，當然就更不足爲訓了！陳鐘凡《古書讀校法》曾提到研讀詩經的層次，說：「學者能兼賅古今，區分異同，不相雜廁，故居上第。否則篤守一家，不事遷就彌縫，自便私說，亦居其次。若左右采獲，志在溝通，糅合古今，妄矜斷制；則荊棘叢生，適以自擾。下焉者則盡失古今師說，逞肊以談，癡符橫眩，無本之學，更不足語於學術之林矣。」願以此說與諸君子共勉。

重要參考文獻

毛詩註疏　　南昌學府刊本

毛詩指說　唐成伯璵　通志堂經解本

詩本義　宋歐陽修　通志堂經解本

潁濱詩集傳　蘇轍　四庫珍本六集

李黃毛詩集解　李樗·黃櫄　通志堂經解本

詩總聞　王質　經苑刻本

詩緝　嚴粲　廣文書局

呂氏讀詩記　呂祖謙　經苑刻本

逸齋詩補傳　范處義　通志堂經解本

詩集傳附蔛補　朱熹　臺北學海出版社

詩序辨說　朱熹　學津討原

朱子語類　朱熹　正中書局

詩傳遺說	朱鑑編	通志堂經解本
續呂氏讀詩記	戴溪	經苑刻本
詩辨說	趙悳	通志堂經解本
詩疑	王柏	通志堂經解本
詩經疑問	朱倬	通志堂經解本
毛詩原解	明郝敬	湖北叢書本
詩經解頤	朱善	通志堂經解本
詩經大全	胡廣	四庫珍本四集
詩說解頤	季本	四庫珍本四集
欽定詩經傳說彙纂	清王鴻緒等	鼎文書局
白鷺洲主客說詩	毛奇齡	皇清經解續編
詩經原始	方玉潤	臺北藝文印書館
毛詩稽古編	陳啓源	皇清經解正編
讀風偶識	崔述	臺北學海出版社
田間詩學	錢澄之	四庫全書
詩瀋	范家相	四庫珍本四集

三家詩遺說考	陳喬樅	皇清經解續編
詩經四家異文考	陳喬樅	皇清經解續編
詩古微	魏　源	皇清經解續編
毛詩後箋	胡承珙	皇清經解續編
詩經通論	姚際恆	廣文書局
詩序補義	姜炳璋	四庫全書
毛詩傳箋通釋	馬瑞辰	皇清經解續編
詩毛氏傳疏	陳　奐	皇清經解續編
經學通論	皮錫瑞	商務印書館
詩三家義集疏	王先謙	鼎文書局
毛詩會箋	日竹添光鴻	大通書局
古典新義	民聞一多	聞一多全集
詩義會通	吳闓生	中華書局
詩三百篇演論	蔣善國	商務印書館
詩經研究	謝旡量	商務印書館
詩經釋義	屈萬里	聯經出版社

詩經學　胡樸安　商務印書館
詩經今論　何定生　商務印書館
詩經通義　王靜芝　輔仁文學院叢書
詩序明辨　潘師重規　學術季刊四卷四期
詩集傳斠補　汪師履安　學海出版社
王柏之詩經學　程元敏　嘉新論文
詩經論文集　顧頡剛等　古史辨第三冊
詩經論文集　胡念貽等　文學遺產輯本
詩經論文集　高亨等　文史哲輯本
詩經今注　高亨　上海古籍出版社
詩經直解　陳子展　復旦大學
詩經研究論集　程元敏等　黎明書局
詩經研究論集　林慶彰編　學生書局
詩經學論集　江磯等　崧高書社
詩經譯注　程俊英　上海古籍出版社
詩經注析　程俊英等　中華書局

詩經六論　張西堂　古典文學出版社
毛詩鄭箋平議　黃　焯　上海古籍出版社
詩疏平議　黃　焯　上海古籍出版社
詩經興義之歷史發展　裴普賢　東大圖書公司
詩經賦比興綜論　趙制陽　楓城出版社
詩經評注　朱守亮　學生書局
興的源起　趙沛霖　中國社會科學出版社
詩序存廢議　陳師新雄　詩經國際學術研討會論文集
白話詩經　吳宏一　聯經出版社
詩經正詁　余師培林　三民書局
詩經古義新證　季旭昇　文史哲出版社
詩經周南召南發微　文幸福　臺北學海出版社
詩經毛傳鄭箋辨異　文幸福　文史哲出版社
朱熹詩集傳平議　文幸福　臺北金楓出版社

國家圖書館出版品預行編目資料

孔子詩學研究

文幸福著. – 修訂一版. – 臺北市：臺灣學生，
2007 [民 96]
面；公分
參考書目：面

ISBN 978-957-15-1349-2 (平裝)

1. （周）孔丘 – 學術思想 – 文學
2. 中國詩 – 歷史 – 先秦（公元前 2696-221）
3. 中國詩 – 評論

820.9101 96003463

孔子詩學研究（全一冊）

著作者：文幸福
出版者：臺灣學生書局有限公司
發行人：盧保宏
發行所：臺灣學生書局有限公司
臺北市和平東路一段一九八號
郵政劃撥戶：〇〇〇二四六六八號
電話：(〇二)二三六三四一五六
傳真：(〇二)二三六三六三三四
E-mail：student.book@msa.hinet.net
http://www.studentbooks.com.tw
本書局登記證字號：行政院新聞局局版北市業字第玖捌壹號
印刷所：長欣彩色印刷公司
中和市永和路三六三巷四二號
電話：二二二六八八五三

定價：平裝新臺幣三〇〇元

西元一九九六年三月初版
西元二〇〇七年三月修訂一版

82025

ISBN 978-957-15-1349-2 (平裝)

臺灣學生書局出版

中國文學研究叢刊

❶	詩經比較研究與欣賞	裴普賢著
❷	中國古典文學論叢	薛順雄著
❸	詩經名著評介	趙制陽著
❹	詩經評釋(全二冊)	朱守亮著
❺	中國文學論著譯叢	王秋桂著
❻	宋南渡詞人	黃文吉著
❼	范成大研究	張劍霞著
❽	文學批評論集	張　健著
❾	詞曲選注	王熙元等編著
❿	敦煌兒童文學	雷僑雲著
⓫	清代詩學初探	吳宏一著
⓬	陶謝詩之比較	沈振奇著
⓭	文氣論研究	朱榮智著
⓮	詩史本色與妙悟	龔鵬程著
⓯	明代傳奇之劇場及其藝術	王安祈著
⓰	漢魏六朝賦家論略	何沛雄著
⓱	古典文學散論	王安祈著
⓲	晚清古典戲劇的歷史意義	陳　芳著
⓳	趙甌北研究(全二冊)	王建生著
⓴	中國兒童文學研究	雷僑雲著
㉑	中國文學的本源	王更生著
㉒	中國文學的世界	前野直彬著，龔霓馨譯
㉓	唐末五代散文研究	呂武志著

㉔ 元代新樂府研究　廖美雲著
㉕ 五四文學與文化變遷　中國古典文學研究會主編
㉖ 南宋詩人論　胡　明著
㉗ 唐詩的傳承—明代復古詩論研究　陳國球著
㉘ 中外比較文學研究　第一冊(上、下)　李達三、劉介民主編
㉙ 文學與社會　中國古典文學研究會主編
㉚ 中國現代文學新貌　陳炳良編
㉛ 中國古典文學研究在蘇聯　(俄)李福清著，田大長譯
㉜ 李商隱詩箋釋方法論　顏崑陽著
㉝ 中國古代文體學　褚斌杰著
㉞ 韓柳文新探　胡楚生著
㉟ 唐代社會與元白文學集團關係之研究　馬銘浩著
㊱ 文轍(全二冊)　饒宗頤著
㊲ 二十世紀中國文學　中國古典文學研究會主編
㊳ 牡丹亭研究　楊振良著
㊴ 中國戲劇史　魏子雲著
㊵ 中外比較文學研究　第二冊　李達三、劉介民主編
㊶ 中國近代詩歌史　馬亞中著
㊷ 近代曲學二家研究—吳梅・王季烈　蔡孟珍著
㊸ 金元詞史　黃兆漢著
㊹ 中國歷代詩經學　林葉連著
㊺ 徐霞客及其遊記研究　方麗娜著
㊻ 杜牧散文研究　呂武志著
㊼ 民間文學與元雜劇　譚達先著
㊽ 文學與佛教的關係　中國古典文學研究會主編
㊾ 兩宋題畫詩論　李　栖著
㊿ 王十朋及其詩　鄭定國著

51	文學與傳播的關係	中國古典文學研究會主編
52	中國民間文學	高國藩著
53	清人雜劇論略	黃影靖著，黃兆漢校訂
54	唐伎研究	廖美雲著
55	孔子詩學研究	文幸福著
56	昭明文選學術論考	游志誠著
57	六朝情境美學綜論	鄭毓瑜著
58	詩經論文	林葉連著
59	傣族敘事詩研究	鹿憶鹿著
60	蔣心餘研究(全三冊)	王建生著
61	眞善美的世界—高中高職國文賞析	戴朝福著
62	何景明叢考	白潤德著
63	湯顯祖的戲曲藝術	陳美雪著
64	姜白石詞詳注	黃兆漢等編著
65	辭賦論集	鄭良樹著
66	走看臺灣九〇年代的散文	鹿憶鹿著
67	唐賢三體詩法詮評	王禮卿著
68	清初前期話本小說之研究	徐志平著
69	文心雕龍要義申說	華仲麟著
70	楚辭詮微集	彭　毅著
71	習賦椎輪記	朱曉海著
72	韓柳新論	方　介著
73	西崑研究論集	周益忠著
74	李白生平新探	施逢雨著
75	中國女性書寫—國際學術研討會論文集	淡江大學中國文學系主編
76	杜甫夔州詩現地研究	簡錦松著
77	近代中國女權論述—國族、翻譯與性別政治	劉人鵬著

78 香港八十年代文學現象(全二冊)　黎活仁等主編
79 中國夢戲研究　廖藤葉著
80 晚明閒賞美學　毛文芳著
81 中國古典戲劇語言運用研究　王永炳著
82 中國古典詩論中「語言」與「意義」的論題
——「意在言外」的用言方式與「含蓄」的美典　蔡英俊著
83 近代傳奇雜劇史論　左鵬軍著
84 外遇中國——
中國域外漢文小說國際學術研討會論文集　國立中正大學中文系語言與文學研究中心主編
85 琵琶記的表演藝術　蔡孟珍著
86 物・性別・觀看——明末清初文化書寫新探　毛文芳著
87 清代賦論研究　詹杭倫著
88 世情小說傳統的承繼與轉化：張恨水小說新論　趙孝萱著
89 古典小說縱論　王瓊玲著
90 建構與反思——
中國文學史的探索學術研討會論文集　輔仁大學中國文學系中國古典文學研究會主編
91 東坡的心靈世界　黃啓方著
92 曲學探賾　蔡孟珍著
93 挑撥新趨勢—第二屆中國女性書寫國際學術研討會論文集　范銘如主編
94 南宋詠梅詞研究　賴慶芳著
95 感傷的旅程：在香港讀文學　陳國球著
96 中國小說史論　龔鵬程著
97 文學散步　龔鵬程著
98 黃文吉詞學論集　黃文吉著
99 夢窗詞選注譯　黃兆漢著
100 海峽兩岸現當代文學論集　徐國能主編
101 第二／現代性：五四女性小說研究　劉乃慈著